Au nom de la justice

LINDA MARKOWIAK

Au nom de la justice

AMOURS D'AUJOURD'HUI

Cet ouvrage a été publié en langue anglaise
sous le titre :
FIRM COMMITMENT

Traduction française de
BÉNÉDICTE DUCHET-FILHOL

⟨H⟩ et HARLEQUIN sont les marques déposées de
Harlequin Enterprises Limited au Canada.
La collection Amours d'Aujourd'hui
est la marque de commerce de
Harlequin Enterprises Limited.

Toute représentation ou reproduction, par quelque procédé que ce soit, constitue-
rait une contrefaçon sanctionnée par les articles 425 et suivants du Code pénal.
© 1996, Linda Markowiak. © 1998, Traduction française : Harlequin S.A.
83-85, boulevard Vincent-Auriol, 75013 Paris — Tél. : 01 42 16 63 63
ISBN 2-280-07595-4 — ISSN 1264-0409

Prologue

Avril 1994

Le cercueil de Mary Jo Chalinski, recouvert de trente-trois roses symbolisant les trente-trois années de sa courte existence, reposait sur le sol encore humide de la pluie du matin.

Autant pour chercher du réconfort que pour en donner, Michael prit la main de sa fille de onze ans.

Le père John récitait la prière funèbre, et Michael essaya de se concentrer sur les mots. C'était une prière en anglais. Or, Mary Jo, comme lui, avait été habituée, enfant, aux offices en latin. Comment avait-il pu l'oublier ? Il aurait pourtant tellement voulu que ce dernier adieu à sa femme bien-aimée soit parfait...

Angela dégagea sa main et se mit à regarder fixement devant elle.

Après un bref coup d'œil au petit visage auréolé de boucles blondes, Michael releva la tête et parcourut l'assistance des yeux. Son emploi d'avocat au bureau d'aide judiciaire lui faisait rencontrer beaucoup de gens, et ils étaient nombreux, aujourd'hui, hormis ses propres parents et les deux frères de Mary Jo, à être venus lui témoigner leur sympathie.

Une odeur d'humus s'exhalait de la terre mouillée — cette terre sous laquelle son épouse allait bientôt disparaître.

Son épouse, Mary Jo... Il l'avait connue sur les bancs de l'école primaire, et elle avait été sa femme pendant presque treize ans. Rien ne semblait pouvoir rompre le cours d'une vie qui leur avait tout apporté : l'amour, l'assurance pour Michael d'une brillante carrière, une fille et, dans quelques mois, un deuxième enfant.

Comment se seraient-ils doutés qu'un conducteur ivre mettrait fin en une seconde à leur bonheur ? Ces choses-là n'arrivaient qu'aux autres...

Michael crispa les mâchoires pour contenir ses larmes et fixa un homme debout au deuxième rang de l'assemblée.

« Regarde-moi, Rex ! lui ordonna-t-il silencieusement. Regarde-moi et ose me dire encore que tu laisseras en liberté le salaud qui a tué ma femme ! »

Leur conversation téléphonique de la veille ne cessait de résonner à ses oreilles.

— Je ne peux malheureusement rien faire, avait déclaré Rex. La police ne l'a même pas soumis à l'alcootest.

— Et alors ? Selon Ryan West, l'haleine de Beske empestait l'alcool, avait répliqué Michael, et Ryan, en tant que policier, est un témoin digne de foi. Dans les cercles que fréquente Beske, son penchant pour la boisson n'est d'ailleurs un secret pour personne.

Au cours de la conversation, l'avocat avait momentanément repris le dessus sur le mari brisé de chagrin. Michael savait constituer un dossier, et le substitut du procureur Rex Caspar aussi, bien sûr. En outre, Rex avait été plus qu'un collègue au cours de ces cinq dernières années : une véritable amitié était née entre eux.

— Beske est sénateur, avait-il cependant objecté, et il a beaucoup de relations dans la police. Je suis vraiment désolé pour Mary Jo. C'est une épouvantable tragédie, mais nous n'avons contre Beske que des présomptions, et le procureur juge cela insuffisant pour ouvrir une information. J'ai pourtant défendu ta cause, crois-moi ! De toute façon, un procès ne te rendrait pas ta femme...

— Alors trouve un témoin. Convoque donc la femme qui a appelé le SAMU !

— Elle n'a pas donné son nom.

— Cherche-la quand même ! C'est ton travail, non ?

Un silence gêné avait accueilli cette remarque, et aujourd'hui, à l'heure d'enterrer Mary Jo, Rex évitait le regard de Michael.

Mais les choses n'en resteraient pas là, songea celui-ci. Lors de sa toute dernière conversation avec son épouse mourante, il lui avait solennellement promis de poursuivre Beske devant les tribunaux.

— Oui, Mikush, avait-elle murmuré, poursuis-le...

Et le *Chicago Tribune* avait publié ce matin pour la première fois l'appel à témoins de Michael :

« Offre récompense à toute personne qui aurait assisté à l'accident survenu le 3 avril 1994 au croisement de Cavendish et Petrove Streets, et qui serait prête à déposer. Téléphoner au... »

Cette annonce continuerait de paraître tous les jours, autant de temps qu'il le faudrait. Michael était également décidé, pour obtenir la mise en accusation de Beske, à aller voir le procureur et à remonter jusqu'aux ministres si nécessaire. Il avait pour métier de faire triompher la justice, et la justice exigeait maintenant que soit puni le meurtrier de sa femme et de l'enfant qu'elle portait. Il fallait aussi protéger ceux qui auraient la malchance de croiser la route du sénateur Beske un jour où il conduirait de nouveau en état d'ivresse.

Un léger mouvement d'Angela ramena Michael à la réalité. Sans se soucier ni du rituel de la cérémonie en cours, ni des centaines d'yeux posés sur lui, il s'accroupit et passa un bras autour des épaules de sa fille. Elle ne le repoussa pas, mais ne s'abandonna pas non plus à son étreinte.

— Je veux... maman, chuchota-t-elle. J'ai peur et je voudrais qu'elle soit là.

— Moi aussi, ma chérie.

Angela sentait le savon à la lavande, une odeur de petite fille qui rappela à Michael qu'ils étaient seuls tous les deux, désormais. Pour la centième fois depuis la mort de son épouse, cinq jours plus tôt, il déplora de ne pas mieux connaître sa fille.

Dès le début de leur mariage, Mary Jo avait pris très au sérieux son rôle de femme au foyer. Elle s'occupait de tout dans la maison — entretien, cuisine, décoration, organisation de réunions familiales — avec une remarquable efficacité. Pour Angela aussi, elle paraissait toujours savoir ce qu'il fallait faire : comment soulager une colique, comment l'habiller, dans quelle école l'inscrire...

Michael lui était reconnaissant de ses efforts, admirait ses talents de maîtresse de maison, s'émerveillait de sa tendresse et de sa patience à l'égard de leur fille, mais il aurait parfois aimé participer à la préparation d'un dîner, ou ranger la cuisine avec sa femme, après coup, tout en discutant de la soirée. Il aurait voulu pouvoir soigner Angela quand elle était malade, ou être consulté sur les vêtements et les loisirs susceptibles de plaire à sa fille.

10

Mais ses suggestions comme ses offres d'aide avaient toujours été repoussées, doucement mais fermement. On aurait dit que ses tentatives pour nouer des liens plus étroits avec Angela contrariaient Mary Jo.

Cette pensée l'horrifia. Comment osait-il critiquer sa femme ? Elle avait été une mère et une épouse parfaites, et aussi longtemps qu'il vivrait, il ne cesserait de l'aimer.

La cérémonie touchait maintenant à sa fin. Le prêtre lut une dernière prière, puis se recula pour laisser les employés des pompes funèbres faire descendre le cercueil dans la fosse.

Michael vit ses parents approcher pour lui parler en aparté.

— C'est difficile à accepter, murmura sa mère, mais il faut être fort.

Elle avait les yeux secs. Mary Jo lui était très chère, mais Sophie Chalinski ne pleurait jamais en public.

Michael entendit ensuite la voix grave de son père, fortement teintée d'accent polonais, lui chuchoter à l'oreille :

— Tu auras Beske. Nous sommes en Amérique. Tu obtiendras justice.

Cela lui ressemblait bien, songea-t-il. Non seulement Mike Chalinski, l'émigré qui avait lutté contre les nazis et les communistes avant de venir se faire une place aux Etats-Unis, avait une foi inébranlable dans le système judiciaire américain, mais il savait toujours exactement ce que son fils pensait. De toutes les personnes rassemblées ici aujourd'hui, c'était la seule dont Michael se sentait vraiment compris.

— Je me suis juré d'envoyer Beske en prison, papa, déclara-t-il, et c'est un serment que je compte tenir.

Il croyait sincèrement y parvenir un jour. Il devait le croire pour pouvoir continuer à vivre, pour ne pas laisser le chagrin l'anéantir.

Puis songeant à la peine que devait ressentir sa fille, il chercha les mots susceptibles de la réconforter. Il s'accroupit de nouveau et lui caressa la joue. Ce geste tendre ne suscita, là encore, aucune réaction — ni de recul, ni d'abandon.

— Je te promets d'être un bon père, le meilleur qui soit, ma chérie, murmura Michael. Il faudra m'apprendre, car je ne me suis pas beaucoup occupé de toi, jusqu'ici, et je ne saurai peut-être pas très bien habiller tes poupées Barbie, mais...

— Je ne joue plus à la poupée, voyons ! protesta Angela, le menton tremblant.

— Alors nous trouverons d'autres choses à faire ensemble. Il nous faudra un peu de temps, mais nous apprendrons à mieux nous connaître. Nous serons toujours là l'un pour l'autre.

Les épaules secouées de sanglots, la fillette se jeta dans ses bras.

— Je t'aime, papa !

— Je t'aime moi aussi, ma petite fille, dit Michael en la serrant contre lui. Tu es ce que j'ai de plus précieux au monde.

12

1.

Octobre 1995

Michael coinça la boîte de pizza entre sa poitrine et le mur du couloir. Arrivé une minute plus tôt devant la porte de son appartement, il avait déjà posé par terre la maxi-bouteille de Pepsi pour prendre ses clés dans sa poche. Angela adorait le Pepsi et, au bout d'un an et demi, il aimait presque ça lui aussi.

Quand il parvint finalement à ouvrir la porte, ce fut pour trouver la salle de séjour vide. Une odeur de chou carbonisé flottait dans l'air, lui rappelant s'il en était besoin que, à cause de son retard, le dîner « surprise » d'Angela avait brûlé.

Depuis qu'il avait quitté le bureau d'aide judiciaire pour le grand cabinet d'avocats Haynes, Collingwood & Crofts, il rentrait souvent tard le soir. C'était l'inconvénient majeur de son nouvel emploi, mais, après la mort de Mary Jo, il s'était senti incapable de continuer à travailler avec les magistrats qui n'avaient pas eu le courage de traduire en justice le meurtrier de sa femme.

Son avenir chez Haynes, Collingwood & Crofts s'annonçait brillant. Il serait sans doute bientôt nommé associé, comme en témoignait le privilège qui lui était de plus en plus fréquemment accordé d'assister aux réunions organisées par George Fanal. Il sortait justement de l'une de ces interminables réunions, ce qui expliquait son retard.

— Angela?

Comme l'appel restait sans réponse, Michael posa la boîte de pizza sur la table de la cuisine et ressortit dans le couloir tout en desserrant sa cravate.

— Angela? Où es-tu?

En fait, il le savait, vu que l'adolescente passait la majeure partie de son temps dans sa chambre, porte fermée. Elle pleurait encore Mary Jo. Lui aussi, mais leur chagrin paraissait malheureusement constituer le seul lien qui les unissait.

Alors qu'au début Michael avait eu l'impression de se rapprocher de sa fille, il lui semblait depuis quelques mois vivre avec une complète inconnue. Certes, Angela venait d'avoir treize ans et entrait donc dans la période difficile de l'adolescence, mais qu'elle ait changé aussi vite et aussi radicalement ne cessait de l'étonner.

Il frappa à la porte.

— Je suis au téléphone! cria Angela. Qu'est-ce que tu veux?

Sa voix, larmoyante quand elle l'avait appelé tout à l'heure au bureau, était maintenant hargneuse.

— Dis à Sabrina que tu dois raccrocher.

Michael savait en effet, sans avoir à le demander, qui était au bout du fil : sa fille et Sabrina discutaient tous les jours pendant des heures au téléphone. Il trouvait Sabrina frivole et n'aimait pas la condescendance avec laquelle elle traitait Angela, mais c'était la première amie que sa fille avait réussi à se faire dans l'établissement privé où elle allait depuis la fermeture de l'école du quartier polonais.

— J'ai à te parler, Angela.

— Tout de suite ?

— Ça ne prendra pas longtemps.

A travers la porte, Michael entendit l'adolescente annoncer à sa correspondante :

— Je te rappelle dans une minute. C'est juste mon père qui veut s'excuser, comme toujours.

Les mâchoires de Michael se crispèrent. Sa fille avait raison : il était constamment en train de s'excuser. Ne pouvait-elle cependant se montrer un peu plus indulgente ?

La porte s'ouvrit soudain. Angela apparut dans l'encadrement et fixa son père d'un œil noir. Son uniforme d'écolière était froissé, elle avait défait la natte qu'elle portait d'habitude dans le dos, et ses cheveux bouclés tombaient en mèches désordonnées sur ses épaules. La chambre, derrière elle, était un vrai capharnaüm : une douzaine de peluches jonchaient le sol, et le dessus des meubles de rotin blanc, achetés par Mary Jo l'année précédant sa mort, était couvert de papiers, de livres, de crayons et de CD. Michael n'en fut pas surpris : Angela ne rangeait jamais sa chambre.

— J'ai rapporté une pizza pour le dîner, dit-il.

— Et moi, j'avais préparé des golombki à la crème aigre, ton plat préféré !

Cette remarque eut l'effet souhaité : elle renforça les remords de Michael. Ces derniers jours, en catimini, Angela s'était renseignée auprès de sa grand-mère sur l'art et la manière de préparer le traditionnel chou farci à la polonaise. Aussi Michael avait-il feint d'ignorer la surprise qui l'attendait et promis à Angela de rentrer tôt ce soir.

— Je ne comptais pas rester longtemps à cette réunion, indiqua-t-il, mais on m'a demandé un compte rendu détaillé des affaires dont je m'occupe. J'ai fait aussi vite que j'ai pu, je te le promets !

— Mais quand même pas assez vite !

— Que veux-tu que je te dise, ma chérie ? Tu ne cesses de me répéter que tu n'es plus une petite fille, et j'essaie de te traiter en adulte. Je t'ai expliqué que mon avenir au cabinet se jouait cette année, et si on me nomme associé, j'aurai des journées moins longues et un meilleur salaire. C'est important pour nous deux, mais aussi pour tes grands-parents, maintenant que cette attaque d'apoplexie a laissé ton grand-père invalide...

Michael s'interrompit, se rappelant soudain que sa fille était trop jeune pour partager ses soucis. D'un autre côté, il aurait aimé un tout petit peu de compréhension...

Mais, visiblement, il n'en obtiendrait aucune ce soir. Angela semblait impatiente de retourner à son cher téléphone — le cadeau que lui avait offert Michael pour ses treize ans.

Gagné par ce sentiment d'impuissance qu'il éprouvait de plus en plus souvent face à sa fille, il renonça à se justifier et déclara :

— Viens manger ! J'ai acheté du Pepsi.

— Light ?

— Non, normal.

— Mais ça fait grossir, papa !

— Et alors ? Tu es mince, comme l'était ta mère. A ton âge, il n'est d'ailleurs sûrement pas indiqué de suivre un régime.

Angela le fusilla du regard. Il n'avait réussi qu'à la mettre encore plus en colère...

16

— D'accord, reprit-il d'un ton las, je te jure de ne parler ni de travail, ni de régime, mais viens manger !

— Il faut que je rappelle Sabrina.

— Entendu ! Je vais mettre la pizza à réchauffer, pendant ce temps.

— Ça, au moins, c'est une surprise, railla-t-elle, pensant à son dîner brûlé.

Michael comprit trop tard sa bévue, et l'adolescente lui claqua la porte au nez.

Cette fois, c'en était trop ! Angela passait ses soirées au téléphone au lieu de lui parler à lui, un désordre indescriptible régnait en permanence dans sa chambre, et voilà maintenant qu'elle se permettait une insolence incroyable ! Même si elle avait des raisons de lui en vouloir ce soir, un tel manque de respect était intolérable.

La main sur la poignée, Michael ouvrait la bouche pour ordonner à sa fille de sortir lorsqu'il l'entendit demander d'une toute petite voix :

— Papa ? Tu es toujours là ?

— Oui.

— Euh... joyeux anniversaire, papa !

— Merci, ma chérie, dit-il, la gorge serrée.

Puis il attendit, espérant que ce brusque changement d'humeur entraînerait la réapparition de sa fille, mais au bout d'un moment, les bips signalant qu'elle composait un numéro lui parvinrent à travers la porte, et il rebroussa chemin.

Joyeux anniversaire... Ces mots continuaient de résonner dans sa tête. Il avait trente-cinq ans aujourd'hui, mais depuis un an et demi, pas une fois il ne s'était senti « joyeux ». La joie et le bonheur avaient disparu de sa vie, et il ne les recherchait même plus. Trois choses seulement lui importaient à présent : être un bon père, accéder au rang d'associé et envoyer le sénateur Beske derrière les barreaux.

Une fois dans la cuisine, Michael se versa un grand verre de Pepsi. Il était épuisé, et peut-être le sucre lui redonnerait-il un peu d'énergie... Il se coupa ensuite un morceau de pizza et mit le reste à réchauffer. Trouvant le four vide malgré la forte odeur de chou brûlé qui remplissait la pièce, il supposa qu'Angela avait dû jeter son dîner surprise.

Son assiette et son verre à la main, il gagna la salle de séjour et se laissa tomber dans son vieux fauteuil de cuir, le seul siège confortable de la maison.

Quelle journée ! songea-t-il. En plus d'Angela et de ce dîner d'anniversaire raté, il n'avait eu au bureau que des problèmes, dont un rebondissement imprévu dans une affaire qui se plaiderait au début de la semaine suivante.

Et juste au moment où il allait enfin pouvoir rentrer chez lui, il avait fallu que Claire Logan surgisse dans son bureau !

Au même moment, mais dans un appartement situé de l'autre côté de la ville, Claire Logan repensait elle aussi aux événements de la journée. Elle se revoyait, quelques heures plus tôt, à la cafétéria du service immobilier de Haynes, Collingwood & Crofts, et tentait de se persuader que les potins ne l'atteignaient pas. C'était une chose inévitable dans une grosse société, et il fallait s'y résigner.

Elle se sentait pourtant blessée, et d'autant plus qu'elle rêvait depuis des mois de cette mutation au service pénal, dirigé par Michael Chalinski.

Ses premiers mois chez Haynes, Collingwood &

Crofts avaient été difficiles. Originaire d'une petite ville, avec pour seule expérience professionnelle un stage auprès d'un juge fédéral, elle n'avait été préparée ni au stress de la vie dans une métropole, ni à l'énorme quantité de travail exigée des employés d'un grand cabinet d'avocats.

Ses journées chargées ne lui laissaient pas beaucoup de temps pour se faire des amis, mais elle avait cru en trouver un en la personne de Michael Chalinski. Un soir où elle était allée à la bibliothèque de la société consulter des codes de procédure, elle l'y avait trouvé assis à une table couverte de dossiers et s'était présentée à lui. On l'avait chargée d'un litige opposant Edward Halmeyer, petit commerçant qui s'était vu refuser un permis de construire, à la mairie de Chicago. Michael Chalinski étant réputé au sein de l'entreprise pour son excellente connaissance des arcanes du droit, elle lui avait demandé conseil.

Après avoir exposé le dossier dans ses grandes lignes, Claire avait observé :

— Personne ici ne pense que je peux gagner ce procès, mais je compte bien le gagner.

Puis elle avait attendu le commentaire sarcastique que cette déclaration allait sûrement susciter. Tous ses collègues la jugeaient stupide de travailler aussi dur sur une affaire que même son supérieur, Larry Oliver, considérait comme perdue d'avance.

La lueur qui s'était allumée dans les yeux noisette de Michael n'avait cependant rien eu d'ironique ; elle avait exprimé plutôt une sorte d'intérêt amusé.

— La détermination est la qualité première d'un avocat, avait-il remarqué, et vous n'en manquez visiblement pas.

— C'est malheureusement tout ce que j'ai ! J'ai

épluché la législation, mais comme je ne sais même pas exactement ce que je cherche...

— L'expérience m'a appris que la meilleure façon de battre l'Administration, c'est de la prendre au piège de ses propres lois. Il suffit d'en dénicher une qui, dans ce cas précis, se retournera contre elle.

La conversation s'était arrêtée là, mais le lendemain soir, en entrant dans la bibliothèque, Claire y avait de nouveau trouvé Michael.

— Venez vous asseoir à côté de moi, je vais vous aider, avait-il dit avant de sortir un gros livre d'une étagère.

Sous la lumière des néons qui faisait briller ses cheveux châtain clair et donnait plus de relief encore à ses pommettes hautes, elle l'avait trouvé d'une beauté aussi émouvante que sa généreuse proposition.

Soir après soir, ils avaient ainsi travaillé ensemble sur le dossier Halmeyer. Le fait d'en discuter avec Michael stimulait Claire, même s'ils n'étaient pas toujours d'accord ; cela lui permettait d'affûter ses arguments.

Au bout de deux semaines de recherches toujours infructueuses, Claire, gênée, avait remercié ce dernier de lui consacrer tant de temps.

— Je comprends maintenant pourquoi vos collaborateurs ont une telle vénération pour vous, avait-elle déclaré.

En le voyant, contre toute attente, rougir à ce compliment, elle n'avait su comment expliquer cette réaction.

Et si Michael avait passé toutes ces soirées en sa compagnie parce qu'il se sentait aussi attiré par elle qu'elle par lui ? s'était-elle demandé, se souvenant avec quelle intensité il la regardait quelquefois.

Et puis, le seizième jour, Claire avait enfin découvert un petit article, dans un texte de loi, prouvant que l'Administration avait omis de remettre un certain document à son client.

Au vu de cette négligence, le tribunal estima que la municipalité n'était plus en mesure de refuser le permis.

Le soir du jugement, elle s'était rendue à la bibliothèque dans l'espoir d'y trouver Michael. Après une demi-heure d'attente, il avait fini par arriver.

— On a gagné ! s'était-elle exclamée en bondissant de sa chaise.

— Mes félicitations, Claire !

Michael avait calmement posé son attaché-case sur la table. Il était si près de la jeune femme qu'elle distinguait les petites taches vertes qui mouchetaient ses yeux — des yeux magnifiques qu'une étrange mélancolie assombrissait parfois.

Contrairement à Claire, il n'avait pas poussé des cris de joie à l'annonce de cette victoire, mais il n'était pas d'un naturel aussi exubérant qu'elle — peu de gens l'étaient, de toute façon. L'admiration qu'elle avait été sûre de lire dans son regard avait cependant suffi à la remplir de bonheur.

Il lui avait semblé aussi que se mêlait à cette admiration un autre sentiment, plus troublant...

— Vous m'avez beaucoup aidée, Michael, avait-elle dit d'une voix mal assurée, et j'aimerais vous remercier en vous invitant à dîner.

— Vous ne me devez rien, Claire. Je vous ai aidée parce que... parce que vous me l'avez demandé, c'est tout.

— Permettez-moi au moins de vous offrir un verre ! Il y a dans State Street un café italien qui sert un excellent *amaretto*... Nous pourrions y aller un soir où vous ne sortez pas trop tard du bureau, un vendredi, par exemple.

Les mâchoires serrées, le buste raide, Michael avait montré une gêne certaine. Il avait paru soudain distant, à l'opposé de la personne que Claire croyait commencer à connaître. Tant qu'ils avaient parlé de droit, il avait été chaleureux, animé... Mais elle s'était manifestement fait des idées. Comme souvent d'ailleurs : en matière d'hommes, son intuition la trompait régulièrement. Il lui avait pourtant semblé que Michael ne la considérait pas seulement comme une collègue de travail.

— Ne le prenez pas mal, avait-il alors déclaré. Il se trouve seulement que je ne sors jamais le soir.

— Ah ! avait murmuré Claire, affreusement embarrassée.

C'était la première fois qu'elle invitait un homme à boire un verre, la joie d'avoir gagné le procès Halmeyer lui ayant donné le courage de tenter sa chance avec Michael. Ne sortait-il vraiment jamais le soir, ou bien était-ce avec elle qu'il refusait de sortir ? Elle le savait veuf, mais les gens, dans la société, en parlant de lui, évoquaient plus sa prochaine accession au rang d'associé que sa vie privée.

Après un silence tendu, il avait ajouté :

— J'étais juste passé vous dire bonsoir. Je rentre directement chez moi. Et encore bravo ! Vous avez remporté une magnifique victoire.

Il avait ensuite attrapé son attaché-case et quitté la pièce à grands pas.

Le lendemain, Claire l'avait attendu en vain dans la bibliothèque. Le surlendemain aussi. Au bout de trois jours, elle avait supposé qu'il s'était trouvé un autre endroit pour travailler. Un profond désespoir l'avait alors saisie, et la violence de cette réaction lui avait fait comprendre qu'elle était tombée amoureuse de lui.

Et maintenant, Michael ne voulait même pas d'elle comme collaboratrice ! Elle avait failli jeter son café à la figure de la sixième personne secrètement ravie de l'en informer.

Il s'agissait de Russ Mallory, le sous-directeur du service pénal, qui, tout en mettant du sucre dans sa tasse, avait continué :

— Fanal a alors ordonné à Michael de te prendre, que cela lui plaise ou non. Il paraît que Michael s'est fâché, et que Fanal n'était pas content du tout.

— Vous avez descendu quatre étages exprès pour me dire ça, ou bien n'y avait-il plus de sucre à la cafétéria de votre service ? avait demandé la jeune femme en se détournant, de peur que ses yeux ne se voilent de larmes.

Que Michael n'ait pas envie de l'avoir sous ses ordres, c'était une chose, mais qu'il aille jusqu'à se disputer avec son patron à ce sujet...

— J'ai juste pensé que vous aimeriez le savoir, avait rétorqué Russ.

« Non, vous vouliez voir ma réaction », avait songé la jeune femme.

Et comme il n'était pas question de lui laisser deviner ses véritables sentiments, elle lui avait adressé son plus beau sourire avant de sortir de la pièce.

De retour dans son bureau, Claire avait peu à peu senti son chagrin céder la place à une rage froide. Cette mutation au service pénal comptait beaucoup pour elle. Depuis son arrivée dans la société, Larry Oliver, son supérieur direct, la traitait avec une incroyable dureté. Il l'accablait de travail, l'avait critiquée deux fois devant un client et l'avait chargée du procès Halmeyer uniquement parce que tout le monde l'estimait perdu d'avance. Il était d'usage dans les gros cabinets d'avocats de brimer les nouveaux — c'était une sorte de rite d'initiation —, mais Oliver exagérait, et elle ne pouvait pas se plaindre sans passer pour une pleurnicheuse.

Son succès dans l'affaire Halmeyer lui avait cependant valu une certaine notoriété au sein de l'entreprise. George Fanal, l'associé en charge du service pénal, lui avait même envoyé des roses avec un mot de félicitation. Aussi avait-elle compté sur lui pour appuyer sa demande de mutation.

Mais jamais elle n'aurait pensé que Michael opposerait un veto si catégorique.

Considérant qu'il était temps d'avoir une franche explication avec ce dernier, Claire était ressortie de la pièce pour monter au sixième étage.

La porte du bureau qui l'intéressait était ouverte. Debout derrière sa table, Michael rangeait des papiers dans son attaché-case.

— Il paraît que vous ne voulez pas de moi dans votre service, lui avait rapporté la jeune femme sans préambule, et j'aimerais savoir pourquoi.

Il avait levé la tête d'un air surpris, et Claire n'avait pu s'empêcher d'admirer son visage aux traits énergiques, sa haute silhouette mise en valeur par un costume sombre impeccablement coupé et les reflets dorés qui jouaient dans ses cheveux. Le fait de trouver toujours aussi séduisant cet homme qui la rejetait avait encore augmenté sa colère.

Comme il gardait le silence, elle avait insisté :

— Six personnes différentes me l'ont dit. Ça doit donc être vrai.

— C'est au nombre de gens qui le colportent que

vous jugez de la véracité d'un ragot ? avait-il répliqué d'un ton froid.

— C'est vrai ou faux ?

— C'est vrai, avait-il fini par admettre, l'air gêné.

Jusqu'à cet instant, la jeune femme ne s'était pas rendu compte qu'elle était allée le voir dans l'espoir de l'entendre démentir l'information. L'affreuse déception que lui avait causée la réponse de Michael lui en avait fait prendre conscience, tout en la soulageant de vains espoirs.

— Je ne comprends pas ce que vous me reprochez, avait-elle déclaré. Vous devriez être content que j'aie demandé votre service : je suis compétente et travailleuse. George Fanal est d'ailleurs de cet avis, puisqu'il vous a ordonné d'accepter ma candidature.

— Excusez-moi, mais il est tard, et je suis pressé. Nous discuterons de ça un autre jour.

— Je veux juste que vous m'expliquiez pourquoi vous avez essayé de vous opposer à cette mutation.

— Non, je vous répète que je suis pressé ! Je devrais déjà être parti depuis deux bonnes heures.

Sur ces mots, Michael avait refermé son attaché-case d'un geste brusque. Il était visiblement tendu, et cela avait surpris la jeune femme : le Michael Chalinski qu'elle connaissait était toujours maître de lui.

Le téléphone avait alors sonné et, tout en enfilant son manteau, Michael avait appuyé sur le bouton du haut-parleur.

— Les golombki ont brûlé, avait annoncé une voix d'adolescente où perçait un sanglot mal contenu. Ils sont restés trop longtemps dans le four... Tu m'avais promis...

L'expression sévère de Michael s'était immédiatement adoucie. Il s'était passé une main lasse sur le front et avait murmuré :

— Oh! mon Dieu, Angela... Je suis désolé.

Puis il avait décroché, éteint le haut-parleur et tourné le dos à Claire.

Celle-ci avait soudain eu mauvaise conscience : si Michael s'était montré si impatient de partir, ce n'était pas pour esquiver une conversation embarrassante, comme elle l'avait cru, mais parce que quelqu'un l'attendait.

Sans bruit, elle s'était dirigée vers la porte, tandis que Michael, au téléphone, disait :

— Je rapporterai quelque chose pour le dîner, et tu referas des golombki un autre jour... Non, pas demain, j'ai une réunion à 17 h 30... Et ne te désole pas trop : c'est l'intention qui compte. Je t'aime, Angela.

Sa voix exprimait une profonde tendresse. Qui était Angela? s'était demandé Claire en s'engageant dans le couloir. Sa fille? Elle ne savait pas qu'il avait des enfants...

Cela ne changeait cependant rien à la situation, avait-elle alors décidé. Ni la vie privée de Michael, ni les sentiments qu'elle éprouvait pour lui n'influeraient sur leurs relations professionnelles. Elle avait obtenu et mérité cette mutation tant désirée et allait désormais travailler avec un homme qui avait beaucoup à lui apprendre. Elle saurait s'en contenter.

Michael avala sa dernière bouchée de pizza et vida son verre de Pepsi. Il pensait encore à Claire, et cela l'irritait.

Claire, si vive, si passionnée, si... intense... Il l'avait blessée, aujourd'hui, en refusant de lui expliquer pourquoi il s'était opposé à sa venue au service pénal.

Mais qu'il le veuille ou non, elle y viendrait, et il

faudrait lui parler. Un chef de service ne pouvait pas se permettre de laisser des rancœurs personnelles perturber le travail. Il dirait juste à Claire que, avec seize collaborateurs sous sa responsabilité, il manquait déjà de temps pour s'occuper de sa fille, et avait donc estimé déraisonnable d'en ajouter un autre.

C'était d'ailleurs la vérité. Une partie de la vérité, tout du moins. L'autre partie, celle qu'il tairait et répugnait à reconnaître, avait quelque chose à voir avec les cheveux noirs, épais et brillants, que Claire portait toujours en queue-de-cheval, avec ses invraisemblables bijoux et l'éclat de ses yeux quand elle défendait son point de vue.

La sonnerie du téléphone tira Michael de ses réflexions. L'appareil sans fil était resté dans la cuisine, et il se leva pour aller répondre.

— Bon anniversaire, Mikush ! Comment s'est passée ta journée ?

Sa mère était désormais la seule personne qui l'appelait ainsi, la terminaison -ush servant en polonais à former des surnoms affectueux réservés à la famille et aux amis proches. Michael faillit raconter ses problèmes à sa mère, mais il se retint : elle avait déjà assez de soucis comme ça.

— Bien, maman, déclara-t-il donc.

— Les golombki d'Angela étaient réussis ?

— Euh... ils l'auraient été si j'étais rentré plus tôt.

— Ils ont brûlé ?

— Oui. Angela est furieuse, et je m'en veux beaucoup.

— Fais un effort, Mikush ! Ta fille n'a plus que toi. Sa mère lui manque toujours.

« Mary Jo était ma femme, et elle me manque affreusement à moi aussi », songea Michael.

— Je le sais, maman, se contenta-t-il cependant de dire.

— Ton père et moi, nous avons envie de vous voir. Tu n'es pas venu déjeuner avec nous depuis des semaines, Mikush... Tu es libre dimanche ? Je te préparerai un gâteau d'anniversaire.

Cette invitation partait évidemment d'un bon sentiment — sa mère voulait l'aider —, mais Michael trouvait ces réunions familiales éprouvantes. Trop de choses avaient changé : Mary Jo n'était plus là, et son père, autrefois si débordant d'énergie, était désormais cloué dans un fauteuil roulant, paralysé et aphasique. A l'idée qu'une nouvelle visite chez ses parents le démoraliserait pour plusieurs jours, tout courage l'abandonna.

— Désolé, maman, mais je vais sans doute ramener des monceaux de travail à la maison ce week-end. J'ai un procès qui commence lundi.

— Juste quelques heures, Mikush ! Je montrerai à Angela la jupe que je suis en train de lui faire, et après le déjeuner, tu pourras regarder le match des Chicago Bears à la télévision avec ton père.

Percevant une note de supplication dans la voix de sa mère, Michael se sentit d'autant plus fléchir qu'il ne l'avait jamais entendue se plaindre.

— Entendu, nous viendrons, déclara-t-il.

— Je crois que le match commence à 15 heures. Je vérifierai dans le journal.

— Bien ! Et j'apporterai du champagne.

— Oh ! non... Ça coûte trop cher !

— J'en apporterai !

Sa mère refusait toujours qu'il l'aide financièrement — c'était un vieux sujet de dispute —, et ce genre de petit extra était la seule chose qu'elle acceptait de lui... non sans protester d'abord.

— Comment va papa? demanda Michael. Et toi, tu n'es pas trop fatiguée?

— Ton père va bien, répondit-elle, s'abstenant comme toujours de parler d'elle-même. Il a dormi une heure cet après-midi, et je le trouve très en forme. Le journal télévisé, tout à l'heure, l'a beaucoup intéressé.

— Et cette nouvelle infirmière? Elle est gentille?

— Oui, mais je préférerais vraiment m'occuper seule de ton père, et...

— Il n'en est pas question! coupa Michael. C'est trop de travail.

Depuis six mois, il essayait de faire comprendre à sa mère qu'il lui fallait de l'aide pour prendre soin d'un homme de quatre-vingts kilos réduit à un état de complète dépendance. Une infirmière venait tous les matins lever, laver et habiller l'invalide, puis repassait le soir pour le coucher, mais c'était tout ce que Michael avait pu imposer à sa mère, et encore, elle ne cessait de remettre cet arrangement en cause.

Mais cette fois, au lieu d'insister, elle admit d'un ton calme :

— Oui, je sais que c'est trop de travail... A présent, Mikush, je dois te quitter : ton père attend que je lui lise le journal. Et n'oublie pas, pour dimanche... Nous déjeunerons à 13 heures.

— Entendu! Bonsoir, maman.

Michael coupa la communication et reposa le téléphone sur la table en songeant qu'un an et demi à peine avait suffi à changer entièrement sa vie. Il en avait encore plus conscience ce soir que d'habitude, sans doute parce que c'était son anniversaire. Si Mary Jo avait été là, elle aurait organisé un repas familial et lui aurait offert un cadeau coûteux, soigneusement choisi et joliment emballé. Ils auraient ensuite parlé des enfants, de la prochaine accession de Michael au rang d'associé et des avantages de toute sorte qu'il en retirerait...

Mais Mary Jo n'était plus là et, anniversaire ou pas, Michael allait passer la soirée seul. Ou plus exactement avec sa fille qui, elle, resterait enfermée dans sa chambre.

Autant se plonger tout de suite dans les dossiers qu'il avait rapportés du bureau, pensa-t-il, puisque le travail était la seule chose qui lui procurait des satisfactions, en ce moment.

Cette nuit-là, Michael rêva de Mary Jo. Cela lui arrivait chaque fois qu'il était fatigué et déprimé. On aurait dit que son subconscient la faisait alors revenir pour le réconforter.

Dans ce rêve, il ne voyait pas le visage de sa femme. Elle était couchée près de lui mais, contrairement à son habitude, elle ne portait pas de chemise de nuit. Michael trouvait ce changement très agréable.

Et puis quelque chose d'étrange se produisit : au lieu de l'odeur fraîche d'eau de Cologne qu'il associerait toujours à Mary Jo, un autre parfum lui monta aux narines, un parfum musqué, capiteux...

Et quand il se mit à caresser le corps qui se lovait contre lui, il n'en reconnut pas les contours : ses mains rencontraient des formes pleines et généreuses alors que Mary Jo était menue, presque fragile.

Il effleura soudain un lourd pendentif, et ses yeux se posèrent sur un gros médaillon d'argent et d'ambre qu'il avait souvent vu au cou de...

Oh ! mon Dieu... Claire Logan !

Il se réveilla en sursaut, le cœur battant. Claire

Logan lui était déjà apparue en rêve, la nuit qui avait suivi son invitation à dîner, mais il ne voulait pas rêver d'elle, juste de Mary Jo...

Dans la nouvelle vie qu'il essayait de construire, seuls comptaient sa fille, ses parents, son métier et l'espoir qu'il gardait, malgré ses efforts jusque-là infructueux, d'envoyer le sénateur Beske en prison.

Dans cette nouvelle vie, il n'y avait de place pour aucune femme, et surtout pas pour Claire Logan. Elle était trop extravertie, trop ambitieuse, tout le contraire de la douce et timide Mary Jo.

C'étaient justement ces qualités qu'avait aimées Michael chez son épouse, et il resterait toujours fidèle à sa mémoire.

2.

Après avoir échangé ses chaussures à talons hauts contre des baskets, Claire quitta son bureau pour aller faire sa promenade quotidienne. Elle se privait généralement de déjeuner mais, pour rien au monde, elle n'aurait renoncé à cette sortie qui coupait ses longues journées de travail.

Comme d'habitude, elle parcourut deux ou trois kilomètres en marchant assez vite pour être un peu essoufflée, puis d'une allure ralentie, passa son dernier quart d'heure de pause à lécher les vitrines.

Un tailleur rouge vif, dans la devanture d'un grand magasin, attira son regard. C'était exactement son style, mais jamais elle ne pourrait porter quelque chose d'aussi voyant au bureau. Les associés avaient des idées tellement conservatrices sur tout !

Claire avait toujours voulu être avocate. Enfant, elle croyait que cette profession consistait juste à beaucoup lire et à beaucoup parler. Ses études de droit à Harvard, puis son stage auprès d'un juge fédéral, avaient commencé à lui ôter une bonne partie de ses illusions, et son poste au cabinet Haynes, Collingwood & Crofts, avait fini par lui rendre le sens des réalités.

Pour commencer, la façon dont les gens s'y habillaient l'irritait. C'était un détail en apparence mineur, mais symptomatique. Car les éternels vêtements gris en vigueur dans la profession encourageaient ces messieurs à se prendre un peu trop au sérieux. La jeune femme n'aimait pas non plus qu'on exige d'elle de sacrifier entièrement sa vie privée aux intérêts de l'entreprise.

Après avoir jeté un dernier regard de regret au tailleur, Claire consulta sa montre. Il était temps de rentrer. Elle avait rendez-vous à 17 heures avec Michael pour discuter de sa première affaire pénale.

Une onde de joie la parcourut à l'idée de cette entrevue. C'était idiot, bien sûr... Depuis un mois qu'elle était au service pénal, rien dans l'attitude de Michael n'indiquait qu'il la considérait autrement que comme une collègue. Il la traitait cependant avec respect, en égale, ce qu'aucun cadre supérieur de la société n'avait fait avant lui.

Une fois de retour au cabinet, la jeune femme prit ses dossiers dans son bureau, puis alla frapper à la porte de Michael.

— Bonjour ! s'écria-t-elle avec un grand sourire.

— Bonjour, Claire, déclara-t-il en souriant lui aussi, mais de façon plus retenue. Asseyez-vous !

Elle obéit, et il contourna sa table pour venir s'installer à côté d'elle, comme c'était son habitude avec les jeunes avocats dont il supervisait le travail.

Sachant qu'il éluderait poliment mais fermement toute question personnelle, Claire se lança aussitôt dans l'exposé de l'affaire et de sa stratégie pour la plaider. Il l'écouta avec attention, approuvant par moments de la tête, faisant une suggestion à d'autres.

— Donc, conclut-elle, je ne compte pas révéler à l'accusation que nous avons trouvé ce témoin de dernière minute. Je veux qu'il entre dans la salle d'audience pendant que je serai en train de procéder au contre-interrogatoire de Rolland. En le voyant soudain apparaître, il perdra tous ses moyens.

— Ce genre de coup de théâtre est contraire à la politique de la maison, remarqua Michael.

— Mais ça pourrait marcher !

— Fanal n'appréciera pas.

— Il m'a dit une fois qu'une note d'anticonformisme ne le gênait pas.

— Cela ne l'empêchera pas de vous renvoyer si vous perdez ce procès après avoir utilisé des méthodes qu'il désapprouve la plupart du temps.

— Ecoutez, je travaille dur sur ce dossier, j'effectue des recherches sérieuses et approfondies, comme pour l'affaire Halmeyer, et la présentation d'un témoin surprise n'enfreint pas les règles de la déontologie. Et si cela risque de choquer nos clients, ces assureurs compassés en costume trois-pièces, eh bien, tant pis pour eux !

A la grande surprise de Claire, Michael esquissa un sourire.

— Qu'ai-je dit de drôle ? s'exclama-t-elle avec une véhémence destinée à cacher le trouble que lui causait ce sourire.

— Rien... Votre idée n'est peut-être pas si mauvaise, après tout. Si elle ne déstabilise pas Rolland, elle aura au moins l'avantage de réveiller les jurés, et, dans un long procès, il est important qu'ils ne s'ennuient pas.

— Alors pourquoi souriiez-vous, à l'instant ?

Au lieu de répondre, Michael se leva brusquement et alla se planter devant la fenêtre, le dos tourné à la jeune femme. Un silence gêné s'installa dans la pièce.

Claire ignorait totalement ce qui avait déclenché cette étrange réaction chez son patron ; leurs séances de travail se déroulaient d'habitude dans une ambiance sereine, presque amicale.

— Vous savez, Michael, finit-elle par déclarer dans l'espoir de détendre l'atmosphère, je me plais beaucoup dans votre service. Il y règne un esprit d'équipe, et tout le monde m'y a très bien acceptée. Pour la première fois depuis mon entrée au cabinet, j'ai l'espoir de devenir un membre de la profession comme les autres.

— Vous ne serez jamais comme les autres, Claire, déclara-t-il en se retournant.

Il n'y avait plus trace d'amusement sur son visage, et la jeune femme vit briller dans les beaux yeux noisette posés sur elle une flamme qui fit courir une onde de chaleur dans ses veines. Elle ne comprenait cependant pas pourquoi Michael la regardait ainsi : s'il la désirait, pourquoi veillait-il avec tant de soin à ce que leurs relations restent purement professionnelles ?

« Ne t'emballe pas ! s'ordonna-t-elle. Tu ne plais pas aux hommes, et celui-là a déjà repoussé une fois tes avances. En plus, c'est ton patron. »

— Vous avez raison, dit-elle en reprenant son stylo. J'ai toujours été considérée comme une originale, et il n'est donc pas étonnant qu'ici aussi on me trouve différente.

Cette observation étant d'une justesse indéniable, Michael jugea inutile de protester par simple politesse. Claire était en train d'annoter un document, et il l'observa à la dérobée. Elle portait aujourd'hui un tailleur gris foncé, mais son habituelle queue-de-cheval était attachée avec un grand foulard de soie écarlate.

Les pans de ce foulard bougeaient et jetaient des

reflets chatoyants à chacun de ses pas, Michael l'avait remarqué quand elle était entrée dans le bureau. La société avait un code vestimentaire strict quoique tacite, dont les règles exigeaient des couleurs neutres et unies. Claire se débrouillait toujours pour respecter et défier ce code à la fois.

La veille, par exemple, elle avait aux oreilles des anneaux d'or si gros, si semblables à ceux d'une gitane, que Michael en avait souri. Le jour d'avant, elle arborait une énorme broche représentant un chat dont la queue articulée remuait en même temps qu'elle.

Une brusque bouffée de colère envahit Michael : que faisait-il là, les bras ballants, à passer en revue la garde-robe de Claire, alors qu'il avait encore un mémoire à rédiger ?

Il se dirigea vers sa table, où il pensait avoir laissé ses notes préparatoires, mais elles n'y étaient pas. A l'idée de devoir fouiller tous ses dossiers à leur recherche, il jura entre ses dents, et Claire demanda :

— Qu'y a-t-il, Michael ?

Levant la tête, il vit que la jeune femme avait rangé ses papiers et le regardait fixement.

— Je ne sais plus où j'ai mis mes notes sur l'affaire Cooper, répondit-il, et j'en ai besoin pour écrire mon mémoire.

— Je vais vous aider à les retrouver.

Leurs efforts se révélèrent cependant inutiles. Pis : comme ils se tenaient très près l'un de l'autre, Michael sentait le parfum capiteux de Claire, et cela le distrayait de sa tâche. Il avait d'autres affaires urgentes en attente, qui suffiraient amplement à occuper cette soirée, mais l'idée de se plonger dans des dossiers ne lui disait vraiment rien, tout d'un coup.

— Je ne sais pas pourquoi, observa-t-il, mais ce soir, je n'ai pas envie de travailler.

— Oui, je comprends ça, déclara Claire. Trop, c'est trop...

— Non, d'habitude, cela ne me dérange pas, au contraire. Il m'arrive de penser que, si je n'avais pas eu mon travail, ces derniers mois... Mais peu importe !... Nous sommes pourtant vendredi... Ma fille Angela dort toujours chez son amie Sabrina le vendredi soir, et j'en profite pour rattraper le retard pris pendant la semaine, de façon à consacrer tout mon dimanche à ma fille.

Claire conclut de ces confidences inattendues que Michael ne réservait pas ses soirées du vendredi à une autre femme. Elle aurait préféré, dans un sens, qu'il ait une maîtresse : son refus de nouer des liens plus intimes avec elle aurait alors été moins blessant.

Le fait qu'il passe tous ses vendredis soir à travailler afin de libérer ses dimanches pour sa fille la remplit cependant d'admiration. Il avait déjà des semaines si chargées...

— Pourquoi ne feriez-vous pas l'école buissonnière, juste une fois ? demanda-t-elle.

— Comment cela ?

— Eh bien, oubliez vos dossiers, vos clients et tout ce maudit cabinet pour fuir le plus vite et le plus loin possible !

Michael eut alors une réaction totalement inattendue : il éclata de rire. Depuis qu'ils se connaissaient, jamais encore elle ne l'avait vu rire.

— D'accord, mais fuyons ensemble, alors ! s'écriat-il en se dirigeant vers la patère où était accroché son pardessus.

Un mélange de surprise et d'excitation envahit la jeune femme. Quelques mois plus tôt, Michael avait repoussé ses avances ; une heure plus tôt, il paraissait encore résolu à ne rien laisser de personnel s'infiltrer dans leurs relations, et voilà qu'il l'invitait à l'accompagner... Où ? Elle n'en avait pas la moindre idée, et elle ne savait pas non plus ce qui l'y avait décidé, mais quelle importance ?

Elle allait faire l'école buissonnière avec Michael !

Le temps, dehors, était froid et venteux. L'air avait cette qualité particulière de la fin de l'automne, quand le gel annonce la première neige.

Une foule nombreuse se pressait dans le centre-ville brillamment éclairé. Quelques personnes marchaient vite, un attaché-case à la main — des cadres sortis tard du bureau et impatients de rentrer chez eux —, mais la plupart des gens étaient là pour flâner dans les magasins ou se rendre au spectacle.

— Alors, comment s'occupe-t-on quand on fait l'école buissonnière ? demanda Michael.

Maintenant qu'ils étaient dans la rue, il semblait hésiter sur la suite à donner aux événements.

— Eh bien, répondit Claire d'un ton volontairement léger, on commence par descendre à la rivière avec un paquet de cigarettes, on s'assied sur un rocher, les pieds dans l'eau, et on fume en essayant de ne pas trop tousser. Un copain s'est généralement débrouillé pour voler dans le réfrigérateur familial une bouteille de bière qui passe de main en main.

— Vous parlez comme quelqu'un qui a une grande expérience en la matière ! s'exclama Michael en riant.

— Oui, mais c'est ma sœur, Amy, qui m'a tout appris.

— Voyons... Je crains que le lac Michigan ne soit trop froid en cette saison pour s'y tremper les pieds... Je peux en revanche vous offrir une bière. Qu'en dites-vous ?

— C'est un commencement!

Michael emmena la jeune femme dans une ancienne caserne de pompiers transformée en bar-restaurant. La chaleur et le bruit qui y régnaient les laissèrent un moment étourdis.

— Vous êtes déjà venue ici? cria Michael à l'oreille de sa compagne pour se faire entendre au milieu du vacarme ambiant.

— Non, mais ça a l'air sympathique.

Esquissant une moue sceptique, il la conduisit à la table libre la plus éloignée du bar, puis, comme il n'y avait aucun serveur en vue, il se dirigea vers le comptoir.

Pendant qu'elle l'attendait, Claire observa le local. De nombreux éléments du décor rappelaient son ancienne destination. Des échelles, des tuyaux d'incendie et des casques de pompiers ornaient les murs. Les mâts le long desquels les hommes descendaient autrefois pour gagner leurs camions se dressaient toujours au milieu de la pièce, mais des spots rouges y étaient à présent accrochés.

Si cet endroit plaisait beaucoup à Claire, il ne semblait pas correspondre aux goûts de Michael, et la jeune femme se demandait pourquoi diable il avait choisi de l'amener là.

Le retour de Michael, deux chopes de bière et des menus à la main, l'arracha à ses pensées.

— Vous venez souvent ici? lui demanda-t-elle quand il se fut assis.

— Non, j'ai juste entendu des gens, au bureau, en parler... Mais goûtez cette bière et dites-moi comment vous la trouvez.

Claire en but une gorgée, puis déclara:
— Excellente!

— C'est de la Rathdenburg ; elle est fabriquée par une petite brasserie des environs. Quand j'étais enfant, mon père n'achetait que celle-là. On ne la vend malheureusement plus en bouteilles.

— Vous savez, c'est ce genre de chose qui m'a attirée à Chicago. J'avais envie de faire de nouvelles expériences, d'aller dans des endroits comme celui-ci.

— Comme celui-ci ? répéta Michael d'un ton incrédule.

— Oui.

L'arrivée d'un serveur interrompit la conversation. Ils commandèrent à dîner, puis Claire reprit :

— Si vous connaissiez la ville où j'ai grandi, vous comprendriez mieux... Hespin, Nebraska, compte environ six cents habitants... enfin, cinq cent quatre-vingt-dix-neuf, à présent... Elle est construite au milieu d'une plaine plate comme la main, et ses deux grandes attractions sont la grand-rue et le silo à céréales. L'été, il y règne une chaleur étouffante ; la végétation grille et la poussière recouvre tout. Je me souviens que ma sœur et moi, nous sortions la nuit pour tracer des gros mots sur le capot des voitures. C'était notre seule distraction.

— Vous ne vous y plaisiez pas, on dirait !

— Si, du moins quand j'étais petite. Mais à partir de l'âge de treize ans...

Elle s'interrompit brusquement, et Michael la fixa d'un air interrogateur.

— Il s'est passé quelque chose quand vous aviez treize ans ? demanda-t-il.

— Oh ! rien de bien exceptionnel... Il y a tant de divorces, de nos jours !

— Vos parents ont divorcé ?

Même après tout ce temps, la blessure n'était pas

refermée, et Claire dut inspirer plusieurs fois à fond avant de pouvoir répondre.

— Mon père est tombé amoureux de la femme du pasteur. Dans une aussi petite ville, vous imaginez le scandale ! Les gens en ont parlé pendant des années. Où que nous allions, ma mère, ma sœur et moi, on nous regardait comme des bêtes curieuses. Finalement, mon père et Betsy sont partis s'installer à Lincoln.

— Je suis désolé, déclara Michael d'une voix douce.

— Je n'ai plus eu beaucoup de contacts avec mon père, après ça. Betsy et lui ont eu un enfant, et je leur ai rendu visite, mais...

— Mais votre père n'avait plus de temps à vous consacrer ?

La jeune femme garda le silence, et, pourtant, l'explication de Michael n'était pas la bonne. Son père insistait en réalité pour qu'elle vienne le voir, mais c'était chaque fois pour la critiquer durement. Il la trouvait trop remuante, trop bavarde, comme sa mère. Selon lui, les hommes aimaient les femmes douces et effacées du genre de Betsy, toujours en adoration devant leur mari.

Au bout d'un certain temps, sachant que jamais elle ne ressemblerait à ce modèle, elle avait donc préféré s'abstenir de ces visites. A présent, ses relations avec son père étaient toujours tendues. Elle n'arrivait pas à lui pardonner ses critiques et les traces indélébiles que celles-ci avaient laissées en elle.

Il n'était cependant pas question d'avouer à Michael que les hommes et la façon de les séduire restaient un mystère pour elle.

Après une longue pause, Michael observa :

— Je sais ce qu'on ressent quand on perd l'amour d'un être cher.

42

— Votre femme est morte, n'est-ce pas ?

— Oui, il y a un an et demi. Elle s'appelait Mary Jo.

Claire fut très surprise : elle le croyait veuf depuis des années.

— Je suis désolée, Michael... Voulez-vous me parler d'elle ? Comment était-elle ?

Une ombre passa sur le visage de son interlocuteur, puis il murmura :

— Elle était parfaite.

Il y eut un nouveau silence. Michael n'avait visiblement pas l'intention d'en dire plus, et Claire en éprouva du soulagement. Un pincement de jalousie venait en effet de lui faire comprendre que Michael aimait encore sa femme.

— Pourquoi notre commande n'arrive-t-elle pas ? s'écria-t-il soudain. Excusez-moi une minute, je vais aux nouvelles.

Sur ces mots, il se leva et s'éloigna en direction du bar. Claire le suivit des yeux en se demandant si elle ne l'avait pas irrité avec ses questions. Mais c'était lui qui avait aiguillé la conversation sur sa défunte épouse, non ?

Son absence dura si longtemps qu'elle le crut parti pour de bon. Il finit cependant par revenir, le serveur sur ses talons. Quand celui-ci eut posé les plats sur la table et se fut retiré, Michael déclara :

— Pardonnez ma brusquerie, Claire. J'ai un peu de mal à évoquer Mary Jo.

— Vous êtes tout pardonné.

Puis, afin de dissiper la gêne qui s'était de nouveau installée entre eux, la jeune femme changea de sujet.

— Je vous ai décrit ma ville natale... A vous, maintenant, de me parler du cadre où vous avez grandi.

L'expression d'intense soulagement qui se peignit sur les traits de Michael la remplit de joie. Pour une fois, elle avait dit ce qu'il fallait !

— Certains quartiers de Chicago ressemblent à des villages, expliqua-t-il, et c'est dans un de ceux-là qu'ont toujours habité mes parents. Il rassemble la majeure partie de la communauté polonaise de la région. Je suis fils unique, et mes parents ont été très déçus que je parte m'installer ailleurs.

— Vous ne vous plaisiez pas là-bas ?

— Si, quand j'étais petit... comme vous à Hespin. On jouait au football dans la rue, on allait manger des gâteaux chez l'un ou chez l'autre, tout le monde connaissait tout le monde... Je n'ai pourtant jamais eu l'impression d'y être vraiment à ma place.

Il y avait une pointe de tristesse dans la voix de Michael, et Claire hocha la tête. Elle savait combien il était difficile de se sentir différent.

— Moi non plus, je n'ai jamais eu l'impression d'être à ma place à Hespin, déclara-t-elle. Un été, je me suis passionnée pour la politique et j'ai passé toutes mes matinées à la bibliothèque municipale, à lire le *New York Times*. Les gens n'en revenaient pas. Leurs seuls sujets de conversation, c'était le bétail, le blé et l'équipe de base-ball locale. Ray King, un camarade de classe qui m'attirait beaucoup, m'a dit un jour : « Tu es trop intelligente. Les garçons n'aiment pas les filles qui leur sont supérieures. »

Cette dernière phrase était à peine sortie de sa bouche que Claire la regretta. La remarque de Ray la blessait encore, même si elle avait décidé des années plus tôt de ne pas se soucier de l'opinion des autres, même si son rêve de devenir avocate s'était réalisé, et si cela, elle le devait précisément à son intelligence.

Et elle aurait aussi mieux fait de ne pas évoquer ce souvenir parce qu'il lui rappelait douloureusement que ses sentiments pour Michael, comme pour Ray autrefois, n'étaient pas partagés.

— Mais vous avez sûrement rencontré, depuis, des hommes qui apprécient les femmes intelligentes, objecta Michael.

— Quelques-uns, oui, à l'université, mais maintenant, mon travail ne me laisse plus beaucoup de loisirs. Je me rends d'ailleurs bien compte que je n'ai aucune des qualités que les hommes recherchent traditionnellement chez une femme.

— Vous êtes trop sévère avec vous-même ! Moi, je vous trouve...

Il s'interrompit, l'air embarrassé, et Claire retint son souffle.

— Je vous trouve intense, reprit-il.

— Ah !

Bien qu'elle mourût d'envie de lui demander ce qu'il voulait dire par là et si cet adjectif, dans sa bouche, était une critique ou un compliment, la jeune femme se retint.

En fait, elle devait bien le constater, tout sujet personnel était apparemment source de gêne entre eux, et il n'y avait donc rien d'étonnant à ce qu'ils parlent toujours de droit...

Ils terminèrent leur repas en silence, et la jeune femme fut soulagée quand ils ressortirent finalement dans la rue. La température avait encore baissé, mais le simple fait de quitter l'espace clos du restaurant atténua leur embarras.

— Si nous allions flâner un peu dans les magasins ? suggéra Claire.

— Il est déjà tard, objecta Michael en consultant sa montre.

Ayant maintenant compris que le seul moyen de l'empêcher de s'enfuir était de donner à leurs rapports un ton de gaieté légère, la jeune femme s'écria :

— Non, il n'est pas question que vous retourniez au bureau ! Nous faisons l'école buissonnière, vous vous souvenez ? Il faut d'ailleurs que je commence à acheter mes cadeaux de Noël, et vous pourriez en profiter pour vous y mettre vous aussi.

— Mais nous ne sommes qu'à la mi-novembre ! protesta Michael.

L'année précédente, il s'était contenté de demander à sa fille ce qu'elle voulait pour Noël, puis avait chargé sa mère de l'acheter. Comme toujours, il avait laissé à un vendeur de grand magasin qu'il connaissait le soin de s'occuper des présents destinés à ses collègues de travail. Pour ses parents, les choses s'étaient révélées plus compliquées : Mary Jo assumant toujours cette mission, il n'avait pas su quoi leur offrir et avait fini par leur envoyer à la dernière minute un panier de fruits exotiques et une composition florale. Il comptait cette année commander par téléphone les cadeaux d'Angela et les faire livrer, ce qui lui éviterait de passer des heures dans les magasins.

L'insistance de Claire eut cependant raison de ses réticences, et il dut reconnaître que, avec elle, ces courses qui l'ennuyaient tant d'habitude étaient plutôt amusantes. Elle courait d'un rayon à l'autre, tâtait, comparait, sollicitait son avis — pour finalement n'en tenir aucun compte.

Et elle avait une opinion sur tout. « Triste ! » dit-elle d'une cravate à fines rayures que Michael trouvait jolie. « Super ! » s'exclama-t-elle devant un pull-over rouge orné d'une broderie noir et or représentant un chat, avec deux gros boutons de cuivre à la place des yeux et des bouts de laine en guise de moustaches. Il était difficile d'imaginer chandail plus laid, et pourtant, Michael fut saisi d'une absurde envie de l'offrir à Claire, de la voir dedans.

Jugeant dangereux le tour que prenaient ses pensées, il se força à se concentrer sur autre chose.

— Puisque je suis là, je pourrais peut-être essayer de choisir les vêtements que je donnerai à ma fille pour Noël, déclara-t-il. Ceux que sa grand-mère lui a achetés l'an dernier ne lui ont pas plu.

— Quel est son style ? demanda aussitôt la jeune femme, les yeux brillants d'intérêt.

— Son style ?

— Oui, quelles couleurs et quel genre d'habits aime-t-elle ?

— Je l'ignore, répondit Michael en fronçant les sourcils. Angela n'ayant que treize ans, elle n'a pas encore de style défini. Je sais quand même qu'elle déteste le rose.

La jupe couleur framboise que sa grand-mère lui avait récemment confectionnée avait en effet provoqué la colère d'Angela. Elle avait gentiment remercié sa grand-mère, mais une fois dans la voiture, elle s'était écriée :

— J'ai horreur du rose ! Je n'ai que des trucs roses, et j'ai honte de les porter : ça fait bébé.

Surpris par cette réaction, Michael avait souligné que le rose était l'une des couleurs préférées de Mary Jo. Sa fille avait alors éclaté en sanglots et, de retour à l'appartement, était allée s'enfermer dans sa chambre en claquant la porte derrière elle. Une fois de plus.

— Depuis quelque temps, j'ai l'impression de ne plus connaître du tout Angela, avoua-t-il.

— Et si je l'emmenais un jour choisir des vêtements ? proposa Claire. Treize ans, c'est un âge difficile pour une fille. Toutes les femmes s'en souviennent comme de l'une des périodes les plus dures de leur vie. Je pourrais l'aider.

— Merci, mais c'est à moi qu'incombe la responsabilité d'aider Angela à résoudre ses problèmes.

Et ce disant, il espéra que Claire ne se formaliserait pas de cette mise au point. Il avait déployé tant d'efforts pour se rapprocher de sa fille, ces dix-huit derniers mois, qu'il ne voulait pas risquer de tout compromettre en laissant une quasi-étrangère s'interposer entre eux.

La conversation sur ce sujet en resta là, et, quand la jeune femme, après être allée de magasin en magasin, eut finalement acheté une écharpe écossaise pour sa mère et un peignoir de soie vert émeraude pour sa sœur, ils gagnèrent le parking souterrain du cabinet Haynes, Collingwood & Crofts.

Michael se rendit alors compte avec étonnement qu'il n'avait pas envie de voir la soirée se terminer et, plus surprenant encore, que pas une fois il n'avait pensé au travail depuis la fin du dîner.

Lorsque Claire fut montée dans sa voiture, il ne sut comment prendre congé.

— J'espère que vous vous êtes autant amusé que moi, dit-elle alors qu'il maintenait la portière ouverte.

Il la contempla. L'éclairage cru du parking rehaussait l'éclat de ses yeux et de ses joues rougies par le froid. Pris d'une impulsion subite, Michael se pencha, et ses lèvres descendirent vers celles de la jeune femme... La raison lui revint heureusement à temps, et il recula.

— Merci, Claire, murmura-t-il. J'ai trouvé votre compagnie très tonifiante.

Et il était sincère : pour la première fois depuis des mois, il se sentait gai et détendu. Vivant.

— J'étais sûre que nous pouvions devenir amis, rétorqua-t-elle d'un ton satisfait.

« Amis » ? C'était un terme rassurant, mais Michael savait qu'aucune amitié ne serait jamais possible entre eux. Claire lui inspirait des sentiments d'une tout autre nature, comme le prouvaient les rêves qu'il faisait d'elle et l'envie de l'embrasser qui l'avait saisi une minute plus tôt.

La mort de Mary Jo remontait pourtant à moins de deux ans, et Michael s'en voulait de désirer une autre femme après si peu de temps — et surtout une femme aussi différente de celle qu'il avait tant aimée. Cela lui apparaissait comme une double trahison.

Honteux, il déclara d'une voix grave :

— Ecoutez, Claire, ne le prenez pas mal, mais je crois qu'il vaut mieux conserver à nos relations un caractère strictement professionnel.

Les traits de la jeune femme se crispèrent, mais elle recouvra très vite son sang-froid.

— Mon invitation à dîner vous a peut-être induite en erreur, continua Michael. Si c'est le cas, je le regrette d'autant plus que j'ai passé grâce à vous des moments très agréables.

— Je n'ai parlé que d'amitié, je vous le rappelle ! répliqua-t-elle en mettant la clé dans le contact. Maintenant, si vous voulez bien m'excuser... Il est tard.

La portière de la voiture se referma en claquant. Michael s'écarta pour laisser la jeune femme quitter sa place de parking, puis resta à écouter le bruit du moteur qui s'éloignait.

Jamais il ne s'était senti aussi seul.

3.

Sophie Chalinski embrassa son mari sur la joue. Il battit des paupières et, au prix d'un gros effort, articula un son dont seule sa femme savait qu'il signifiait « au revoir ». Le fauteuil roulant fut ensuite monté dans l'ambulance qui allait emporter l'invalide à l'une de ses séances de rééducation bihebdomadaires.

Le cœur serré, Sophie regarda le véhicule remonter la rue. Elle trouvait dur d'être séparée de Mike ne serait-ce qu'une heure.

Le bruit d'une porte qui se refermait la ramena à la réalité. Theresa Panski, sa voisine, venait de sortir de chez elle, son petit terrier sur les talons.

— Bonjour, Theresa ! cria Sophie en polonais. Comment vas-tu ?

Elles se voyaient pratiquement tous les jours et avaient toujours plaisir à bavarder ensemble.

— Pas trop mal pour une vieille femme comme moi, répondit cette dernière avec un sourire. Tu pars faire des courses ?

— Oui, il faut que j'aille acheter du lait, du pain et des légumes chez Domeniak.

— A ce propos, j'ai une mauvaise nouvelle à t'annoncer...

51

— Ah oui? fit Sophie en s'approchant de la barrière mitoyenne.

— Domeniak m'a annoncé hier qu'on ne trouverait désormais plus de lait chez lui. Il dit qu'il n'en écoule pas assez, qu'il en a plusieurs dizaines de litres qui tournent toutes les semaines.

C'était en effet une mauvaise nouvelle, car si le magasin de Pete Domeniak ne vendait plus de lait, où Sophie allait-elle en acheter? C'était la seule épicerie qui restait dans le quartier. Il n'y avait aucun supermarché à moins de huit kilomètres; il était impossible de s'y rendre à pied, et même par le bus, le trajet prenait trop de temps.

Âgée de soixante-dix ans, Sophie avait traversé de nombreuses épreuves, qu'elle avait toutes supportées avec courage. Elle s'était d'abord expatriée pour venir vivre chez une tante inconnue, dans une ville qui paraissait plus grande que la Pologne tout entière. Là, elle avait appris l'anglais pratiquement seule et gagné sa vie comme femme de ménage.

Puis elle avait épousé Mike Chalinski. Elle aurait voulu avoir beaucoup d'enfants, mais n'avait pu en avoir qu'un, Michael.

Sept mois plus tôt, les médecins lui avaient annoncé que son mari ne marcherait et ne parlerait plus jamais normalement. Les séances de rééducation ne semblaient en effet ne lui faire faire aucun progrès, mais Sophie s'efforçait malgré tout de garder confiance et de créer autour de Mike une atmosphère de gaieté et d'optimisme.

Ce terrible coup du sort avait été précédé par un malheur plus affreux encore : la mort de Mary Jo, que Sophie considérait comme sa fille. Elle avait essayé de soutenir Michael, alors même que la vue de son fils unique brisé de chagrin augmentait sa propre douleur. Elle ne cessait depuis de s'inquiéter pour lui, de se demander s'il retrouverait jamais le bonheur.

Comparé à tout cela, le fait que Pete Domeniak ne vende plus de lait était bien peu de chose. Il affectait pourtant profondément Sophie qui n'avait plus l'âge d'apprendre à conduire.

— Comment vais-je me débrouiller? dit-elle, se sentant impuissante pour la première fois depuis des années.

— Je peux t'en prendre quand Stanley m'emmène au supermarché, déclara Theresa, mais ça ne règle pas vraiment le problème. Pete est vieux et il devra bientôt fermer son épicerie. Il faut que tu trouves un autre endroit pour faire tes courses. Peut-être que Michael...

— Non, Michael est trop occupé. Il a un poste important, qui lui donne de grosses responsabilités.

Sophie se rendit compte trop tard que, emportée par son orgueil maternel, elle avait froissé son amie. Stanley, le fils de Theresa, travaillait dans une aciérie. Il était père de quatre enfants, mais avait toujours du temps à consacrer à sa mère — selon l'intéressée, tout du moins.

— Je sais que Stanley est très occupé, lui aussi, se hâta de souligner Sophie.

Ce ne fut pas suffisant pour empêcher Theresa de bouder. Le cœur gros de l'avoir vexée, Sophie regarda son amie se détourner et rentrer chez elle avec son chien.

Sur le chemin de l'épicerie, Sophie se sentit agitée de pensées troublantes. En fait, depuis quelque temps, elle s'en voulait de regretter que Michael ait si bien réussi, qu'il n'ait pas pris le chemin de l'usine, comme la plupart des jeunes du quartier. A une époque, Sophie

avait été en admiration devant la réussite professionnelle de son fils, mais maintenant...

Mike, lui, avait toujours compris Michael. Il lisait
beaucoup, se passionnait pour ce qui se passait dans le
monde et discutait autrefois pendant des heures avec
son fils de sujets auxquels Sophie n'entendait rien. Il
avait encouragé Michael à faire des études, déclarant
que les Etats-Unis étaient l'un des seuls pays au monde
où l'enfant d'un ouvrier métallurgiste et d'une femme
de ménage pouvait devenir avocat.

En attendant, Sophie n'avait personne pour l'emmener acheter du lait dans un supermarché...

L'idée qu'elle devait rentrer chez elle à temps pour
accueillir Mike à son retour incita la vieille dame à
presser l'allure. Pour l'instant au moins, Pete Domeniak vendait encore du pain et des légumes frais...

Dans Koblak Street, elle jeta un coup d'œil craintif à
une maison ravagée six mois plus tôt par un incendie et
où, d'après la rumeur, des toxicomanes venaient à
présent se fournir en drogue. Réprimant un frisson,
Sophie allongea encore le pas et, quelques dizaines de
mètres plus loin, se retrouva dans un environnement
moins sinistre : plus d'habitations délabrées, plus de
graffitis sur les murs, mais de petits pavillons avec des
rideaux aux fenêtres et des jardins bien entretenus.

Une jeune mère était en train de sortir son bébé de
l'arrière de sa voiture lorsque Sophie arriva à sa hauteur. Elle s'arrêta pour admirer l'enfant.

— Quel amour ! s'écria-t-elle. Il me rappelle mon
fils au même âge.

— Merci, dit la jeune femme avec un sourire.

Elles bavardèrent une minute, puis Sophie reprit son
chemin. Cette brève conversation lui avait cependant
remonté le moral : même si son interlocutrice ne sem-

blait pas d'origine polonaise, la vieille dame était heureuse de constater que de jeunes couples commençaient à s'installer dans le voisinage. Selon Michael, c'était la conséquence de l'augmentation du coût du logement à Chicago. Sophie regrettait le temps où elle connaissait personnellement tous les habitants des rues avoisinantes, mais ces nouveaux arrivants redonnaient de la vie à certaines rues du quartier et permettaient de s'y sentir plus en sécurité.

Michael essayait depuis longtemps de la persuader de déménager. Il s'inquiétait de la délinquance grandissante qui sévissait et, pour la décider, lui faisait miroiter les avantages d'un appartement : le confort, la facilité d'entretien, une cuisine moderne...

Rien de tout cela ne tentait cependant Sophie ; elle aimait sa maison et n'avait aucune envie de quitter le cadre où elle avait toujours vécu. Et cet appartement, d'ailleurs, qui le paierait ? Mike et elle n'avaient pas beaucoup d'économies. Leur fils voulait le leur acheter, mais même s'il gagnait des fortunes, il était hors de question d'accepter un tel cadeau de sa part.

Alors que Sophie s'apprêtait à tourner dans la rue de Domeniak, deux grands gaillards d'allure peu engageante lui barrèrent la route.

— Hé, la vieille ! grommela l'un d'eux. T'aurais pas une petite pièce ?

Effrayée, elle scruta les alentours, mais il n'y avait personne sur les trottoirs, et les conducteurs des voitures qui passaient roulaient trop vite pour rien remarquer.

— Euh... oui, dit-elle en ouvrant lentement son sac à main.

L'un des deux garçons éclata d'un rire mauvais, puis tendit la main vers le sac et l'arracha de l'épaule de Sophie.

— Non ! cria-t-elle, envahie par une brusque bouffée de colère. Vous n'aurez pas mon argent !

Profitant de la surprise qu'avait causée cette réaction à ses agresseurs, elle leur reprit le sac et se mit à courir. Cela ne lui était pas arrivé depuis trente ans, mais la peur lui donnait des ailes.

Les deux voyous n'eurent pourtant aucun mal à la rattraper. Ils la poussèrent brutalement, la faisant tomber de toute sa hauteur. Elle ressentit une vive douleur à la jambe, et le revêtement du trottoir lui écorcha la joue.

D'un geste instinctif, elle leva les bras pour se protéger le visage, mais de violents coups de pied lui martelèrent alors les côtes. Sa vue s'obscurcit, et elle se demanda si son heure avait sonné, si elle allait mourir et, dans ce cas, qui s'occuperait désormais de Mike, de Michael et d'Angela.

Après un ultime coup de pied, ses agresseurs partirent avec son sac, et la dernière chose qu'entendit la vieille dame fut leur rire tandis qu'ils s'éloignaient.

Claire était en train de faire des photocopies quand elle aperçut Michael dans le couloir. Il se dirigeait vers elle, son attaché-case à la main, son manteau sur le bras. Elle se prépara mentalement au salut poli mais froid qu'il ne manquerait pas de lui adresser en la croisant. Depuis leur sortie en ville, quelques jours plus tôt, il gardait ostensiblement ses distances avec elle.

Le téléphone sonna soudain dans le bureau de la secrétaire de Michael, dont la porte était ouverte. Claire entendit Eileen répondre, puis appeler Michael d'une voix pressante. Celui-ci rebroussa chemin, et la jeune femme, inquiète, lui emboîta le pas.

Lorsqu'elle atteignit le seuil de la pièce, il avait déjà pris la communication. L'écouteur à l'oreille, il ne disait rien, mais ses mâchoires contractées et son visage blême disaient qu'il se passait quelque chose de grave.

— Je serai là dans un quart d'heure, finit-il par déclarer.

Claire s'approcha de la secrétaire et lui lança un regard interrogateur.

— Sa mère est à l'hôpital, chuchota Eileen. Aux urgences.

Aussitôt, Claire sut qu'elle devait proposer son aide.

— Venez, murmura-t-elle en posant une main sur le bras de Michael. Je vais vous accompagner.

Les doigts toujours serrés sur le combiné, il la fixa d'un air hagard. Puis, comme s'il reprenait ses esprits, il raccrocha et se tourna vers sa secrétaire pour expliquer :

— Ma mère a été agressée. Il faut que j'aille la voir. Vous pouvez annuler mes rendez-vous ?

— Tout de suite !

— Annulez les miens aussi, Eileen ! ordonna Claire.

Puis elle ajouta à l'adresse de Michael :

— Je vous emmène dans ma voiture. Il vaut mieux que ce soit moi qui conduise.

Pour la première fois depuis son entrée dans la pièce, il parut alors s'apercevoir de sa présence.

— Merci, mais je suis parfaitement en état de conduire, indiqua-t-il.

— Non, ce ne serait pas raisonnable. Cette nouvelle vous a secoué, et c'est bien compréhensible.

Sans répondre, Michael sortit du bureau et se dirigea à grands pas vers l'ascenseur.

« Qui ne dit mot consent », songea la jeune femme, et elle le suivit.

L'ascenseur mit une éternité à arriver. Ils l'attendirent en silence, mais quand ils furent enfin dedans, Michael expliqua :

— Des voyous ont attaqué ma mère dans la rue et l'ont fait tomber. D'après l'infirmière que j'ai eue au téléphone, ses jours ne sont pas en danger, mais je ne sais pas si...

— Votre père est avec elle ?

— Non. Il a eu il y a sept mois une attaque d'apoplexie qui l'a laissé hémiplégique. Il paraît que quelqu'un s'occupe en ce moment de son admission dans un centre spécialisé, mais il faudra que je vérifie ça.

L'ascenseur s'arrêta alors à l'étage du parking, et les portes automatiques s'ouvrirent.

— Votre proposition de me servir de chauffeur tient toujours ? demanda Michael en sortant de la cabine derrière Claire.

— Bien sûr !

— Alors je l'accepte, mais prenons ma voiture. Elle est équipée d'un téléphone, et j'ai plusieurs coups de fil urgents à passer.

Il guida la jeune femme jusqu'à l'endroit où était garée sa Jaguar noire et lui tendit les clés.

L'hôpital était situé dans un quartier de la ville que Claire ne connaissait pas. Après lui avoir donné les indications pour s'y rendre, Michael décrocha le téléphone et, le temps qu'ils arrivent à destination, il avait appris que sa mère avait été transportée dans le service orthopédique et que l'assistante sociale du centre de rééducation avait organisé le séjour temporaire de son père dans une maison de santé.

Claire resta avec Michael pendant qu'il parlait au médecin. Sophie Chalinski avait une cheville cassée et des ecchymoses sur le thorax qui la faisaient beaucoup souffrir, mais elle ne s'était heureusement pas fracturé le col du fémur en tombant.

— Nous lui avons administré un sédatif léger pour la calmer, conclut le médecin, parce qu'elle était très agitée quand on nous l'a amenée. Elle ne cessait de répéter qu'elle devait rentrer chez elle pour s'occuper de son mari.

— Oui, il est cloué dans un fauteuil roulant et dépend entièrement de ma mère, déclara Michael.

— Il serait bon que vous la rassuriez à ce sujet. Nous lui avons expliqué que toutes les dispositions concernant votre père avaient été prises, mais elle n'a pas l'air de nous croire. Pour l'instant, elle est toujours en radiologie, mais quelqu'un viendra vous chercher dès qu'on l'aura installée dans une chambre.

Quand le médecin les eut quittés, Claire et Michael se rendirent dans la salle d'attente. Une heure passa, puis une autre. Michael ne tenait pas en place : il se levait, arpentait la pièce, se rasseyait, se relevait... Son visage sombre exprimait de l'inquiétude, mais aussi de la colère, et Claire faillit à plusieurs reprises lui en demander la raison. Elle se retint cependant chaque fois ; c'était à lui de décider de se confier ou non.

Pour finir, Michael alla se poster devant la fenêtre et, les yeux perdus dans le vague, déclara :

— Je répète depuis des années à ma mère que son quartier est devenu dangereux. Je suis bien placé pour savoir que la criminalité augmente, et j'ai proposé à mes parents de leur acheter un appartement dans un endroit plus sûr. Ma mère n'a jamais voulu en entendre parler, mais ce qui est arrivé aujourd'hui est ma faute : j'aurais dû l'obliger à déménager, de force si nécessaire.

— On ne fait pas le bonheur des gens malgré eux, remarqua Claire d'une voix douce.

— J'avais trouvé un appartement très agréable, dans un immeuble neuf. Il était confortable et bien conçu, avec une cuisine tout équipée, mais quand j'ai emmené ma mère le visiter, elle m'a déclaré préférer sa vieille gazinière aux plaques électriques et le parquet à la moquette.

— Ma mère à moi ne comprend pas pourquoi on peut avoir envie de vivre ailleurs qu'à Hespin. Jamais elle n'en partirait à moins d'y être absolument obligée. Je crois que les femmes ont tendance à s'enraciner.

— Non, de la part de ma mère, c'est pur entêtement. Elle refuse qu'on l'aide.

— Ecoutez, je ne la connais pas, mais à en juger par ce que vous venez de me dire sur elle, vous auriez plus de chances de la convaincre de s'installer dans une maison que dans un appartement. A votre place, je lui chercherais quelque chose de pas trop moderne, et dans un quartier relativement proche de celui où elle a toujours habité.

— Ça ne changerait rien à l'affaire ! s'écria Michael avec un haussement d'épaules.

Il regarda ensuite sa montre et reprit :

— Pourquoi me laisse-t-on sans nouvelles ? Si vous voulez bien m'excuser, je vais aller voir ce qui se passe.

Claire acquiesça de la tête. Michael ne lui avait pas demandé de rester, mais elle était quand même prête à l'attendre toute la nuit s'il le fallait. Il ne devait pas rester seul. Elle avait lu de la détresse dans ses yeux quand il avait appris l'agression de sa mère, et, depuis, son désarroi n'avait fait qu'augmenter. Aussi se sentait-elle déterminée à l'aider dans cette épreuve, et à lui apporter tout le soutien qu'il l'autoriserait à lui donner.

Lorsque Michael regagna la salle d'attente, une demi-heure plus tard, il trouva Claire la tête renversée contre le dossier de son siège, les paupières closes. Elle avait enlevé ses chaussures et sorti du col de son chemisier de soie blanche les pans du foulard qu'elle avait autour du cou. Michael vit alors que ce foulard portait un motif imprimé représentant un colibri au plumage éclatant qui plongeait le bec dans un hibiscus rouge vif.

Un élan de gratitude le souleva, et il se rendit soudain compte du réconfort que lui avait procuré la présence de la jeune femme pendant ces heures difficiles.

Claire... Il avait beau s'efforcer de garder ses distances, son attirance pour elle ne cessait de grandir, et ce fut d'une voix presque tendre qu'il questionna :

— Vous dormez ?

— Bien sûr que non ! dit-elle en ouvrant immédiatement les yeux. Alors ? Votre mère ?

— Eh bien, la fracture de sa cheville est plus mauvaise que le médecin ne l'a cru d'abord. Si seulement je pouvais mettre la main sur ses agresseurs...

— Ne vous inquiétez pas, la police les retrouvera et ils paieront leur crime.

Convaincu que la police ne déploierait pas plus de zèle dans cette affaire que dans celle de l'accident de Mary Jo, Michael se détourna pour dissimuler l'amertume qu'avaient suscitée en lui les paroles candides de Claire.

Il avait cependant des problèmes plus immédiats à régler et, faisant de nouveau face à la jeune femme, il déclara :

— Ecoutez, ça m'ennuie de vous demander un service alors que je me suis si mal conduit envers vous ces derniers jours... Je vous dois des excuses, et je comprendrais très bien si vous refusiez de...

— De quel service s'agit-il ? Je serai heureuse de vous le rendre.

Profondément touché par la générosité de Claire, Michael répondit :

— Il est plus de 21 heures. J'ai appelé deux fois Angela, et elle affirme n'avoir besoin de personne, mais je ne sais pas combien de temps je serai encore retenu ici, et je n'aime pas l'idée qu'elle passe la moitié de la nuit seule, à s'inquiéter pour sa grand-mère.

— Vous voulez que je lui tienne compagnie ?

— Oui, si ça ne vous dérange pas trop.

— Je pars tout de suite ! s'écria la jeune femme en bondissant sur ses pieds. Il suffit que vous m'expliquiez le chemin pour aller chez vous. Quand vous serez prêt à rentrer, téléphonez et nous viendrons vous chercher.

La détermination de son interlocutrice amena un sourire involontaire sur les lèvres de Michael.

— Non, inutile de revenir me chercher, dit-il. Je prendrai un taxi.

— Entendu.

Il l'aida à enfiler son manteau, et lorsqu'elle se retourna, une bouffée de son parfum capiteux monta aux narines de Michael. Ils étaient si près l'un de l'autre que leurs visages se touchaient presque.

« Ecarte-toi ! » s'ordonna-t-il.

Mais avant que ses jambes ne lui aient obéi, Claire tendit le bras et lui effleura la joue. Ce contact provoqua en lui comme une décharge électrique ; sans réfléchir, il referma ses doigts sur ceux de la jeune femme et les porta à ses lèvres.

— Michael..., chuchota-t-elle.

Recouvrant d'un coup sa lucidité, il recula d'un pas.

— Il ne faut pas faire attendre Angela, déclara-t-il d'un ton plus rude qu'il ne l'aurait souhaité.

Cette brusquerie ne parut pas la froisser. Elle le remercia même d'un sourire lorsqu'il lui confia les clés de la Jaguar.

Pendant ces longues heures d'attente, Michael avait préparé un petit discours destiné à égayer et réconforter la malade : elle n'avait pas à s'inquiéter pour son mari, le personnel médical allait la dorloter et, pour une fois, ce serait elle qui serait entourée d'attentions, même si la nourriture de l'hôpital risquait de lui déplaire...

Mais l'incident qui venait d'avoir lieu entre Claire et lui l'avait si troublé que, arrivé au chevet de sa mère, il ne trouva rien à lui dire.

Sophie Chalinski était une femme solidement charpentée, à qui une vie de labeur avait donné vigueur et résistance. Allongée entre les draps blancs de son lit d'hôpital, la figure pâle et un pansement sur la joue, elle semblait pourtant frêle et vulnérable.

Michael se pencha pour l'embrasser sur le front. Il avait la gorge si serrée qu'il avait du mal à sourire.

— Comment te sens-tu ? demanda-t-il.

— Bien, murmura la vieille dame. Mais ton père ? Comment va-t-il ?

— Ne te tracasse pas, maman. Il est dans une maison de santé où l'on prendra soin de lui le temps qu'il faudra.

— Je savais que tu ferais le nécessaire. Merci, Mikush !

— Tu as besoin de quelque chose ? Tu veux que je t'apporte un verre d'eau, ou que j'allume la télévision ?

— Non, je n'ai besoin de rien, et, toi, tu as sûrement du travail qui t'attend au bureau... Tu n'es pas obligé de rester avec moi.

— Il est 21 heures passées, maman. Il y a long-temps que le cabinet a fermé ses portes.

— Et Angela ? Elle est seule...

— Non, je me suis arrangé pour que quelqu'un lui tienne compagnie.

Visiblement soulagée d'apprendre que tous les problèmes avaient été réglés, la vieille dame ferma les yeux et se tut. Michael s'assit près d'elle et la laissa se reposer, prononçant juste une phrase de temps à autre. Au bout d'un moment, un silence relatif s'installa dans l'hôpital, et les lumières du couloir s'éteignirent, relayées par les veilleuses.

— Il faut que tu dormes, maintenant, dit Michael.

— Oui, je suis fatiguée, murmura sa mère. Rentre, Mikush, tu as besoin de sommeil, toi aussi.

— Non, je vais rester encore un peu.

— Tu as ta voiture ?

— Quelqu'un m'a accompagné ici avant de repartir avec, mais ne te tracasse pas. Je prendrai un taxi.

— Qui est ce quelqu'un ?

— Une personne du bureau.

— Un homme ou une femme ? demanda la vieille dame en rouvrant les yeux, l'air soudain plus animé.

— Une femme. Elle s'appelle Claire, et c'est elle qui garde Angela.

— Tu as une amie... C'est bien, Mikush.

Jugeant le moment mal choisi pour expliquer que Claire n'était son « amie » que dans le sens le plus faible du terme, Michael se contenta de déclarer :

— Elle n'est pas polonaise, maman.

Il pensait que cette précision ferait perdre à sa mère tout intérêt pour Claire, mais, à sa grande surprise, il l'entendit déclarer :

64

— Tu sais quoi, Mikush ? Ça m'est égal... Je veux que tu sois heureux, et si une femme est assez gentille pour te conduire ici et aller ensuite s'occuper d'Angela, je suis prête à l'aimer.

4.

Claire longea le trottoir et finit par trouver le numéro de l'immeuble de Michael. Il était situé dans l'un des quartiers résidentiels les plus chic de la ville.

Arrivée devant l'appartement, elle sonna, et la porte fut presque aussitôt ouverte par une adolescente mince et blonde.

— Vous êtes mademoiselle Logan ?

— Oui, et toi, tu dois être Angela, répondit la jeune femme en souriant.

— Ce n'était pas la peine de venir, déclara son interlocutrice d'un air bougon. Je n'ai pas besoin de baby-sitter.

A court de mots — ce qui ne lui était pas habituel —, Claire considéra l'adolescente en silence. Michael semblait trouver sa fille trop jeune pour passer la soirée seule, mais c'était quelque chose que l'intéressée n'avait sûrement pas envie d'entendre.

— Tu me permets quand même de rester un peu ? finit par demander Claire. Ça évitera à ton père de s'inquiéter.

— Ouais, d'accord...

Angela s'effaça pour la laisser entrer avant d'ajouter :

— D'ailleurs, vous avez raison. Si vous êtes là, peut-être que papa ne me téléphonera pas toutes les dix minutes... Enlevez votre manteau, mademoiselle Logan.

— Merci, mais je préférerais que tu m'appelles Claire. Ce « mademoiselle Logan » me donne l'impression d'avoir soixante-quinze ans.

Après une seconde d'hésitation, l'adolescente condescendit enfin à sourire.

— Vous n'êtes pas si vieille que ça! s'écria-t-elle en introduisant sa visiteuse dans la salle de séjour.

— Ouf! J'avais peur que tu ne l'aies pas remarqué.

— Vous n'avez même pas l'air vieille du tout. Et j'adore vos boucles d'oreilles. Votre foulard n'est pas mal non plus.

A peine Angela eut-elle prononcé ces mots qu'elle baissa les yeux et se mit à tripoter nerveusement les boutons de son cardigan rose.

— Merci, dit la jeune femme avant de s'asseoir dans un gros fauteuil de cuir qui faisait face à un meuble de télévision et à des étagères remplies de livres.

Un silence gêné s'installa dans la pièce. Toujours debout, l'adolescente dansait d'un pied sur l'autre.

— Euh... vous voulez boire quelque chose? finit-elle par marmonner.

— Volontiers! Qu'est-ce que tu as?

— Du Pepsi light, du jus d'orange, et je crois que papa a une bouteille de vin dans le réfrigérateur.

Claire choisit le Pepsi. Angela lui en apporta un verre, puis s'installa dans un canapé recouvert de tissu damassé, alluma la télévision avec la télécommande et, après avoir coupé le son, regarda d'un œil fixe les images qui défilaient sur l'écran.

— En fait, ta grand-mère n'a rien de grave, déclara doucement Claire, voyant que l'adolescente ne se résignait pas à aborder la question.

— C'est vrai, ou bien vous dites ça juste pour me rassurer ? questionna Angela en se tournant vivement vers elle.

— C'est vrai. Elle s'est cassé la cheville, et cette agression l'a commotionnée, mais son état n'inspire aucune inquiétude. J'étais là quand le médecin a parlé à ton père.

Comme Angela semblait au bord des larmes, la jeune femme s'enquit sur un ton susceptible d'encourager les confidences :

— Ton père ne t'a pas expliqué tout ça au téléphone ?

— Si, mais comment savoir s'il ne mentait pas ? Il essaie toujours de me protéger, comme si j'avais quatre ans.

— Les pères ne peuvent pas s'empêcher de se faire du souci pour leurs filles, qu'elles aient quatre ou dix-huit ans, remarqua Claire.

— Il devrait quand même se rendre compte que je suis assez grande pour rester seule ! Il n'arrête pas d'appeler, et il faut que j'interrompe mes conversations avec Sabrina pour lui répondre !

— Il t'aime, Angela.

— Trop ! grommela l'adolescente, dont les joues s'empourprèrent cependant.

Une envie soudaine de la prendre dans ses bras s'empara de Claire, mais ne voulant pas avoir l'air de traiter elle aussi Angela en enfant, elle se borna à observer :

— Je comprends que l'attitude protectrice de ton père te pèse, mais avoue que tu ne lui facilites pas la tâche !

69

— Mmh...

— En fait, j'ai le sentiment que vous êtes aussi orgueilleux l'un que l'autre.

— Je ne suis pas orgueilleuse !

— Ah non ? Tout à l'heure, pourtant, tu m'as affirmé n'avoir besoin de personne, alors que tu t'inquiétais pour ta grand-mère et que tu te sentais seule.

L'adolescente rougit de nouveau, mais l'ombre d'un sourire flottait sur ses lèvres quand elle remarqua :

— Papa m'avait bien dit que vous me plairiez.

— Il t'a dit ça ? s'écria Claire, agréablement surprise.

— Ouais... Mais j'y pense... Vous n'avez peut-être pas dîné ?

— Non, je n'en ai pas eu le temps.

— Moi, si, mais je n'ai mangé qu'un yaourt, parce que je suis au régime, et j'ai très faim, maintenant. Si on se faisait des sandwichs au beurre de cacahuète ?

— D'accord !

La jeune femme suivit Angela dans la cuisine et l'aida à préparer les sandwichs. Quand elles furent attablées, l'adolescente demanda :

— Vous êtes une amie de papa ?

« Question difficile ! » songea Claire. Mais elle était en ce moment dans l'appartement de Michael, en train de garder sa fille, non ? Cela devait bien signifier quelque chose...

— Oui, répondit-elle donc.

— Je le savais ! D'après lui, vous êtes juste une collègue de travail, mais comme c'est la première fois qu'il invite une femme ici, vous êtes forcément amis, tous les deux... Et j'étais sincère, tout à l'heure : j'adore vraiment vos boucles d'oreilles. Elles sont super !

Ces remarques amusèrent Claire et lui donnèrent en même temps à réfléchir. Elle était soulagée de voir Angela accepter d'aussi bonne grâce que son père entretienne des liens amicaux avec une femme. Elle trouvait aussi... intéressant le fait d'être la première à avoir le privilège de pénétrer dans l'intimité de Michael.

Il ne fallait cependant pas en tirer de conclusions hâtives, lui intima la voix de la raison. Car elle ne devait pas oublier que, pris de court par l'agression de sa mère, Michael n'avait pas eu d'autre solution que de la prendre comme baby-sitter.

— Mais vous n'avez qu'un trou à chaque oreille, continua l'adolescente. Ma copine Sabrina, elle, en a deux à l'oreille droite et trois à l'oreille gauche. Et elle porte à l'oreille gauche un vrai saphir, que sa mère lui a acheté. Trois trous, c'est vraiment classe !

Cette fois, Claire éclata de rire. Angela était si semblable à elle au même âge !

— Oui, trois trous, c'est bien, convint-elle, mais je doute qu'on soit de cet avis chez Haynes, Collingwood & Crofts, et je dois donc me contenter d'un... Pourquoi n'as-tu pas les oreilles percées, toi ?

— Papa ne veut pas. J'espérais qu'il m'offrirait ça pour mes treize ans, mais j'ai eu un téléphone portable à la place. Ça vaut peut-être mieux, remarquez, parce que papa m'aurait sûrement choisi d'horribles boucles d'oreilles roses. Il ne m'achète que des trucs roses.

— C'est une couleur qui va bien aux blondes, observa Claire.

Elle avait toutefois noté dès son arrivée que les vêtements d'Angela — un pantalon de flanelle, un chemisier à col de dentelle et un cardigan uni — lui donnaient un style désuet.

— Je déteste le rose ! s'exclama l'adolescente avec véhémence.

— Alors n'en porte pas !

— Mais je n'ai que ça ! Cela dit, j'économise mon argent de poche depuis un certain temps pour m'acheter un caleçon ou un truc comme ça. Quelque chose de rouge, en tout cas.

— Alors, là, je te comprends, car c'est ma couleur préférée.

— N'importe quel rouge, ou certains seulement ?

— Ceux qui me vont uniquement. Car pour être beau, un rouge doit d'abord convenir au teint. Le seul test pour le savoir, c'est de le mettre sous le menton...

Le téléphone sonna à ce moment-là, et, furieuse de ne pouvoir parler chiffons en paix, l'adolescente s'écria :

— C'est encore papa ! Il ne peut donc pas me laisser tranquille une minute !

Le combiné était sur le plan de travail de la cuisine. L'adolescente se leva pour aller répondre et, au bout de trente secondes, elle tendit l'appareil à Claire.

Il s'agissait bien de Michael, dont la voix chaude troubla profondément la jeune femme.

— Je voulais vous remercier encore de votre obligeance. Ma fille ne s'inquiète pas trop pour sa grand-mère ?

— Non, je l'ai rassurée.

— Je ne vais pas tarder à quitter l'hôpital, mais j'aurai peut-être un peu de mal à trouver un taxi à cette heure. Vous avez faim ? Si je vous rapportais à dîner ?

— Non, c'est inutile. J'ai mangé un sandwich au beurre de cacahuète arrosé de Pepsi avec Angela.

Il y eut une pause au bout du fil, et Claire se demanda si elle n'avait pas commis une bourde involontaire.

— Bon, à tout à l'heure ! finit par dire Michael d'un ton nettement moins cordial qu'avant.

Lorsque la jeune femme eut raccroché, Angela et elle regagnèrent la salle de séjour. L'adolescente s'assit par terre, sur un coussin, tandis que Claire se réinstallait dans le fauteuil de cuir.

— Ça vous ennuierait de venir avec moi quand j'irai acheter mon caleçon ? déclara Angela.

Cette idée plut à Claire. Elle savait exactement quel genre de vêtements mettrait en valeur la beauté délicate d'Angela.

— Je le ferai très volontiers, répondit-elle, à condition que ton père n'y voie pas d'objection.

— Il n'y a pas de raison, mais je lui poserai la question demain. Quel jour vous conviendrait ?

— Dimanche prochain ? La plupart des boutiques des galeries marchandes sont ouvertes, et je travaille généralement le samedi.

— D'accord !

Maintenant très excitée, Angela commença à parler du style d'habits qui lui plaisait, laissant à peine son interlocutrice placer un mot de temps en temps.

— Je pourrais demander à Sabrina de m'accompagner, conclut-elle, mais elle choisirait pour moi, et c'est juste des conseils que je veux.

Encore cette Sabrina..., songea la jeune femme. Michael lui avait indiqué que c'était une amie de sa fille, en ajoutant qu'il ne l'aimait pas beaucoup.

— Même si Sabrina est ton amie, tu ne dois pas lui obéir aveuglément, observa Claire.

— Elle est super cool, et en plus, c'est ma seule copine !

— Je suis sûre que tu en as d'autres.

— Non. Quand l'école du quartier polonais a fermé,

papa a décidé de m'inscrire à la Baldwin Academy, mais je n'ai réussi à m'y lier avec personne, jusqu'à l'arrivée de Sabrina. Tous les élèves sont riches, là-bas, et ils sont habillés à la dernière mode. Pas moi.

« Nous y voilà ! » pensa Claire.

— Mais tu es intelligente, remarqua-t-elle, et tu dois avoir un très bon niveau, pour avoir été admise dans cette école. C'est quelque chose dont tu peux être fière.

La Baldwin Academy était en effet un établissement connu pour l'excellence de son enseignement autant que pour ses frais de scolarité très élevés.

— Je préférerais être moins intelligente et me faire facilement des copains ! s'écria Angela.

Cette confidence transporta Claire des années en arrière. Au collège et au lycée, sa sœur Amy avait beaucoup de succès ; elle était pleine d'entrain, savait utiliser un fer à friser et un eye-liner, pouvait bavarder pendant des heures de tout et de rien... Claire, elle, s'était toujours sentie mal dans sa peau. Elle se trouvait trop grande, trop grosse, et ignorait l'art de flirter. Quant à ses brillants résultats, ils lui valaient d'être taxée d'« intello » par les autres élèves, la séparant ainsi encore plus d'eux... Mon Dieu, comme elle avait souffert, à cette époque !

— Oh ! Angela..., chuchota-t-elle en quittant son fauteuil pour aller s'asseoir près de l'adolescente.

— Gardez votre pitié ! s'exclama celle-ci avec colère. Tout le monde sait que ma mère est morte et que c'est ma grand-mère qui me choisit mes vête-ments, et pour avoir des copains, il faut que je...

Sa voix s'étrangla, et elle ajouta dans un murmure :

— Vous ne pouvez pas comprendre.

Puis, les joues en feu, elle remonta les genoux

contre la poitrine pour se cacher le visage sous ses bras repliés.

— Je comprends très bien, au contraire, dit Claire d'une voix douce. Quand j'avais ton âge, j'aurais voulu être belle et drôle, pour plaire aux garçons, mais j'étais juste intelligente, et je ressentais cela comme un handicap plus que comme un avantage. J'avais toujours la meilleure note aux devoirs, mais après chaque remise de contrôle, je rentrais chez moi et je m'enfermais dans ma chambre pour pleurer.

Angela se redressa et tourna la tête vers la jeune femme. Ses yeux brillaient d'intérêt.

— C'est vrai? déclara-t-elle. Et il ne vous est jamais venu à l'idée de... euh... rater volontairement un devoir, par exemple, afin d'être mieux vue de vos camarades?

— Si, mais j'ai toujours résisté à la tentation. Je pensais qu'il valait mieux être moi-même, envers et contre tout. Et je m'en félicite, car au fil du temps le jugement des autres m'a de moins en moins importé, et j'ai fini par m'accepter telle que j'étais. Au lieu d'essayer de gommer mes défauts physiques — j'ai les cheveux raides, je suis trop grande et trop bien en chair —, j'ai décidé d'en tirer parti. Je me fais donc une queue-de-cheval qui met en valeur l'aspect lisse de mes cheveux, et mes tenues sont à la mesure de mes proportions: je porte des couleurs vives quand je ne suis pas au bureau, et de gros bijoux en toutes circonstances. Cela ne me rend pas belle, mais me donne une personnalité en accord avec ce que je ressens, et c'est un sentiment très agréable. En plus, je suis maintenant payée pour être intelligente, ce qui est encore plus agréable.

Cette fois, Claire ne résista pas à son impulsion:

elle se pencha vers l'adolescente et la serra dans ses bras.

Il n'était pas loin de 1 heure du matin lorsque Michael arriva chez lui.

Après avoir accroché son pardessus au portemanteau du vestibule, il pénétra dans la salle de séjour. La première chose qu'il vit fut Angela couchée par terre, endormie. Cela l'étonna au plus haut point : jamais il n'aurait cru sa fille capable de s'abandonner ainsi en présence d'une parfaite étrangère. Elle était enveloppée dans une couverture que Claire avait dû aller chercher dans un placard.

Assise à côté de l'adolescente, le dos appuyé à un coussin, la jeune femme lisait. Elle avait enlevé sa veste de tailleur et ses chaussures, et l'atmosphère de calme intimité qui régnait dans la pièce causa à Michael un petit pincement au cœur.

Claire l'aperçut alors, se leva et vint le rejoindre, son livre à la main. Il se rendit compte qu'il s'agissait des *Hauts de Hurlevent*, l'une des œuvres au programme de littérature anglaise de sa fille.

— Vous n'avez pas envoyé Angela au lit, à ce que je constate, murmura-t-il en souriant malgré lui.

— Je ne me sens pas de taille à obliger une adolescente de treize ans à aller se coucher ! répliqua la jeune femme en lui rendant son sourire. Comment va votre mère ?

— Bien. Elle a fini par s'endormir... Mais il faut que je réveille Angela, maintenant, ou que je la porte jusqu'à sa chambre.

— Ça peut attendre, Michael. Vous devriez d'abord manger quelque chose. Vous êtes sûrement affamé et exténué.

Il l'était en effet. Cela l'ennuyait cependant de laisser sa fille dormir par terre : elle avait classe le lendemain. Il aurait été plus raisonnable de la mettre au lit tout de suite, puis de remercier Claire et de lui appeler un taxi. La solitude l'effrayait pourtant, tout d'un coup, si bien qu'il déclara :

— Oui, je meurs de faim. Il reste du beurre de cacahuète, ou bien vous avez vidé le pot avec Angela ?

En guise de réponse, la jeune femme pouffa de rire, puis elle se dirigea vers la cuisine, et Michael la suivit. Là, il se fit un sandwich pendant qu'elle préparait du café.

Une fois attablé, il se surprit à avoir envie de parler. Cela ne lui était pas arrivé depuis des mois. L'attaque de son père rendait désormais impossibles les longues discussions qu'ils aimaient tant tous les deux, et sa mère avait suffisamment de soucis sans qu'il l'ennuie encore avec ses états d'âme.

La personnalité de Claire avait aussi quelque chose à voir avec ce désir de se confier : c'était une femme à l'esprit vif, qui savait écouter mais n'hésitait pas à donner son avis.

Tout naturellement, les événements de la journée furent le premier sujet qu'ils abordèrent. Comme Michael, cette fois, exprimait ses doutes sur le zèle que déploierait la police pour rechercher les coupables, Claire observa :

— Il faut avoir confiance dans le système. La machine judiciaire est lourde et parfois lente, mais elle fonctionne bien.

— Je ne suis pas d'accord ! Vous savez combien d'agressions ont lieu tous les jours dans une ville comme Chicago ? La plupart de leurs auteurs ne sont jamais arrêtés. Quant à ceux qui le sont, ils obtiennent la liberté conditionnelle ou ressortent de prison moins d'un mois plus tard. Tout cela à cause de la surpopulation carcérale et d'avocats qui, comme moi autrefois, plaident trop bien la cause des criminels.

— Vous n'êtes pas responsable de ce qui est arrivé à votre mère, remarqua la jeune femme en posant la main sur celle de Michael. Personne ne l'est, sauf les voyous qui l'ont attaquée.

— Je ne peux pas m'empêcher de penser que j'ai peut-être contribué à les faire relâcher quand j'étais au bureau d'aide judiciaire.

— Et alors ? Même dans ce cas, c'était votre travail, et le plus odieux des assassins a le droit d'être défendu.

— Oui, c'est ce qu'on m'a appris à la faculté de droit, mais je me demande parfois...

Michael s'interrompit, hésita une seconde, puis se lança :

— J'aimerais que vous compreniez ma méfiance à l'égard de la justice, Claire, et il faut pour cela que je vous parle de Mary Jo.

— Je vous écoute.

Malgré le calme apparent de la jeune femme, il y avait de la tension dans sa voix, et sa main, toujours posée sur celle de Michael, s'était crispée.

— Mary Jo était enceinte quand elle est morte. Nous essayions depuis des années d'avoir un autre enfant, et elle allait chez le médecin pour une visite de routine lorsque sa voiture a été percutée par un conducteur ivre.

— Oh ! mon Dieu..., chuchota Claire.

Détournant la tête afin de ne plus voir la pitié qu'exprimait le regard de son interlocutrice, Michael continua :

— J'étais au palais de justice au moment de

l'accident, occupé comme toujours à faire mon possible pour qu'un malfaiteur échappe au châtiment de ses crimes... Mary Jo est morte à l'hôpital quelques heures plus tard. Le bébé, lui, avait été tué sur le coup lors de la collision.

— C'est affreux, Michael ! On m'avait dit que vous aviez perdu votre femme, mais pas dans quelles circonstances.

— Je l'aimais tant..., murmura-t-il.

Il y eut un petit silence, puis Claire déclara d'une voix à peine audible :

— Je le sais.

Une profonde inspiration permit à Michael de dominer son émotion, et il reprit :

— L'homme responsable de la mort de Mary Jo n'a pas été poursuivi. J'avais beaucoup de relations dans les milieux judiciaires, et je pensais que tout le monde m'aiderait à obtenir justice, mais je n'ai même pas réussi à convaincre le procureur d'ouvrir une information. Or, j'avais promis à Mary Jo, alors qu'elle se mourait, d'envoyer le coupable en prison, et il m'a toujours semblé que, si je parvenais à le faire, je pourrais tourner la page. Mais je n'y suis pas arrivé.

— Vous aimez toujours votre femme...

— J'ai tantôt l'impression qu'elle est morte depuis très longtemps, tantôt qu'elle est encore là. Je sens surtout sa présence dans cet appartement : elle en avait choisi chaque meuble, chaque bibelot... C'est pour ça que je n'y ai rien changé.

Claire leva les yeux vers lui, et ils se fixèrent un long moment sans rien dire. Le cœur de Michael battait de plus en plus fort et, effrayé par le désir qu'il sentait monter en lui, il finit par marmonner :

— Je vais vous appeler un taxi.

Puis il se leva et se dirigea vers le plan de travail pour consulter l'annuaire.

— Vous êtes sûr que ça va aller ? demanda Claire. Vous ne voulez pas que je reste un peu ?

Non, il fallait qu'elle parte, songea Michael, autrement, ses défenses déjà affaiblies risquaient de s'écrouler complètement. Il n'aimait pas évoquer la mort de Mary Jo, et encore moins avouer qu'il n'avait pu obtenir l'inculpation de Beske. En parler à Claire lui avait fait du bien, il était bien obligé de l'admettre, mais les choses devaient s'arrêter là.

Quelques minutes plus tard, il descendit avec la jeune femme dans le hall de l'immeuble afin d'attendre le taxi. Personne mieux que lui ne savait combien les rues de Chicago étaient dangereuses à cette heure de la nuit.

— J'irai voir votre mère demain, déclara Claire quand ils furent sortis de l'ascenseur.

Emu et reconnaissant, Michael s'apprêtait à la remercier de sa gentillesse, mais il eut le tort de lui prendre la main pour mieux lui témoigner sa gratitude, et ce simple contact ralluma le désir qu'il pensait être parvenu à dominer.

Sa raison eut beau le mettre en garde, elle fut impuissante à contenir la pulsion qui l'habitait, et il attira la jeune femme dans ses bras.

Ce geste n'eut pas l'air de la surprendre : loin de résister ou de se raidir, elle s'abandonna tout de suite et sans réserve à l'étreinte de Michael.

Leurs lèvres se joignirent alors, et ils échangèrent un baiser où s'exprimaient la même soif, la même ardeur. Rien n'importait plus à Michael que ce corps aux formes pleines pressé contre le sien, que cette bouche chaude et si... vivante sous la sienne.

Non !

Il s'écarta brusquement de Claire.

— Michael..., murmura-t-elle en lui entourant le visage des mains.

— Je... je n'aurais pas dû faire ça, balbutia-t-il.

Ce fut comme si elle avait reçu une gifle : un violent frisson la secoua, puis elle laissa retomber ses bras et se détourna, la tête baissée, les épaules un peu voûtées.

— Je suis désolé, Claire.

Sans le regarder, elle déclara d'une voix mal assurée :

— Je vous en prie, ne dites rien ! D'ailleurs, voilà mon taxi.

Une voiture venait en effet de se garer contre le trottoir. La jeune femme se dirigea vers la lourde porte de verre, la poussa et sortit dans la nuit froide. Michael la suivit. Il donna au chauffeur une somme bien supérieure au montant de la course, en lui demandant d'attendre pour repartir que Claire soit à l'intérieur de son immeuble.

Le taxi démarra, et ses feux arrière disparurent au coin de la rue, mais Michael ne rentra pas tout de suite. Une sourde appréhension le poussait à retarder le moment de regagner son appartement : y sentirait-il toujours la présence de Mary Jo, ou bien le souvenir de sa femme serait-il chassé par l'image de Claire, assise à côté d'Angela, ses cheveux noirs luisant sous la lumière de la lampe ?

5.

— Alors, tu as pensé à ma rédaction? chuchota Sabrina Simmons qui venait d'apparaître derrière Angela.

Celle-ci tendit la main vers l'étagère supérieure de son casier et feignit de chercher quelque chose dans le fouillis de crayons et de papiers qui la jonchait.

— Ah! salut, Sabrina! dit-elle sans se retourner.

— Tu ne m'as pas appelée hier soir! observa son amie d'un ton mécontent.

— Mon père est rentré tôt du bureau, il m'a emmenée au restaurant, et nous sommes ensuite allés voir ma grand-mère à l'hôpital. Quand nous sommes revenus à la maison, il était presque 23 heures, et ta mère ne veut pas qu'on te téléphone après 22 heures, tu te souviens?

La main posée sur un feutre rouge dont elle n'avait nul besoin, Angela attendit que Sabrina lui demande des nouvelles de sa grand-mère. Elle brûlait d'envie d'en donner, parce que cette visite à l'hôpital l'avait complètement rassurée. Malgré les propos tranquillisants de son père et de Claire, elle s'était beaucoup inquiétée, et elle aurait aimé raconter tout cela en détail à son amie.

83

— Tu aurais quand même dû m'appeler ! se borna cependant à remarquer cette dernière. J'aurais prétendu que c'était une erreur. Au lieu de ça, je me suis rongée toute la nuit à l'idée que tu ne m'avais pas fait cette rédaction.

Angela se retourna en soupirant et entreprit de trier ses cahiers, posant sur le dessus de la pile celui de physique — son prochain cours. Elle avait ce que Sabrina voulait, mais elle avait soudain des réticences à le lui remettre. Le fait que son amie ne lui ait pas demandé comment allait sa grand-mère la blessait.

Du coin de l'œil, elle vit alors Randy Warner s'approcher.

— Salut, toi ! dit-il en donnant à Sabrina une petite tape sur l'épaule.

Angela savait qu'ils sortaient ensemble, et elle les avait même plusieurs fois surpris à s'embrasser devant l'arrêt du bus. Le règlement de l'école interdisait cependant aux élèves de s'embrasser à l'intérieur de l'établissement. Il y avait à Baldwin des tas de règles stupides de ce genre. Randy était presque un adulte, après tout, puisqu'il aurait bientôt seize ans.

Son âge et son assurance désinvolte impressionnaient beaucoup l'adolescente. Il était vraiment cool, encore plus que Sabrina... Et il avait un copain, Joel Tate, qui aurait pu être le petit frère de Tom Cruise... Angela pensait très souvent à Joel.

Sabrina éclata soudain de rire, puis elle rejeta ses longs cheveux blonds en arrière d'un mouvement de la tête qu'Angela avait maintes fois essayé d'imiter devant la glace, mais sans jamais obtenir l'effet souhaité. C'était sûrement à cause de cette horrible natte que son père l'obligeait à porter à l'école.

Le dialogue qui s'était engagé entre Randy et

Sabrina ne la passionnait pas : ils discutaient du match de football qui aurait lieu le vendredi de la semaine suivante — Randy jouait dans l'équipe de la Baldwin Academy —, mais ne voulant pas avoir l'air de faire tapisserie, elle feignit de s'y intéresser.

Cela ne l'empêcha pas de remarquer que Rachel Kellermann venait de s'arrêter devant son casier, voisin du sien, et semblait écouter elle aussi la conversation. Angela, qui discutait parfois avec elle, mais jamais en présence de Sabrina, lui adressa un petit signe de tête et obtint en réponse un sourire contraint. Rachel était timide et un peu boulotte. Ses parents avaient un fort accent allemand, et son père était une sorte de savant — un savant fou, disait toujours Sabrina d'un ton moqueur. Rachel ne paraissait pas issue du même milieu que les autres élèves de l'école. Angela aussi se trouvait différente, mais, au moins, son père à elle conduisait une Jaguar et portait des complets sur mesure.

« Je pourrais être comme Rachel, pensa-t-elle, seule devant mon casier, sans personne à qui parler. »

Heureusement que Sabrina l'avait un jour abordée à la sortie d'un cours d'anglais et qu'elles avaient sympathisé ! Pleine d'aplomb, toujours habillée à la dernière mode, Sabrina jouissait d'un grand prestige à Baldwin, et le seul fait d'être son amie permettait d'entrer dans le cercle envié des gens « cool ».

— Si on allait manger une pizza après le match ? suggéra soudain Randy. Ça te dirait de nous accompagner, Angela ?

Arrachée à ses réflexions, celle-ci lança un coup d'œil à Sabrina pour voir si l'idée de ne pas être seule avec son petit ami ce soir-là ne la contrarierait pas.

— Ce serait mieux si on était deux couples, déclara Sabrina.

— J'ai déjà demandé à Joel, indiqua Randy. Je lui ai annoncé qu'Angela viendrait, et il est d'accord.

— Ah bon? observa l'adolescente d'un ton faussement dégagé.

— Je savais bien que Joel te plaisait! s'écria Sabrina en riant.

Angela rougit jusqu'aux oreilles, mais la nécessité de réfléchir rapidement prit vite le dessus sur son embarras. Son père refuserait sans doute de la laisser sortir le soir en compagnie d'un garçon, sous prétexte qu'elle était trop jeune, mais, le vendredi, elle couchait chez Sabrina... Oui, ça pouvait marcher...

La sonnerie annonçant le début des cours retentit alors, et Sabrina, se rapprochant de son amie, lui murmura d'une voix pressante :

— J'ai besoin de ma rédaction... On a anglais tout à l'heure, et il me faut le temps de la recopier.

Cette histoire de rédaction tracassait Angela. Ce n'était pas vraiment de la triche dans la mesure où presque tout ce qu'elle avait mis dans le devoir sur les *Hauts de Hurlevent* rédigé pour Sabrina, celle-ci aurait pu le trouver en consultant son manuel de littérature anglaise.

Seulement voilà... Sabrina ne l'avait pas fait; elle était intelligente, mais la mode et les garçons l'intéressaient plus que l'école. Cette rédaction était donc entièrement l'œuvre d'Angela, qui avait essayé de la rendre assez différente de la sienne pour que le professeur ne flaire pas la supercherie.

C'était la quatrième fois qu'elle aidait ainsi son amie, et l'habitude ne diminuait en rien ses remords, au contraire.

La première fois que Sabrina lui avait demandé ce service, elle avait failli refuser, consciente qu'elle décevrait son père s'il l'apprenait. Elle entendait sans cesse parler à la maison de la façon dont son grand-père avait combattu les nazis, puis les communistes en Pologne, des droits mais aussi des obligations qu'avait chaque citoyen américain. Maintenant qu'elle avait treize ans, cela l'agaçait et la gênait un peu quand son père se mettait à discourir sur des sujets comme le courage, l'intégrité et l'honneur.

Il n'en restait pas moins que l'idée de le décevoir lui était insupportable.

Si seulement il pouvait la comprendre ! Mais il s'obstinait à se comporter avec elle comme il pensait que sa chère Mary Jo l'aurait fait. L'ennui, c'est qu'il se trompait. Angela était sûre, par exemple, que sa mère aurait été d'accord avec elle : les amis étaient la chose la plus importante au monde.

Au bord des larmes, l'adolescente sortit lentement le devoir de son cahier d'anglais et le tendit à Sabrina, qui s'en empara avec un petit cri de joie et commença à le lire.

— Il n'y a que quatre pages ? s'exclama-t-elle, une fois arrivée au bout.

— La prof a dit quatre pages minimum.

— Oui, mais avec plus, j'aurais eu une meilleure note.

— Tu devrais quand même en avoir une bonne. Maintenant, si tu n'es pas contente...

— Ne te fâche pas, Angela ! Ce que tu as écrit est très bien... J'admire vraiment ton intelligence.

Son père aussi la trouvait intelligente, mais il précisait toujours qu'il tirait plus de fierté encore de son application au travail.

— Rends-moi ça ! ordonna-t-elle, prise d'une impulsion subite.

— Pas question ! répliqua Sabrina. Tu me l'as donné, et je l'utiliserai. Ta conscience de petite fille bien sage ne te tracasse pas, j'espère ? Parce que si l'envie te prend de me dénoncer, n'oublie pas que ça te vaudra autant d'ennuis qu'à moi.

L'estomac d'Angela se noua.

— Personne n'aura d'ennuis, intervint Randy, sauf si on ne se dépêche pas d'aller en cours.

Ils quittèrent en hâte la salle des casiers d'où Rachel Kellermann était partie depuis longtemps. Randy se dirigea vers la partie de l'établissement qui abritait les grandes classes, mais avant de disparaître, il cria par-dessus son épaule :

— Je vais dire à Joel que c'est d'accord pour vendredi !

— Tu vois ? déclara Sabrina en serrant la main d'Angela. Tout baigne... Tu me fais quelques devoirs, et Randy et moi, on t'arrange le coup avec Joel... Il est normal de se rendre service, entre copains !

Absolument ! pensa Angela, maintenant bien décidée à ne pas laisser de stupides scrupules lui gâcher son plaisir. Elle allait sortir pour la première fois avec un garçon ! Et pas n'importe lequel : Joel Tate ! Est-ce qu'il l'embrasserait ? Elle craignait d'avoir l'air bête, parce que cela ne lui était jamais arrivé, mais Sabrina lui donnerait des conseils, et en s'exerçant devant la glace...

Oui, ça valait la peine d'écrire une rédaction ou deux pour sa meilleure amie en échange d'une perspective aussi excitante. De toute façon, ce n'était pas un bien grand crime !

*

Trois jours plus tard, Michael était assis dans la cuisine devant sa deuxième tasse de café. Il avait du mal à se réveiller, ce matin, après une nuit hantée par des rêves où revenaient de façon obsessionnelle des cheveux noirs, un pull-over rouge et un bracelet orné de grosses breloques.

Angela apparut soudain sur le seuil, fraîche et pimpante dans une jupe en jean et un chandail à col roulé rose. Michael haussa les sourcils, étonné que sa fille n'ait pas fait la grasse matinée. Elle avait en effet la permission de se coucher tard le samedi, et donc se levait rarement avant 10 heures le dimanche.

— Bonjour! s'écria-t-elle avec un entrain tout aussi inhabituel avant d'ouvrir un placard et d'en sortir sa boîte de céréales allégées.

S'attablant ensuite en face de son père, elle s'en servit une généreuse portion et y rajouta au moins deux cents grammes de sucre. Michael sourit à la dérobée, heureux de constater que sa fille prenait des libertés avec son régime.

Alors qu'Angela attaquait son petit déjeuner, il lui montra une page de journal qui annonçait l'ouverture d'une exposition à l'Art Institute de Chicago.

— Tu préfères le musée ou la patinoire? demanda-t-il.

Il y eut un petit silence, puis l'adolescente lança avec une désinvolture forcée :

— Oh! je ne t'ai pas dit? Je vais faire des courses, aujourd'hui.

Michael surmonta sa contrariété. Non, elle ne le lui avait pas dit, il en était sûr. Et le dimanche était leur jour, celui qu'il s'efforçait de libérer pour elle.

Feignant de ne pas relever le « je » qui semblait l'exclure, il enchaîna d'un ton désinvolte.

— Tu as envie de faire des courses? D'accord! Où veux-tu que je t'emmène?

— Eh bien..., c'est que... euh... j'ai prévu d'y aller avec Claire Logan, bredouilla Angela en rougissant.

Michael en resta muet de stupeur. Quand sa fille et Claire étaient-elles convenues de ce rendez-vous? Et n'avait-il pas parlé à Claire de l'importance qu'il attachait à ces dimanches passés avec Angela?

— Ah bon? finit-il par grommeler.

— J'ai économisé mon argent de poche, et Claire a accepté de m'aider à choisir des vêtements, expliqua l'adolescente.

L'image de l'horrible pull-over rouge orné d'un chat que la jeune femme avait qualifié de « super » — et dans lequel il ne cessait de la voir en rêve — s'imposa à l'esprit de Michael. Il frissonna intérieurement à l'idée des conseils vestimentaires que Claire donnerait à Angela.

— Si tu avais besoin d'habits, il suffisait de me le dire, souligna-t-il. Je serais allé en acheter avec toi, ou bien ta grand-mère t'aurait...

— Tu ne comprends donc pas? Des habits, j'en ai plein mes placards, mais ils sont tous plus moches les uns que les autres!

Ce n'était pas la première fois que Michael entendait cette récrimination, mais il l'avait mise sur le compte de l'entrée de sa fille dans l'adolescence, une période où, selon les livres de psychologie, les enfants n'étaient contents de rien.

A présent, il commençait à se poser des questions. Il ne faisait pas très attention à ce que les jeunes portaient, et il avait toujours trouvé Angela bien habillée. Mais pour qu'elle ait économisé son argent de poche au lieu de le dépenser en CD... Et pour qu'elle ait sollicité l'aide de Claire...

Angela le fixait d'un air de défi, attendant sûrement

qu'il dise quelque chose, n'importe quoi, pour éclater en sanglots, se ruer dans sa chambre et en claquer la porte derrière elle.

Mary Jo affectionnait les vêtements classiques et féminins, et Michael ouvrait la bouche pour le rappeler à sa fille lorsqu'il se souvint de Claire lui demandant : « Quel est son style ? Quelles couleurs et quel genre d'habits aime-t-elle ? » Il croyait Angela trop jeune pour avoir un style, mais il se trompait peut-être...

Sans un mot, il se leva et alla prendre son portefeuille dans sa chambre. Quand il regagna la cuisine, il lui sembla voir des traces de larmes hâtivement essuyées sur les joues d'Angela. Son désarroi augmenta. Avait-il raison de céder à sa fille pour ne pas la braquer contre lui, ou bien la gâtait-il trop ?

Incapable de répondre à cette délicate question, il décida de suivre son instinct.

— Tiens ! déclara-t-il en tendant à Angela sa carte de crédit. Achète-toi ce que tu veux. N'oublie quand même pas que tu as un père, alors essaie de ne pas trop choquer ses goûts.

— Oh ! papa...

Eperdue de reconnaissance, l'adolescente bondit sur ses pieds pour aller l'embrasser.

Quand Claire s'arrêta devant la porte de l'appartement, elle se sentait très nerveuse. Ses quelques entrevues avec Michael au bureau depuis l'hospitalisation de Sophie Chalinski avaient été courtes et de nature strictement professionnelle. Elle osait à peine le regarder, tant le souvenir de cette nuit où elle s'était pratiquement offerte à lui la gênait. Comment avait-elle pu se laisser aller ainsi ?

C'était Michael qui avait tout déclenché en la prenant dans ses bras, bien sûr, mais ce geste indiquait seulement un besoin de réconfort : il venait de parler de Mary Jo, et cela l'avait bouleversé. Elle n'aurait jamais dû se servir de son corps, de ses lèvres, pour provoquer en lui un désir qui prouvait juste qu'il était un homme normalement constitué.

Et si elle n'avait pas promis à Angela de venir, elle se serait volontiers abstenue de paraître devant lui.

Ce fut heureusement l'adolescente qui vint lui ouvrir, et cela la soulagea tellement qu'elle recouvra aussitôt son ton désinvolte.

— Salut, Angela ! Tu es prête ?

— Entrez ! Je vais chercher mon manteau dans ma chambre.

Bien décidée à ne pas aller au-delà du vestibule afin de ne pas risquer de rencontrer Michael, la jeune femme avança d'un pas, puis s'arrêta. Ce qu'elle voulait précisément éviter se produisit pourtant.

— Bonjour, Claire, dit Michael en surgissant de la salle de séjour.

Il souriait, mais plus par politesse que par enthousiasme, remarqua la jeune femme qui, aussitôt, eut l'impression de le déranger.

— Bonjour... Ne vous inquiétez pas, je vous rendrai vite votre fille. Je connais une boutique, dans une galerie marchande, où l'on trouve exactement le type de vêtements qui devrait plaire à Angela. Je l'emmènerai déjeuner, et peut-être qu'ensuite nous irons dans un magasin de disques...

La nervosité la faisait parler encore plus que d'habitude, elle s'en rendait compte, mais elle avait besoin de s'étourdir pour ne pas se laisser troubler par le corps musclé de Michael, moulé dans un T-shirt et un jean étroit.

— Tous les adolescents adorent la musique, non ? continua-t-elle donc. Je vous promets cependant de vous la ramener en début d'après-midi. Nous prendrons le métro, c'est plus rapide, et... et...

Soudain à court d'idées, elle cria un peu trop fort :

— Angela ? Je t'attends !

— Je vais voir ce qui la retarde, marmonna Michael, manifestement soulagé d'avoir un prétexte pour s'esquiver.

Mais l'adolescente apparut alors au bout du couloir, vêtue de son manteau.

— Excusez-moi, déclara-t-elle. Je voulais mettre mes bottes, et je n'arrivais plus à les trouver. Euh... papa... j'ai pensé à un truc... Ça te dirait de nous accompagner ?

Un mélange de surprise et de joie se peignit sur les traits de Michael, mais son visage se referma presque aussitôt, et ce fut d'un ton neutre qu'il objecta :

— Je croyais que tu souhaitais y aller avec Claire ?

— Oui, mais ça ne t'empêche pas de venir.

Michael observa un silence gêné, et la jeune femme en déduisit qu'il était partagé entre la répugnance que lui inspirait l'idée de passer avec elle une partie de son dimanche et le désir de ne pas être privé de la compagnie de sa fille.

Une brusque douleur lui étreignit le cœur. De toute évidence, il aimait toujours sa femme... Mais pourquoi ne parvenait-elle pas à s'y résigner, à se contenter d'être pour lui une simple amie ? Ce n'était tout de même pas la première fois qu'un homme qui l'attirait ne partageait pas ses sentiments...

— D'accord, finit par annoncer Michael, mais prenons ma voiture. Vous m'indiquerez le chemin, Claire.

Heureusement, le temps qu'ils arrivent à la boutique où la jeune femme achetait la plupart de ses vêtements, la bonne humeur qu'affichait Angela depuis leur départ de l'appartement se communiqua aux deux adultes.

A peine entrée dans le magasin, l'adolescente se rua sur les présentoirs et commença à examiner robes, chemisiers, pantalons... Claire ne tarda cependant pas à constater que, en fait de lui demander conseil, Angela avait des idées très arrêtées, et elle laissa donc Sandy, la vendeuse qui lui mettait toujours de côté les articles les plus excentriques, s'occuper de cette nouvelle cliente. Elle alla s'asseoir sur une chaise, près de Michael, et attendit la séance d'essayage.

— L'invitation de ma fille m'a surpris, observa Michael. Elle trouve que j'ai très mauvais goût en matière d'habits.

— Les vôtres sont irréprochables, mais les siens sont un peu... démodés.

— Oui, il paraît. Je pensais bien faire en demandant à sa grand-mère de les lui choisir, mais il est vrai que ma mère a soixante-dix ans et qu'elle s'intéresse surtout au côté pratique des choses... Ce qui m'échappe quand même, c'est l'importance que ça a pour Angela.

— C'est important pour tous les adolescents. Pour se sentir intégrés au milieu de leurs copains, ils doivent être branchés. Et la mode qu'ils suivent leur est très spécifique.

Le manque de psychologie de Michael l'irritait. Il ne comprenait donc pas le désarroi d'Angela, qui sortait du monde de l'enfance pour entrer dans le monde impitoyable des adolescents dont les critiques cruelles pouvaient inhiber à vie ceux qu'ils prenaient pour

94

boucs émissaires. Il ne savait pas que cette période, pour une fille, était semée de doutes et de craintes de toutes sortes ?

Mais comment aurait-il pu le savoir ? se dit-elle brusquement. Il fallait avoir vécu tout cela pour le comprendre.

L'ampleur de la tâche que Michael s'était assignée en essayant d'être à la fois le père et la mère d'Angela apparut alors à Claire pour la première fois.

Il travaillait soixante-dix heures par semaine, et même quatre-vingts avant un procès important. Sa réputation grandissait au sein de l'entreprise, et il gagnait beaucoup d'argent. Dans sa situation, de nombreux hommes auraient engagé quelqu'un pour s'occuper de leur fille, et repris tranquillement leur ancien mode de vie.

— Par bien des côtés, Angela est encore immature, observa soudain Michael, mais vous avez raison : ce n'est plus une petite fille. Je crois que je refusais jusqu'ici de l'admettre. Je n'étais pas un père très attentif, avant la mort de Mary Jo, et sans doute voulais-je me persuader que j'avais du temps devant moi pour combler le fossé qui me séparait d'Angela. Au lieu de ça, je me la suis peut-être définitivement aliénée.

— Vous vous trompez, Michael ! Moi, enfant, j'aurais tout donné pour avoir un père comme vous ! Le mien ne cessait de me critiquer, ce qui m'a mise devant un douloureux dilemme : rester moi-même ou encourir la réprobation du seul homme dont l'amour m'importait, à l'époque... Vous commettez des erreurs avec votre fille ? Et alors ? Vous, au moins, vous êtes là, vous n'avez pas préféré à sa mère une ravissante idiote... Angela m'a parlé de la façon dont vous l'encouragiez, dont vous la félicitiez de si bien travailler à l'école. Elle sait forcément que vous l'aimez, et c'est l'essentiel.

— Vous le pensez vraiment?

— Oui.

Emue de voir à quel point Michael avait besoin d'être rassuré à ce sujet, Claire lui prit la main et la serra. Elle craignait qu'il ne se dégage aussitôt, mais il répondit au contraire à son étreinte. Elle eut même l'impression qu'une tendre émotion le gagnait : il ferma à demi les yeux, se pencha vers elle...

— Non! s'exclama-t-il en rouvrant les paupières.

L'espace d'une seconde, la jeune femme se crut de nouveau victime d'un rejet humiliant, mais elle suivit le regard de Michael et comprit alors la raison de ce cri.

Angela venait de sortir de la cabine d'essayage. Elle était vêtue d'un caleçon rouge et d'une brassière assortie qui laissait dénudé une grande partie de son ventre et moulait étroitement ses petits seins.

— Il n'est pas question que tu portes ça! décréta Michael.

— Mais j'adore cet ensemble! protesta Angela qui regardait à présent son père avec un air de défi. Il me fait paraître plus vieille.

— La coupe est jolie, et je sais que tu aimes le rouge, intervint Claire, mais celui-ci est trop vif pour toi. Il écrase complètement ta personnalité, alors qu'un style plus approprié la mettrait en valeur.

L'adolescente la considéra d'un air hésitant.

— C'est pour avoir mon avis que tu m'as demandé de t'accompagner, non? continua la jeune femme. Alors je préfère te le donner franchement. Si nous allions regarder les présentoirs ensemble?

Joignant le geste à la parole, elle se leva et se dirigea droit sur un pull-over qu'elle avait repéré la semaine précédente.

— Qu'en pensez-vous ? dit-elle en le décrochant et en le montrant à Michael.

Le visage sombre, celui-ci regarda en silence le motif de triangles rouges brodé sur un fond jaune serin.

— Ce n'est pas un peu criard ? finit-il par observer.

— Le jaune lui irait bien... Essaie ça, Angela, et vous, Sandy, apportez-lui un caleçon assorti.

Deux minutes plus tard, l'adolescente ressortit de la cabine. Elle avait les yeux brillants et les joues rouges d'excitation.

— Tu es superbe ! s'écria Claire.

— Papa ? murmura Angela d'une voix craintive.

Bien que Michael fût loin de trouver cette tenue à son goût, le pull-over, long et ample, avait au moins l'avantage de cacher l'anatomie de sa fille...

— C'est très joli, marmonna-t-il.

Rayonnante, Angela alla se planter devant le miroir mural et s'examina sous toutes les coutures. Claire ne put s'empêcher de sourire ; elle aussi, au même âge, passait des heures devant sa glace à s'étudier d'un œil critique, à prendre des poses et à s'exercer à toutes sortes de choses, de la récitation d'une leçon jusqu'aux pas des danses à la mode.

— Vous n'auriez pas une idée, pour mes cheveux ? lui demanda soudain l'adolescente en se tournant vers elle. J'ai envie de changer de coiffure. Je pourrais peut-être les couper très courts, ou bien me faire faire une de ces franges très longues, qui recouvrent les sourcils...

Michael s'agita nerveusement sur sa chaise.

— Essayons d'abord quelque chose de moins radical, proposa la jeune femme. Vous avez un chouchou jaune, Sandy ?

— Un chouchou ? répéta Michael, perplexe.

— Tu n'es vraiment pas dans le coup, papa ! s'exclama sa fille d'un ton mi-amusé, mi-agacé.

Quand la vendeuse tendit à Angela un morceau de tissu froncé autour d'un élastique, Michael comprit qu'un chouchou était ce que Claire utilisait souvent pour attacher sa queue-de-cheval. Il l'avait remarqué parce qu'il aimait beaucoup ses cheveux. Cent fois, il s'était imaginé en train de libérer leur masse brillante et lisse de ce petit bout d'étoffe et de les regarder tomber en cascade sur les épaules de la jeune femme.

Après avoir dénoué la tresse d'Angela, Claire ne fixa pas le chouchou au niveau de la nuque, mais haut et sur le côté. L'effet était très réussi, et Michael se détendit : Claire savait visiblement ce qu'elle faisait, et Angela avait l'air si contente !

La complicité qui régnait entre elles le surprenait et, à son grand étonnement, ne le rendait pas jaloux. Elles allaient maintenant d'étagère en présentoir, en sortant tel jean, tel chemisier, tel T-shirt...

Angela sollicitait parfois l'avis de son père, mais c'était le plus souvent vers Claire qu'elle se tournait.

Et tout cela se passait dans une atmosphère des plus gaies. Leurs éclats de rire et leurs exclamations excitées remplissaient la boutique, si bien que Michael finit par les considérer avec une sorte d'indulgence amusée. On aurait dit qu'elles avaient treize ans toutes les deux.

Alors que sa fille était repartie dans la cabine d'essayage avec une pile de vêtements, il fut pris d'une brusque impulsion et demanda à Claire :

— Vous vous rappelez ce pull-over rouge?

— Quel pull-over rouge?

— Celui que vous avez admiré le soir où nous sommes allés dîner au restaurant. Il y avait un chat brodé dessus.

— Ah oui! Des boutons de cuivre représentaient les yeux...

— Et des bouts de laine les moustaches. Vous l'avez acheté depuis?

Son intérêt pour ce pull-over devait paraître bizarre à son interlocutrice — il avait lui-même du mal à se l'expliquer —, mais elle répondit sans sourciller:

— Non. Je suis retournée plusieurs fois dans le magasin pour le regarder, mais il est trop cher. Les tenues que je suis obligée de porter au bureau me mangent la plus grande partie de mon budget vêtements.

Etrangement désappointé, Michael se tut.

Cette journée n'en avait pas moins quelque chose de... magique. Jamais il ne s'était senti le cœur aussi léger. Sa bonne humeur le poussa même à dire oui tout de suite quand Angela lui demanda si elle pouvait se faire percer les oreilles.

Une fois sortis de la boutique, ils se rendirent donc chez un bijoutier, qui effectua l'opération. Michael acheta alors des petites boucles d'oreilles en or à sa fille, qui le remercia d'un gros baiser sur la joue.

Ils allèrent ensuite manger une pizza, puis le moment vint de raccompagner Claire chez elle. Michael était infiniment reconnaissant à la jeune femme de l'avoir aidé à se rapprocher d'Angela. Grâce à elle, il avait compris qu'il devait accorder plus de liberté à sa fille, et aussi apprendre à l'écouter.

Ses adieux à la jeune femme furent pourtant brefs. Il l'accompagna jusqu'à la porte de l'immeuble et lui serra la main avant de tourner les talons. Peut-être le trouverait-elle grossier, mais il craignait, en restant plus longtemps, de céder au désir de la prendre dans ses bras et de l'embrasser autrement que comme l'amie qu'elle était maintenant devenue.

Ce fut la première fausse note de la journée, mais malheureusement pas la dernière, car l'optimisme de Michael concernant ses relations avec sa fille commença à diminuer dès qu'ils furent rentrés à leur appartement : sans lui adresser la parole, Angela emporta ses achats dans sa chambre et s'enferma dedans, sans doute pour appeler Sabrina.

Il avait espéré que sa fille lui témoignerait désormais moins d'hostilité et que l'influence de Claire remplacerait celle de Sabrina, mais il s'était visiblement trompé.

A la pensée que ses efforts n'avaient servi à rien, un brusque découragement s'empara de lui.

Sa tristesse augmenta encore quand, sous la douche, il prit conscience de ce qui avait donné à ce dimanche un caractère si inhabituel : Mary Jo ne lui avait pas manqué. Elle était morte depuis moins de deux ans, et pas une minute aujourd'hui il n'avait pensé à elle !

Pour calmer ses remords, il décida de considérer les heures précédentes comme un moment hors du temps et de la réalité. Il reprendrait dès demain ses distances avec Claire, qui avait trop tendance à lui faire oublier Mary Jo, et qui lui inspirait une attirance purement physique, il en était sûr. Le corps avait ses exigences, il le savait, et il fallait bien qu'un jour ou l'autre une femme le lui rappelle.

Etouffant un soupir, Michael ferma le robinet de la douche, se sécha et enfila un survêtement. Alors qu'il empruntait le couloir, le silence qui régnait dans la chambre de sa fille l'étonna : les conversations téléphoniques entre Angela et Sabrina duraient généralement des heures. Il frappa, n'obtint pas de réponse, mais entrebâilla quand même la porte. Allongée sur son lit, Angela lisait.

— Sabrina n'était pas chez elle ? demanda-t-il.

— Si, mais quand je lui ai dit que je trouvais Claire super, tu sais ce qu'elle m'a répondu ?

— Non.

— Que Claire s'intéressait à moi uniquement pour entrer dans tes bonnes grâces. Ça m'a vexée, mais comme je ne voulais pas qu'elle s'en aperçoive, j'ai prétendu avoir des choses à faire et j'ai raccroché... Tu crois qu'elle a raison, papa, que Claire s'occupe de moi juste pour te plaire ?

— Bien sûr que non ! Claire est quelqu'un de très spontané, et il n'y a donc aucun calcul dans l'intérêt qu'elle te porte. En outre, elle et moi, nous sommes simplement amis, il faut que tu te mettes bien ça dans la tête.

— D'accord, papa, déclara Angela avec un petit sourire.

La sonnerie du téléphone tira Michael d'un profond sommeil. Il tendit la main vers le combiné et jeta un coup d'œil à son réveil : il était 1 heure du matin.

— J'appelle pour une annonce que j'ai lue dans le journal, expliqua une voix de femme, à propos d'un accident de la circulation. C'est vous qui offrez la récompense ?

— Oui ! s'écria Michael, sortant d'un coup de son engourdissement. Vous étiez sur les lieux ?

— Absolument, et je peux vous dire que le responsable de cet accident était ivre.

Ivre... Le cœur de Michael fit une embardée. Depuis vingt mois que son annonce paraissait dans le *Chicago Tribune*, beaucoup de gens l'avaient appelé, mais quelques questions lui avaient suffi pour se rendre compte qu'ils cherchaient seulement à toucher la récompense. Cette femme était la première personne à préciser d'elle-même que le conducteur à l'origine de la collision avait bu.

Allait-il enfin pouvoir faire condamner Beske ?

Son instinct lui conseilla cependant de ne pas se réjouir trop vite. C'était une heure bizarre pour téléphoner, et sa correspondante avait peut-être fourni cette information parce qu'elle savait avoir des chances de tomber juste. L'alcool au volant n'était-il pas la cause principale des accidents de la route ?

— Racontez-moi ce que vous avez vu ! ordonna-t-il.

— Eh bien, le type était ivre... Sa voiture zigzaguait... A combien se monte la récompense ?

— Elle sera importante si vous acceptez de témoigner. Mais donnez-moi plus de détails ! Que s'est-il passé exactement ?

— Eh bien, il est rentré dans une autre voiture et l'a complètement défoncée.

— La personne qui conduisait cette autre voiture, était-ce un homme ou une femme ?

— Une femme.

Michael retint son souffle. Jusqu'ici, tout concordait.

— Parlez-moi des véhicules qui se sont percutés, à présent. Avez-vous noté leur couleur ? demanda-t-il.

102

— Celui de la femme était... euh... bleue ?

La colère et la déception étouffèrent Michael, l'empêchant momentanément de parler, puis il s'exclama :

— Non, il était rouge ! Rouge, nom de Dieu ! Vous mentez, n'est-ce pas ? Vous n'étiez pas sur les lieux de l'accident ?

— Euh... rouge, en effet, je m'en souviens, maintenant... Et celui du chauffard était noir.

La voiture de Beske était rouge, elle aussi.

Sans rien ajouter, Michael raccrocha, et de désespoir, s'abattit contre son oreiller.

6.

— Qu'en penses-tu, Claire ? déclara Stuart Tyler en posant son stylo et en se tournant vers la jeune femme, assise de l'autre côté de la grande table.

Tous les collaborateurs du service pénal étaient là, mais Claire était la seule personne auprès de qui Stuart jugeait utile de demander avis, nota Michael.

— Je crois que tu aurais tort d'accepter les conditions de la partie adverse pour régler l'affaire à l'amiable, répondit-elle.

— Il n'y a qu'un plaignant pour l'instant, mais faute de nous montrer coopératifs, nous risquons une action collective, objecta Stuart, l'air nerveux.

Michael présidait la séance, sans toutefois y participer beaucoup. Deux fois par mois, il réunissait ses subordonnés dans le but de discuter des dossiers les plus intéressants, mais il avait pour politique d'intervenir le moins possible. Les associés qui dirigeaient le cabinet n'étaient pas très favorables à ce genre de débat — selon eux, les collaborateurs devaient en référer uniquement à leur supérieur direct. Michael, lui, trouvait ces réunions formatrices : elles donnaient aux jeunes avocats l'occasion de défendre leurs idées dans une atmosphère stimulante et détendue. Et il essayait de se faire oublier afin de leur apprendre à réfléchir par eux-mêmes.

Il écouta donc en silence Stuart parler de la menace d'une action collective dans l'affaire dont il s'occupait. L'un des composants d'une nouvelle marque de lessive avait provoqué des allergies chez un certain nombre d'utilisateurs, et celui qui portait plainte aujourd'hui contre le fabricant avait failli en mourir.

— Nous pourrions nous retrouver avec deux mille plaignants, conclut Stuart, et c'est un risque que je préfère ne pas courir.

— Tu es trop timoré ! s'écria Claire. Les négociations commencent seulement, et les avocats de la partie adverse demandent une indemnité presque deux fois supérieure à ce que notre client devrait normalement payer. J'ai consulté la jurisprudence, et, au cours de ces dix dernières années, aucun plaignant n'a reçu autant d'argent dans des cas similaires. Le fabricant reconnaît ses torts, et il est disposé à indemniser la victime, mais il faut que cela reste dans des limites raisonnables.

Le fait que Claire ait pris le temps d'effectuer des recherches pour un dossier dont elle n'était pas personnellement chargée n'étonna pas Michael. Elle préparait toujours avec soin ces séances de travail.

A en juger par leur mutisme, aucun de ses camarades ne s'était donné la peine de consulter la jurisprudence.

Une leçon qui sans doute, songea Michael, les inciterait à moins de négligence la prochaine fois...

Comme Stuart défendait son point de vue, Michael, toujours silencieux, s'avisa qu'un certain repli s'imposait en effet, dans la mesure où une transaction rapide permettrait d'éviter un procès qui se solderait peut-être par des dommages-intérêts de plusieurs millions de dollars.

En revanche, le regard langoureux que son collaborateur décocha à Claire en guise de conclusion l'agaça beaucoup. D'après la rumeur, Stuart et Claire avaient été vus plusieurs fois ensemble à la cafétéria du rez-de-chaussée, et Stuart essayait de trouver le courage d'inviter la jeune femme à dîner.

— Tu crois vraiment qu'il ne faut pas accepter un règlement à l'amiable, Claire ? demanda ce dernier en remontant ses lunettes sur le nez.

— Je dis juste qu'il est encore trop tôt. Il y a des chances pour que le plaignant finisse par se lasser de payer les honoraires de ses avocats et se contente d'indemnités moins élevées. Cette opinion n'engage cependant que moi. Qu'en pensent les autres ?

Quelques-uns des jeunes avocats donnèrent leur avis, mais sans le fonder comme Claire sur des faits et des chiffres.

— Tu as peut-être raison, Claire, admit finalement Stuart.

Comme le jeune avocat rougissait de plaisir au sourire dont le remerciait la jeune femme, Michael sentit une brusque douleur le transpercer. Il n'en comprit pas tout de suite la cause, et puis la vérité lui apparut : il était jaloux de Stuart parce que Claire lui avait souri !

La discussion continuait, autour de lui, mais il n'écoutait plus. Ses yeux étaient rivés sur la jeune femme, qui suivait le débat avec intérêt et levait de temps en temps le doigt pour réclamer la parole.

Stuart aussi la regardait, d'un air d'adoration qui en disait long sur ses sentiments. Claire paraissait être la seule personne de la pièce à ne pas se rendre compte qu'il était fou amoureux d'elle.

Un léger mouvement, du côté de la porte ouverte, attira soudain l'attention de Michael. Il tourna la tête dans cette direction, tout le monde l'imita, et le silence se fit dans la pièce. George Fanal, l'associé responsable du service pénal, se tenait sur le seuil.

Depuis combien de temps était-il là ? se demanda Michael en se levant.

— Entrez, George ! s'écria-t-il. Nous sommes en train de discuter de l'affaire Woffing.

— Merci, déclara l'interpellé avant de s'approcher de la table d'une démarche assurée, visiblement destinée à impressionner les jeunes avocats.

Le seul fait de l'avoir devant eux suffisait pourtant à les intimider, Michael le savait. Enfermés toute la journée entre les murs de leurs minuscules bureaux ou de la bibliothèque, ils avaient rarement l'occasion de voir l'un des membres de la direction du cabinet.

— J'ai eu envie d'assister à l'une de ces séances de remue-méninges dont les gens parlent tant, expliqua Fanal en s'asseyant. Il paraît que c'est une pratique très prisée dans certaines entreprises. Mais je vous en prie, continuez sans vous occuper de moi ! Je suis venu en simple observateur.

Malgré cette invitation, tous se retranchèrent dans un silence gêné. L'atmosphère détendue qui régnait quelques minutes plus tôt s'était évanouie.

— Nous sommes contents de vous avoir parmi nous, George, finit par remarquer Michael.

Il connaissait en réalité la vraie raison de cette visite inopinée : des mauvaises langues faisaient courir le bruit que ces réunions où il traitait ses subordonnés d'égal à égal sapaient son autorité, et Fanal voulait se rendre compte par lui-même de ce qu'il en était.

Cela n'inquiétait cependant pas Michael outre mesure : une fois passée leur première réaction de crainte, les jeunes avocats recouvreraient leur sang-froid; ils étaient compétents et habitués à s'exprimer librement. Le travail qu'il effectuait avec eux était même la seule véritable source de satisfaction professionnelle de Michael, ces derniers temps.

— Résumez donc la situation à M. Fanal, Stuart, suggéra-t-il.

Stuart s'exécuta. Il parla de façon claire et concise, mais à la fin de son exposé, des gouttes de sueur perlaient sur son front.

— Ainsi, vous comptez accepter la demande d'indemnité de la partie adverse? déclara Fanal d'un ton pensif. C'est sans doute plus sage. Mieux vaut régler l'affaire à l'amiable, même si ça coûte cher, que de risquer une action collective.

Il y eut un murmure d'assentiment autour de la table.

— Je ne suis pas d'accord! dit Claire d'un ton calme mais ferme.

Toutes les têtes se tournèrent vers elle.

— J'ai ici le montant des dommages-intérêts versés dans des cas similaires, monsieur Fanal, poursuivit la jeune femme, et celui qu'exigent les avocats du plaignant est beaucoup trop élevé. Ils sont complètement déraisonnables.

— Raison de plus pour ne pas attendre qu'ils révisent leurs prétentions à la hausse! répliqua Fanal.

— La décision finale revient bien sûr à Stuart, mais il nous a demandé notre opinion, et la mienne est qu'il ne faut pas céder à ce genre de chantage voilé. A long terme, cela nuira à la réputation du cabinet.

Un silence pesant s'abattit sur l'assemblée. Fanal s'était raidi, et Michael jugea préférable d'intervenir.

— Ce sont les associés qui définissent la politique générale de l'entreprise, Claire, rappela-t-il d'une voix posée. Notre travail à nous se limite à gagner les procès de nos clients.

— Ce que nous ne pouvons pas faire si nous réglons toutes les affaires à l'amiable par peur du risque, rétorqua la jeune femme.

— Si je comprends bien, vous trouvez que nous adoptons une attitude trop frileuse ? observa Fanal en la fusillant du regard.

— Oui, répondit Claire sans se démonter. Quand je travaillais au service immobilier, Larry Oliver m'a obligée à régler à l'amiable au moins trois affaires que je pensais pouvoir plaider avec succès devant les tribunaux.

— La direction de ce cabinet a en la matière des critères d'appréciation différents des vôtres, mademoiselle Logan. Nos clients sont des gens prudents ; ils préfèrent payer tout de suite une somme d'argent importante que de perdre un procès et voir ensuite leur nom s'étaler à la une du *New York Times*. D'après ce que Michael m'a dit du dossier Woffing, il n'est pas évident du tout que nous gagnions un éventuel procès. La jurisprudence établie par l'affaire Hathaway pourrait bien tourner au désavantage de notre client.

— Ce jugement a fait jurisprudence pendant des années, monsieur Fanal, mais il a été annulé il y a quatre mois.

« Oh ! quelle gaffe ! » songea Michael, atterré. Fanal comptait parmi ses plus grands titres de gloire la victoire de ce procès qui lui avait permis de devenir associé. Il aimait en parler encore plus que de ses chevaux de course et de sa villa aux Bahamas...

Et en effet, Fanal avait pâli sous son bronzage.

— Annulé ? répéta-t-il.

Comme la plupart des associés, il s'occupait plus de

la gestion du cabinet que de droit, et ne suivait pas de très près l'actualité judiciaire. De plus, par tact, personne n'avait songé à l'informer de cette annulation.

Personne à part Claire... Elle l'avait fait pour étayer son argumentation, mais cela risquait de lui coûter cher. Michael ne pouvait cependant s'empêcher d'admirer la fermeté avec laquelle elle défendait son point de vue.

— Je l'ai lu dans l'*American Bar Association Journal*, précisa-t-elle, avec une douceur dans la voix qui annihilait toute idée de provocation.

Les sourcils froncés, Fanal s'accorda quelques instants de réflexion, puis il déclara :

— Dans ce cas, je comprends. Nous avons du même coup de meilleures chances de gagner si l'affaire Woffing va jusqu'au procès, et il vaut donc peut-être mieux ne pas accepter trop vite un règlement à l'amiable... Vous êtes pugnace, mademoiselle Logan !

Sa voix exprimait un mélange d'agacement et de respect.

— Oui, je le crains, admit la jeune femme avec un petit sourire. Michael me trouve trop impétueuse, lui aussi, et il essaie toujours de me freiner.

— Sans grand succès, à ce que je constate !

A ces mots, Michael réprima un soupir d'exaspération, conscient que cela revenait à le taxer d'un manque d'autorité.

Une brusque colère le saisit. Claire Logan avait-elle donc juré de le discréditer ? Cette femme qui l'avait poussé à faire l'école buissonnière, traîné dans les magasins et convaincu de laisser Angela acheter ce ridicule ensemble jaune, cette femme dont la pensée le hantait jour et nuit allait-elle en plus lui saboter sa carrière ?

Une demi-heure plus tard, Claire était dans le bureau de Michael, en train de discuter avec lui de la réunion. Il n'avait pas haussé le ton jusqu'ici, mais elle le savait irrité par la façon dont elle avait défié publiquement George Fanal.

— Je me suis contentée de donner mon avis sur un dossier, dit-elle. N'est-ce pas précisément le but de ces séances ?

— Si, mais dans votre propre intérêt, vous auriez dû vous montrer plus diplomate.

— Vous pensez que j'ai eu tort de parler à Fanal de ce revirement de jurisprudence ? Il aurait pourtant bien fini par l'apprendre !

— Le moment était cependant spécialement mal choisi, observa Michael en se passant la main dans les cheveux d'un geste impatient. Bien sûr, je m'efforcerai d'atténuer les effets nocifs de cet incident sur votre plan de carrière, mais je vous en prie, essayez de comprendre qu'il y a des circonstances dans lesquelles il vaut mieux se taire !

La jeune femme sentit une bouffée de colère l'envahir. Ce genre de conseil ne l'aurait pas étonnée de la part de son père, de Larry Oliver ou de George Fanal, mais de Michael... Elle l'avait cru différent.

— J'ai l'habitude de faire mes propres choix et d'en assumer les conséquences ! s'écria-t-elle d'un ton belliqueux.

Après une petite pause, Michael déclara avec un soupir :

— D'accord, mais avez-vous songé que vos choix pouvaient causer du tort à d'autres personnes ? Dans ce cas précis, par exemple, vous avez donné à Fanal

112

l'impression que je n'avais aucune autorité sur mes subordonnés.

— C'est ridicule ! s'exclama Claire.

La remarque de son interlocuteur la troublait cependant. Elle acceptait certes de subir les conséquences de ses décisions, même mauvaises, mais l'idée de nuire à Michael lui paraissait intolérable.

Comme s'il devinait les scrupules qui la saisissaient, il avoua d'un ton que la légitimité de son ambition rendait ferme :

— Je ne peux pas vous laisser compromettre ma carrière. Je veux devenir associé. J'en ai besoin.

— Pourquoi ?

— Pourquoi ? Mais ça me paraît évident ! Pour le pouvoir, les revenus et la sécurité attachés à ce statut.

— Vous ne gagnez donc pas assez d'argent comme ça ?

— J'ai une fille qui va dans une école privée hors de prix, et que je devrai bientôt inscrire dans une université plus chère encore, figurez-vous ! Mes parents n'ont pas un sou devant eux, bien que mon père ait passé vingt-sept ans de sa vie à trimer dans une aciérie. Tout ce qu'ils avaient, ils l'ont utilisé pour financer mes études à Yale, et le coût des soins médicaux que nécessite l'état de mon père risque d'augmenter avec les années... Je suis leur seule famille, et je n'ai donc pas le choix.

— Oh ! Michael..., murmura Claire, sa colère cédant brusquement la place à la compassion. Vous n'aimez pas votre travail...

— Si ! protesta-t-il.

Sa voix manquait cependant de conviction, et la jeune femme sentit ses doutes se confirmer. Elle savait qu'il éprouvait de la satisfaction à former et conseiller

113

ses subordonnés auxquels il témoignait toujours beaucoup d'intérêt et de patience. Mais concernant les autres aspects de la vie de l'entreprise — comme les pressions exercées par la direction pour facturer le plus grand nombre d'heures possible aux clients, les intrigues de toutes sortes, les potins qui ne cessaient de circuler —, Claire avait toujours pensé Michael trop honnête et trop idéaliste pour les trouver à son goût.

— Votre dévouement à vos parents vous honore, observa-t-elle, mais je me demande s'il n'est pas en partie motivé par une envie de tout contrôler.

— Claire..., grommela-t-il.

Elle perçut la note de mise en garde dans la voix, mais ne put s'empêcher de continuer :

— Personne n'a le pouvoir de tout contrôler, Michael, même pas vous.

— Ça suffit, maintenant !

D'un bond, il se leva et alla se planter devant la jeune femme. Bien qu'un peu effrayée, celle-ci soutint le regard courroucé, et vit bientôt toute animosité le quitter pour céder la place à une lueur de tendresse.

— Ne soyez pas têtue, Claire, murmura-t-il. Laissez-moi vous aider.

— Pourquoi m'aideriez-vous ?

— Parce que.

Pendant un long moment, ils se fixèrent en silence...

Quand le signal sonore de l'Interphone vint rompre l'enchantement, Michael sursauta comme s'il émergeait d'un rêve éveillé.

— Oui ? s'enquit-il en appuyant sur le bouton du haut-parleur.

— Henry Campbell, de la société Allen, demande à vous parler, annonça la voix de la secrétaire.

— Dites-lui que je suis occupé et que je le rappellerai ! ordonna-t-il avant de s'asseoir sur le rebord du bureau, les yeux baissés, l'air gêné.

— Vous aviez raison, tout à l'heure, se décida finalement à admettre Claire. J'aurais dû attendre un moment plus propice pour apprendre à M. Fanal que le jugement Hathaway ne faisait plus jurisprudence.

Et comme un simple hochement de tête lui répondait, elle ajouta :

— Vous travaillez dur, poursuivit-elle, et vous méritez d'obtenir de l'avancement. Je vous promets de ne plus compromettre vos chances par des propos inconsidérés.

— Bien !

Affreusement mal à l'aise, la jeune femme attendit, mais Michael, sans autre commentaire, alla se rasseoir dans son fauteuil et ouvrit un dossier.

Claire sortit alors de la pièce et se dirigea vers la cafétéria. Là, attablée devant une tasse de thé, elle essaya de mettre de l'ordre dans ses idées. Michael avait beau feindre l'indifférence, il se passait quelque chose entre eux : l'atmosphère se chargeait d'électricité à chacune de leurs rencontres. Il était cependant tout aussi évident que Michael ne voulait pas donner à leurs relations un caractère plus personnel, et ce rejet lui brisait le cœur.

Mais à la pensée que Michael semblait, par ailleurs, très soucieux de lui éviter des ennuis avec la direction, elle sentit sa peine s'alléger.

Car dans la mesure où il déployait beaucoup d'efforts — peut-être même trop — pour aider sa fille et ses parents, c'est-à-dire les gens qu'il aimait, cela signifiait qu'il la portait aussi dans son cœur.

En tout cas suffisamment, se dit-elle, le visage soudain illuminé de bonheur, pour la faire figurer sur la liste de ses protégés...

7.

Sophie Chalinski était contente de rentrer enfin chez elle. Certes, la maison, sans son mari, allait lui sembler bien vide, mais elle entendait se montrer raisonnable et se disait que Mike reviendrait dès qu'elle se sentirait assez forte pour s'occuper de nouveau de lui.

Dans l'immédiat, sa cheville lui faisait mal, son plâtre la gênait et ses béquilles lui meurtrissaient les aisselles.

Normalement, la vieille dame aurait souffert en silence, mais elle avait d'excellentes raisons, à présent, pour exagérer ses difficultés à marcher.

La voyant ainsi peiner, Michael et Claire, qui l'encadraient, redoublèrent de sollicitude.

Ces deux-là se comportaient bizarrement l'un envers l'autre, songea Sophie. Ils se disaient amis et pourtant, depuis leur arrivée, ils semblaient éviter de se regarder, et même de se parler.

Ils s'étaient peut-être disputés, mais cela ne l'inquiétait pas outre mesure. Elle avait l'habitude d'envisager les choses à long terme, et, clouée dans ce lit d'hôpital, elle avait eu tout le temps de réfléchir, d'élaborer des plans, dont le premier avait consisté à demander l'aide de Claire pour sa sortie d'hôpital.

Le trajet jusqu'au parking dura une éternité. Chaque fois que Sophie s'arrêtait pour se reposer, elle voyait l'inquiétude se peindre sur le visage de ses deux compagnons.

L'installation dans la voiture fut tout aussi longue et compliquée, la vieille dame ne faisant rien pour faciliter la tâche à son fils.

Quand tout le monde fut finalement assis, la Jaguar démarra, et Claire, assise à l'arrière, déclara :

— Nous nous sommes arrêtés en chemin pour vous acheter quelques provisions, madame Chalinski. Elles sont dans le coffre, ainsi qu'un Tupperware de soupe de légumes que j'ai préparée moi-même ce matin.

— C'est très gentil à vous.

Sophie ne connaissait Claire que depuis une semaine, mais elle l'aimait déjà beaucoup. La jeune femme était venue plusieurs fois lui rendre visite à l'hôpital, et Michael avait bien sûr été leur principal sujet de conversation. Quand elle parlait de lui, Claire avait les joues rouges, les yeux brillants et la voix vibrante d'émotion. La vieille dame en avait tiré les conclusions qui s'imposaient.

Le seul problème, c'était de savoir si Michael partageait les sentiments de la jeune femme. Il était si secret, si réticent à se laisser aider. Depuis la mort de Mary Jo, il ne vivait plus que pour sa fille et son travail. Il ne se plaignait pas, mais un homme avait besoin d'une épouse, et une famille normale se composait d'un père, d'une mère et du plus grand nombre d'enfants possible...

Pour sa propre information autant que pour celle de

son fils, Sophie décida de poser à Claire quelques questions personnelles. Elle avait envie de lui demander s'il y avait quelqu'un dans sa vie, mais jugea préférable de procéder sans précipitation et par étapes.

Son interrogatoire commença donc sur un ton anodin :

— De quel Etat êtes-vous originaire, Claire ?

— Du Nebraska.

— Vous avez encore vos parents ?

— Oui, mais ils sont divorcés.

— Votre mère travaille ?

— Seulement depuis que mon père l'a quittée. Sans diplômes ni expérience professionnelle, elle n'a cependant pu trouver qu'une place de cantinière. C'est un emploi fatigant et mal payé, et ma décision de devenir avocate vient en partie de là : je voulais exercer un métier qui me permettrait de ne jamais dépendre financièrement d'un homme.

Sophie approuva cette remarque d'un hochement de tête. L'évolution des mœurs faisait qu'une femme devait être capable de gagner sa vie s'il le fallait.

— Ma mère et ma sœur, Amy, me manquent beaucoup, continua Claire. J'ai plusieurs neveux, et j'attends Noël avec impatience. Je n'ai eu le temps de retourner dans ma famille qu'une fois cette année, pendant l'été, et ce n'est pas la meilleure période pour séjourner au Nebraska. La chaleur y est encore plus étouffante qu'à Chicago.

— Ah bon ? observa la vieille dame. L'hiver, en revanche, y est sûrement moins rude.

— Oh ! non, c'est encore pis qu'ici. Il y a souvent du blizzard, et le vent forme des congères qui rendent les routes impraticables. Quand j'étais petite...

Claire était maintenant lancée, et Sophie se

contenta de l'écouter. Elle avait atteint son but : amener la jeune femme, qu'elle devinait d'un naturel très loquace, à parler d'elle-même.

Et tout ce qu'elle disait confirmait la bonne opinion que Sophie avait d'elle. En plus, Claire était jolie. La grosse rose de satin rouge qui fermait le col de son chemisier allait bien à son teint de brune. Son blazer bleu marine, en revanche, ressemblait un peu trop à un vêtement d'homme.

D'un coup d'œil discret, Sophie constata qu'un sourire flottait sur les lèvres de son fils. Malgré son mutisme et son indifférence apparente, il écoutait donc la jeune femme, lui aussi.

C'était bon signe, songea la vieille dame, plus décidée que jamais à donner suite à ses projets.

La voiture roulait à présent dans un réseau de petites rues dont tous les noms se terminaient en « ski ». Claire en déduisit qu'ils approchaient de leur destination.

— Je suis impatiente de vous montrer ma maison, lui déclara Sophie. Et quand mon mari sera revenu, il faudra que vous nous rendiez visite.

— Entendu, madame Chalinski.

Claire avait cependant répondu cela par simple politesse : elle n'avait aucune raison de retourner chez les parents de Michael. Si la vieille dame ne lui avait pas demandé de l'aide aujourd'hui, elle serait en ce moment même dans son bureau, à travailler sur une affaire compliquée de rupture de contrat.

La Jaguar s'arrêta devant un petit pavillon qui devait dater des années trente. Ses murs de bois peints en blanc et la véranda qui occupait toute la longueur de la façade lui donnaient un air coquet, mais deux mètres à peine le séparaient des habitations presque identiques situées de part et d'autre.

120

Une fois sa mère installée dans le canapé de la salle de séjour, Michael retourna à la voiture chercher les bagages et les provisions. La vieille dame se pencha alors vers Claire, qui s'était assise en face d'elle, et lui dit à voix basse :

— Promettez-moi de venir me voir de temps en temps, mais seule, sans Michael. Cela me remontera le moral de bavarder avec vous.

— C'est promis ! s'écria Claire.

Et là, elle était sincère, car elle trouvait inquiétant qu'une femme aussi orgueilleuse que Sophie Chalinski avoue avoir besoin de compagnie.

La vieille dame se renversa dans son siège avec un sourire de satisfaction, puis elle déclara :

— Mon fils veut que je déménage, mais regardez cette maison, Claire ! Elle est solide, et on n'en construit plus de pareilles, avec des cloisons épaisses et des boiseries en chêne.

Ce fut ce moment que choisit Michael pour réapparaître dans la salle de séjour. Il avait manifestement entendu les propos de sa mère, car il s'exclama :

— Je te signale, maman, que c'est toi, à l'hôpital, qui as reparlé de cette histoire de déménagement !

— Je n'étais pas dans mon état normal. Cette agression m'avait effrayée.

— Et à juste titre, alors tires-en les conséquences ! Tu es courageuse, mais il faut voir les choses en face : tu ne peux plus rester ici. Les Bushinski ont été cambriolés il y a quinze jours, et une semaine avant, c'était Manya Delenek. Je suis allé au commissariat du quartier, où j'ai des amis, et ils ont accepté de surveiller ta rue pendant deux ou trois jours, mais ils sont de mon avis : dans ton propre intérêt, tu dois déménager.

— Rien ne presse.

— Si !

Se tournant alors vers Claire, Michael ajouta :

— Aidez-moi à la convaincre !

L'idée d'intervenir dans cette dispute familiale déplaisait à la jeune femme, mais elle s'y décida finalement. Car même s'il manquait de la psychologie la plus élémentaire, Michael avait raison sur le fond.

— Vous pourriez peut-être visiter quelques maisons, madame Chalinski, suggéra-t-elle, des habitations anciennes pas trop éloignées d'ici.

— Mon fils veut que je m'installe dans un appartement neuf !

Avec un soupir et un regard appuyé en direction de Claire, Michael alla s'asseoir près de sa mère et lui prit la main. Il y avait dans ce geste une sorte de tendresse bourrue qui émut la jeune femme.

— Je t'aime, maman, déclara-t-il d'une voix douce, et je tiens à ce que tu aies ce qu'il y a de mieux.

— Je déteste les immeubles modernes, Mikush.

— Claire ne se trompait donc pas, admit Michael en esquissant un sourire désabusé. Eh bien, d'accord pour quelque chose d'ancien, maman... Si tu préfères faire la cuisine sur un vieux fourneau et continuer à te passer de chauffage central l'hiver, après tout, libre à toi !

Un long silence suivit, puis Sophie Chalinski murmura d'un ton las :

— D'accord, Mikush.

— Parfait ! s'écria Michael avant de tirer de sa poche un petit carnet à couverture de cuir. Je vais tout de suite appeler un agent immobilier pour qu'il m'emmène voir des maisons anciennes. Je choisirai celles qui me paraîtront le mieux, et dès que tu seras sur pied, tu iras les visiter à ton tour.

— Non, Mikush, je te répète que rien ne presse.

— Maman...

— Je sais que je devrai déménager un jour ou l'autre, mais laisse-moi le temps de m'habituer à cette idée.

— Bon Dieu, maman...

— Ne jure pas ! Et pour parler d'autre chose, pourquoi as-tu demandé à Theresa Panski de venir s'installer ici ? J'aurais très bien pu me débrouiller toute seule. En plus, tu lui as dit que tu la paierais ! Ça l'a beaucoup froissée.

— Toute peine mérite salaire.

— Non ! Theresa est mon amie, et elle ne veut pas être payée pour me donner un coup de main. Si tu ne comprends pas cela, Michael, c'est que tu as tout oublié des valeurs que j'ai essayé de t'inculquer.

Un nouveau silence s'installa dans la pièce. Alors que Claire tentait de ranimer la conversation, Sophie Chalinski céda à la fatigue et pria son fils de l'aider à s'allonger sur le canapé en vue d'une petite sieste.

Theresa Panski arriva alors, et Michael embrassa sa mère sur la joue.

— N'oublie pas de rendre visite à ton père, murmura la vieille dame avant de fermer les yeux.

Alors que Claire et Michael sortaient de la maison et se dirigeaient vers la Jaguar, Theresa courut après eux.

— Je compte sur toi pour venir voir ta mère plus souvent que ces derniers temps, Michael ! déclarat-elle, un peu essoufflée.

— Oui, répondit l'interpellé d'un air penaud. Et merci encore de vous occuper d'elle.

— C'est tout naturel !

Une fois dans la voiture, Michael grommela :

— Bon Dieu ! Ces deux-là me donnent l'impression d'avoir six ans...

— Ne jurez pas ! s'exclama la jeune femme.

— Vous n'allez pas vous y mettre aussi !

— Non, je vous taquinais... Mais pour se sentir le droit de vous gronder comme un petit garçon, Mme Panski doit vous connaître depuis longtemps ?

— Depuis toujours.

Tout en parlant, Michael avait démarré, et tandis que la grosse automobile se faufilait dans les rues étroites, il fut de nouveau frappé par le nombre de boutiques des alentours qui avaient fermé. Des planches criblées de graffitis obturaient les vitrines de la boulangerie et du marchand de journaux. Des papiers sales et des canettes de bière jonchaient les trottoirs. La façade de l'église St. Stephen elle-même était dégradée.

Le cœur de Michael se serra. Il lui semblait que cette saleté et cette laideur souillaient jusqu'à ses souvenirs d'enfance. Pourquoi sa mère avait-elle tant de mal à accepter de s'installer dans un cadre plus agréable ?

Un brusque sentiment de solitude le saisit. C'était dur, affreusement dur, d'être chef de famille, d'avoir à prendre des décisions pour tout le monde. Depuis la mort de Mary Jo, il n'avait plus personne à qui confier ses soucis, plus personne sur qui s'appuyer.

Enfin, non... Aujourd'hui, Claire avait été à son côté, et, sans elle, sa mère aurait sûrement continué de refuser l'idée même de déménager.

Alors qu'il avait prévu de ramener directement la jeune femme au bureau, Michael fut pris d'un désir subit de lui montrer son ancien quartier et de lui parler des gens qui y vivaient.

— Theresa Panski a été une sorte de seconde mère pour moi, expliqua-t-il. Elle habitait déjà la maison voisine de celle de mes parents avant ma naissance et, quand j'étais petit, elle n'hésitait pas à me corriger si je faisais des bêtises. Tous les Polonais installés ici formaient une grande famille.

— Ce n'est donc pas étonnant que votre proposition de la payer pour s'occuper de votre mère l'ait froissée.

— Elle n'est pas bien riche, et je pensais que ça l'arrangerait.

— En fait, vous vouliez profiter de cette occasion pour l'aider, n'est-ce pas ?

Michael ne répondit pas. Il trouvait gênante la facilité avec laquelle Claire lisait en lui. Elle lui avait reproché de tout vouloir contrôler, l'autre jour, et ce n'était pas faux. Elle avait ajouté que personne, même pas lui, n'en avait le pouvoir et, sur ce point aussi, elle avait raison, puisqu'il n'avait pu, malgré son désir de les protéger, empêcher que le malheur ne s'acharne sur eux.

Dans Romanek Street, un bruit de musique et de rires s'échappait d'un bar — le seul commerce des environs qui semblait prospérer —, et Michael eut soudain envie d'une Rathdenburg. Il ralentit et gara la voiture devant la porte.

— Pourquoi vous arrêtez-vous ? demanda Claire.

— Je vous offre une bière, d'accord ?

— D'accord !

L'intérieur du bar avait un aspect vieillot, avec son comptoir de bois le long duquel s'alignaient de hauts tabourets recouverts de vinyle rouge. L'air sentait le

tabac brun, le houblon et le café fort. L'aciérie voisine venait de fermer ses portes pour la journée, et la
salle était remplie d'ouvriers qui bavardaient devant
leurs chopes tandis qu'un juke-box, contre le mur du
fond, jouait des airs traditionnels polonais.

Après avoir commandé deux Rathdenburg au
comptoir, Michael conduisit Claire à une table isolée,
près d'une fenêtre. Il se rendit alors compte qu'elle
était la seule femme dans la salle. Cela n'avait cependant pas l'air de la gêner — si tant est qu'elle l'ait
remarqué —, car, à peine assise, elle entreprit de
comparer l'enfance de Michael à la sienne.

Il l'écouta en sirotant sa bière. Il appréciait beaucoup la compagnie de Claire. Ce n'était pas une
découverte, et il n'y aurait eu rien de mal à cela, si
des pensées importunes n'étaient venues sans cesse le
troubler quand il la regardait. En ce moment, par
exemple, il avait envie d'arracher l'horrible rose de
soie rouge qu'elle avait épinglée en haut de son chemisier, et de couvrir sa gorge de baisers.

Bien sûr, se dit-il, il s'agissait seulement de désir,
car il ne pouvait pas être amoureux d'une femme
aussi différente de celle qu'il avait tant aimée. L'abs-
tinence qu'il s'imposait depuis la mort de Mary Jo
commençait à lui peser, et si Claire avait accepté ses
avances pour ce qu'elles étaient — l'expression d'une
puissante attirance physique, mais rien de plus —, il
lui aurait sans doute proposé de devenir sa maîtresse.

Mais sous ses dehors assurés, il la devinait vulnérable. Sa nature généreuse et passionnée la portait à
s'investir entièrement dans tout ce qu'elle faisait.
Cela l'exposait à toutes sortes de coups, et Michael ne
voulait surtout pas qu'elle souffre à cause de lui.

Oui, il l'aimait vraiment beaucoup... Si seulement
il pouvait se contenter d'être son ami !

126

La tension qui régnait plus tôt entre eux s'était pourtant évanouie : ils bavardaient maintenant de choses et d'autres dans une atmosphère de cordialité et de bonne humeur. Autour d'eux, les gens allaient et venaient, riaient, s'interpellaient. La porte du bar ne cessait de s'ouvrir et de se refermer, laissant chaque fois un souffle d'air glacé s'engouffrer dans la salle.

Une main se posa soudain sur l'épaule de Michael. Il se retourna et se trouva face à l'un de ses amis d'enfance.

— Mikush ! Il me semblait bien que c'était toi !

— John ! Quelle bonne surprise ! s'écria Michael en se levant.

John Persecki hésita une seconde, puis lui donna l'accolade.

En dix ans, Michael ne l'avait vu qu'une seule fois, à l'enterrement de Mary Jo auquel presque tous ses anciens camarades d'école avaient assisté. Il lui avait à peine parlé, alors, et en considérant aujourd'hui ce visage avenant que les années avaient un peu empâté, il se reprocha d'avoir perdu tout contact avec son ami.

— Tu veux te joindre à nous ? proposa-t-il.

— D'accord, mais juste une minute. Cindy m'attend à la maison.

Quand Michael présenta Claire à John, il remarqua que ce dernier rougissait et se tortillait d'un air gauche, comme il le faisait autrefois devant les filles qui lui plaisaient.

— Vous êtes sûre que je ne vous dérange pas ? demanda-t-il timidement à la jeune femme en lui serrant la main.

— Pas le moins du monde ! répondit-elle avec un grand sourire.

— Alors, Mikush, où en sont tes affaires ? déclara

John une fois assis. J'ai appris que tu avais quitté le bureau d'aide judiciaire pour ce grand cabinet d'avocats... Comme s'appelle-t-il, déjà?

— Haynes, Collingwood & Crofts.

— C'est ça! Et quel poste y occupes-tu?

— Je dirige le service pénal.

— Dis donc, c'est la gloire!

— La gloire, je ne sais pas, mais c'est beaucoup de travail, en tout cas.

— Ton salaire doit être en proportion, ce qui est quand même une consolation... Et pour le reste, comment ça va? Angela s'est-elle remise de... de...

— De la disparition de Mary Jo? Oui, plus ou moins.

— Et toi?

— Oh! moi...

Michael laissa sa phrase en suspens. La conversation avait pris un tour bien trop personnel à son goût. Cela le gênait de discuter de choses aussi intimes devant Claire.

— Ta femme te manque certainement encore, insista cependant John, mais elle est morte depuis presque deux ans, et je suis content de voir que mademoiselle te tient compagnie... Mais excuse-moi! Je t'ennuie peut-être à remuer tous ces souvenirs.

L'embarras de son ami était si évident que Michael se sentit obligé de le rassurer. Cette façon de considérer que le temps écoulé devait suffire pour se consoler de la mort d'une femme qu'il avait aimée pendant plus de vingt ans l'irritait, mais John, au moins, parlait de Mary Jo comme d'une personne réelle. Tant de gens évitaient de prononcer son nom... On aurait dit qu'elle n'avait jamais existé.

— Non, tu ne m'ennuies pas, déclara-t-il. Tu

128

connaissais Mary Jo, tu l'aimais bien, et il est donc normal que nous l'évoquions lorsque nous sommes ensemble.

Manifestement soulagé, John se tourna vers Claire et observa :

— Mary Jo avait beaucoup de charme. Elle était blonde, toute menue, très douce et très discrète. Même dans une soirée entre amis, quand on riait et faisait les fous, on ne l'entendait pas. Elle se contentait de tenir la main de Michael et de sourire.

Claire hocha la tête en silence, comme assommée par cette révélation. La description de John lui permettait maintenant de comprendre pourquoi Michael ne voulait pas d'elle. Comparée à la frêle et timide Mary Jo, elle devait lui paraître pataude, bavarde et envahissante.

— A tel point, reprit John en reportant son regard sur son ami, que, Cindy et moi, nous nous sommes toujours étonnés du couple que vous formiez. Vous étiez si différents, tous les deux...

— Ah bon ? s'écria Michael.

Se tournant de nouveau vers Claire, John expliqua :

— Michael était tellement intelligent, tellement ambitieux ! On savait tous qu'il avait un brillant avenir devant lui, on l'imaginait à Wall Street ou au Sénat, et ça nous a surpris qu'il épouse Mary Jo. On croyait qu'il se marierait avec une femme aux idées plus modernes, une camarade d'université, par exemple... Mary Jo avait ses qualités à elle, remarquez, et tout le monde l'aimait.

L'air gêné, il se tut. Il devait craindre d'avoir froissé son ami.

Claire jeta un coup d'œil à Michael, et elle s'aperçut alors qu'il la fixait avec une étrange intensité.

— Mary Jo était parfaite, murmura-t-il.

Cette phrase ne semblait s'adresser à personne en particulier. La jeune femme eut même l'impression que Michael se parlait à lui-même.

— Oui, elle était parfaite ! s'exclama John avec un entrain un peu forcé. Trop parfaite pour toi, mon vieux !

Les pensées se bousculaient dans l'esprit de Claire. Michael avait aimé Mary Jo, c'était une épouse parfaite, il venait de le dire, alors pourquoi paraissait-il en état de choc, comme si les propos de son ami lui avaient fait faire une brusque découverte ?

— Tiens, je vais vous faire un aveu, mademoiselle, dit John en riant. Vous voyez, Michael était mon meilleur ami, mais ça ne m'empêchait pas de le trouver bizarre.

— Euh... vraiment ? bredouilla-t-elle.

— Oui. En fait, je n'ai jamais réussi à le comprendre.

— Je ne suis pourtant pas quelqu'un de compliqué, protesta Michael en cessant subitement de regarder Claire pour s'absorber dans la contemplation de sa chope vide.

— Oh ! si, Mikush..., s'écria John avec un grand rire. Toi et ton père, vous étiez de drôles d'oiseaux !

De peur que Michael ne se vexe ou ne se formalise de la liberté de ces propos, Claire sonda son patron du regard. Mais celui-ci, loin de s'offusquer, leva la tête pour considérer son ami avec un sourire amusé.

— J'offre une tournée de bière ! déclara-t-elle afin de retenir John, car elle se sentait trop nerveuse pour rester seule avec Michael. En échange, John, vous allez me parler de Michael quand il était enfant.

— C'est que Cindy m'attend...

— Je vous en prie !

Son insistance eut finalement raison des réticences de John. Elle fit signe au barman de leur apporter trois chopes, et quand la commande fut arrivée, John commença :

— Voyons... D'abord Michael était l'élève le plus brillant de l'école du quartier, et de loin. Quand les autres gamins s'amusaient dehors après le dîner, on était sûr de le trouver chez lui, le nez dans un livre ou en train de se disputer avec son père.

— Ils ne s'entendaient pas ?

— Si, très bien ! Il ne s'agissait en fait pas vraiment de disputes, plutôt de discussions, mais ils étaient tout rouges et excités, et quand on leur demandait ce qui les échauffait tant, on découvrait que c'était quelque chose comme la révolution hongroise ou la situation politique en Pologne. Et le père de Michael nous parlait toujours de la chance que nous avions de vivre dans un pays démocratique ; il ne cessait de nous répéter que nous devions être prêts à défendre notre liberté, à mourir pour elle s'il le fallait. Ça nous impressionnait beaucoup. Nos parents à nous ne se préoccupaient pas de ce genre de chose. Mike Chalinski était très intelligent, comme Michael, et idéaliste, je crois que c'est le mot qui convient.

— Ce devait être un homme merveilleux, remarqua Claire.

— Tu me décris comme un pur esprit, protesta Michael, mais je te signale que je n'étais pas tout le temps plongé dans mes livres ! Je faisais aussi de la bicyclette, du skate-board, du ski nautique, et je jouais dans l'équipe de base-ball de l'école.

— C'est vrai, et tu étais même si dévergondé qu'à douze ans tu as embrassé ma sœur Beth !

— Comment le sais-tu ? Je ne m'en suis jamais vanté.

— C'est l'intéressée qui me l'a dit, et elle a ajouté que tu embrassais très mal. Tu avais un chewing-gum dans la bouche, et tu te contentais de presser tes lèvres contre les siennes.

Michael esquissa un sourire contraint et fixa son verre dans un effort évident pour ne pas croiser le regard de Claire.

Et celle-ci s'en félicita, tant elle redoutait de trahir le trouble que lui causait l'évocation du jeune Michael embrassant une fille pour la première fois. Cela lui rappelait le baiser passionné qu'ils avaient échangé dans le hall de son immeuble... Avec l'âge, Michael avait beaucoup progressé dans ce domaine !

A cette pensée, un sentiment de jalousie, aussi soudain et douloureux qu'un coup de poignard, la pinça au cœur. Car ce devait être auprès de Mary Jo, la femme parfaite, que Michael avait fait son apprentissage...

— Il faut que je rentre au bureau, déclara Claire d'un ton brusque.

— Et comment va ta mère ? demanda Michael à son ami exactement au même moment.

— Maman va bien, répondit John, mais elle se tourmente au sujet de mon petit frère.

— Nick ?

— Oui. Il vient d'avoir dix-huit ans, et il traîne avec une bande de voyous du quartier. Maman aurait dû déménager il y a longtemps, mais elle n'en a pas les moyens, et je me sens responsable de mon frère depuis la mort de papa. En plus, je suis le seul membre de la famille à ne pas être parti vivre ailleurs.

Cette fois, Michael se décida à lever les yeux vers

132

Claire. Il l'interrogea du regard, et, consciente qu'il voulait approfondir la question qui venait d'être évoquée, elle hocha la tête pour lui indiquer qu'elle acceptait de rester encore un peu.

— Je ne connais pas Nick, expliqua Michael à la jeune femme. Quand il est né, les autres enfants des Persecki étaient déjà grands.

Puis, se tournant vers John, il demanda :

— Ton frère a déjà eu affaire à la justice ?

— Il a volé plusieurs fois des cassettes et des CD dans un supermarché. Rien de très grave encore, par conséquent, mais ses amis ont une très mauvaise infuence sur lui : il ne rentre jamais avant 4 heures du matin, répond à ma mère, qui me téléphone en larmes au milieu de la nuit... J'emmène Nick au bowling ce soir avec mes enfants, d'ailleurs, et il faut donc que je file. Désolé de te quitter sur ces tristes nouvelles, Mikush... J'ai été vraiment content de te revoir.

— Si ton frère s'attire des ennuis plus sérieux, n'hésite pas à t'adresser à moi, déclara Michael en tendant à John sa carte professionnelle.

— Je... je ne pense pas avoir les moyens de payer tes honoraires.

— Oui, mais entre amis, il est naturel de se rendre service.

— J'espère surtout réussir à faire rentrer Nick dans le droit chemin. C'est un brave gosse, au fond. Il traverse juste une période difficile.

Ils se levèrent tous les trois et quittèrent le bar. Ils se serrèrent la main, puis John s'éloigna dans la rue tandis que Michael et Claire remontaient dans la Jaguar.

Le trajet du retour fut silencieux. La jeune femme repensait à cette rencontre avec John Persecki et se disait que, tout comme Michael, il avait un sens de la famille peu commun. C'était sûrement dû à leur éducation, au fait d'avoir été élevés dans une communauté soudée, où la solidarité n'était pas un vain mot. Michael avait beau mener à présent une vie à des années-lumière de celle de son ancien quartier, il restait fidèle aux principes dont son enfance avait été nourrie. Claire lui vouait pour cela une admiration et un respect immenses, avec la crainte toutefois que ces mêmes principes l'obligent à se montrer loyal envers sa femme jusque par-delà la mort.

Arrivé dans le parking de la société, Michael alla se garer sur son emplacement réservé. La jeune femme descendit la première de la voiture, la contourna et rejoignit son compagnon au moment où il en sortait à son tour.

— Je me demande pourquoi John..., commença-t-elle.

Sa phrase resta inachevée, car, dans un geste totalement inattendu, Michael venait de l'embrasser !

La surprise la laissa d'abord sans réaction, mais elle se sentit très vite électrisée par la caresse sensuelle de cette bouche avide, et elle y répondit avec fougue.

Une onde de volupté la submergea quand la main de Michael s'aventura sur l'un de ses seins. Seul le tissu léger de son chemisier séparait leurs deux peaux. Un gémissement de plaisir s'échappa de la poitrine de Michael, auquel fit écho celui de Claire lorsqu'il titilla le mamelon entre ses doigts, tout en promenant ses lèvres le long du cou de la jeune femme pour y tracer un sillon brûlant.

Palpitante de désir, elle se serra plus fort contre lui, mais, de façon aussi brusque qu'il l'avait provoquée, il rompit alors leur étreinte.

Jamais Claire n'avait éprouvé un tel sentiment de détresse, de frustration. Elle tremblait tellement que Michael, de crainte qu'elle ne tombe, dut la saisir par les épaules.

— Je suis désolé, dit-il d'une voix rauque. Ce n'était pas censé se produire.

— Pour quelque chose qui n'est pas censé se produire, je trouve que ça se répète souvent, murmura-t-elle.

— C'est que... je ne peux pas m'en empêcher. Je vous aime beaucoup. Je me sens bien avec vous, mieux que je ne me suis senti depuis très longtemps. J'avais oublié comme c'est bon de rire, de bavarder, de se détendre... J'ai retrouvé tout cela grâce à vous, mais...

— Mais vous vous reprochez d'avoir envie de moi. Pourquoi, Michael ? Qu'y a-t-il de mal à ça ?

Il la lâcha et se détourna.

— J'ai essayé de me convaincre qu'il s'agissait juste d'une attirance physique et que je pouvais la dominer, déclara-t-il, mais comme vous le voyez, je n'y arrive pas. Je me demande même parfois s'il ne pourrait pas y avoir plus entre nous.

« Oh ! si, beaucoup plus..., songea la jeune femme. Il suffirait pour cela que vous vous autorisiez à aimer de nouveau. »

— Mais c'est impossible, enchaîna-t-il d'une voix ferme en se retournant et en regardant Claire droit dans les yeux.

— Pourquoi ? Vous savez bien que j'éprouve pour vous des sentiments...

— N'en dites pas plus ! Je n'ai rien à offrir à une femme comme vous.

— Bien sûr que si ! Vous êtes brillant, généreux, attentif aux autres...

— Non, je me sens vide. Si je réussissais à obtenir la condamnation de celui qui a tué Mary Jo, peut-être parviendrais-je à tirer un trait sur le passé, mais la pensée de cette promesse que je n'ai pas tenue me hante jour et nuit.

— Vous avez fait de votre mieux, et on ne peut exiger plus de personne ! Vous croyez vraiment que vous ne méritez pas d'être heureux parce que vos efforts pour envoyer cet homme en prison n'ont pas abouti ?

Michael ne répondit pas. Il avait à présent les yeux perdus dans le vague, et, devant l'infinie tristesse qui semblait le ronger, la jeune femme céda au découragement.

Qu'allaient-ils devenir tous les deux, lui avec cette douleur inconsolable, elle avec cet amour dont Michael ne voulait pas ?

8.

Comme d'habitude, après avoir déjeuné, Angela alla poser son plateau sur le tapis roulant qui reliait le réfectoire aux cuisines. Sabrina et Jenny Franklin, une amie de Sabrina, l'encadraient.

— Mais non, on ne peut pas appeler ça tricher, déclara Sabrina en jetant sa canette de soda dans la poubelle. Tout ce qu'on te demande, c'est de te débrouiller pour que Jenny voie les réponses sur ta feuille. Elle est assise à côté de toi, et personne ne se rendra compte de rien.

Pendant que ses amies plaidaient pour leur cause, Angela réfléchissait. Si Jenny voulait copier sur elle, c'était son affaire, après tout! Il faudrait évidemment poser la feuille bien en évidence sur la table, mais c'était quand même moins grave que d'écrire des rédactions pour Sabrina. Sauf qu'elle y consentait uniquement parce que Sabrina était sa meilleure copine.

— Je t'en prie! murmura Jenny, dont l'assurance habituelle avait aujourd'hui cédé la place à une grande nervosité. J'ai tellement de mal en physique!

— Tu veux que je t'aide à apprendre tes leçons? proposa Angela.

— Je te jure que je travaille, mais c'est inutile : je n'y comprends vraiment rien !

Les trois adolescentes sortirent ensemble dans le hall grouillant d'élèves. Comme elles devaient se rendre chacune à un cours différent, Angela s'apprêtait à saisir ce prétexte pour s'esquiver sans donner de réponse définitive à Jenny lorsqu'elle croisa le regard de Joel Tate. Nonchalamment adossé à un pilier, il lui adressa un de ces sourires à la fois timides et enjôleurs qui accentuaient sa ressemblance avec Tom Cruise.

Angela s'arrêta net et détourna les yeux. Il n'était pas question qu'elle aille lui parler. Il l'avait embrassée, l'autre soir après le match, mais cette soirée l'avait quand même laissée en proie à un profond désarroi. A la pizzeria, Joel s'était complètement désintéressé d'elle : il avait tout le temps discuté football avec Randy, et cela l'avait rendue très malheureuse.

Ensuite, ils avaient raccompagné Sabrina à son immeuble et s'étaient un peu attardés devant la porte. Joel l'avait alors entraînée dans l'ombre et embrassée sur la bouche, mais sans cette fièvre et cette exaltation des amoureux au cinéma : il s'était contenté d'appuyer ses lèvres contre les siennes avant de s'écarter et, sans un mot, de rejoindre les autres.

Depuis, il ne lui avait pas téléphoné une seule fois, ce qui plongeait Angela dans un abîme de perplexité. Ne s'était-elle pas montrée à la hauteur, ou bien Joel attendait-il qu'elle reprenne contact avec lui ? se demandait-elle.

Fine mouche, Sabrina proposa d'intercéder de nouveau.

— Ecoute, Angela, je vais demander à Randy de sonder Joel pour savoir si tu lui plais ou non.

— D'accord, mais il ne faut pas lui dire que j'ai envie de le savoir, chuchota Angela.

— Ne t'inquiète pas ! Et si jamais il a décidé de te laisser tomber, je ferai courir le bruit dans l'école que c'est toi qui ne veux pas de lui.

— Oh, oui ! C'est une bonne idée ! acquiesça Angela avec un soulagement non dissimulé.

Et un sentiment de gratitude si intense la submergea que les larmes lui montèrent aux yeux.

— Alors, tu m'aideras pour le contrôle de physique ? s'enquit Jenny, recouvrant son sens de l'opportunisme.

Un service en valait un autre, songea Angela, et elle devait aussi considérer les amies de ses amies comme des amies.

— Bon, capitula-t-elle. Je ne cacherai pas ma feuille, et tu pourras copier ou non mes réponses. Ce sera ton problème, pas le mien !

— Merci !

Mais tout en rejoignant sa salle de cours, Angela se remémora les paroles de Claire Logan. Selon l'amie de son père, il ne fallait pas se laisser influencer par les autres, et mieux valait ne pas avoir d'amis que de renoncer à être soi-même. Mais, songea-t-elle, Claire était une adulte qui avait eu treize ans à une époque bien moins éprouvante que celle d'aujourd'hui. Au demeurant, elle n'en doutait pas, la jeune femme serait très déçue d'apprendre le genre de service qu'elle rendait à ses camarades, et cette idée la tourmentait.

Heureusement, Claire ne l'apprendrait jamais.

— Bravo, Michael ! s'écria Gordon Lyle.

Le jeune membre de la Chambre des représentants de l'Etat d'Illinois avait l'air ravi : il se battait pour faire voter une loi réprimant plus sévèrement la conduite en état d'ivresse, surtout chez les jeunes, et il avait visiblement trouvé convaincant le témoignage de Michael devant l'Assemblée législative.

La première fois que Lyle l'avait appelé pour lui demander de l'aide, Michael avait refusé. Lyle cherchait des gens qui avaient perdu un proche dans un accident provoqué par un conducteur ivre, et il voulait que l'histoire soit racontée de façon « émouvante ».

Michael lui avait pratiquement raccroché au nez. Il n'avait aucune envie de livrer sa vie privée en pâture à des inconnus. Lyle avait cependant insisté, et Michael s'était finalement rendu compte qu'il avait affaire à un homme animé d'un désir sincère de responsabiliser les jeunes.

— Je vous téléphonerai vendredi soir pour vous informer du résultat du vote, reprit Lyle, mais je suis confiant.

— Entendu ! dit Michael.

Maintenant que l'épreuve était terminée, il commençait à se détendre, et son soulagement se doublait d'un sentiment de satisfaction inattendu, provenant de l'impression d'avoir fait œuvre utile.

Une demi-heure plus tard, sur l'autoroute qui reliait Springfield, la capitale de l'Etat, à Chicago, il appela sa secrétaire pour régler avec elle quelques affaires urgentes. Elle lui passa ensuite Amanda Richmond, une collaboratrice de son service qui venait de perdre son premier procès.

— Je me suis sentie si humiliée ! s'exclama-t-elle tout de suite. Le juge Chadwick me considérait d'un air narquois chaque fois que j'ouvrais la bouche, et je suis sûre que son attitude méprisante a influencé le jury.

Michael comprenait ce qu'elle éprouvait, car il avait

140

vécu ce genre d'expérience, au début de sa carrière. Sous prétexte de vouloir les endurcir, certains juges s'amusaient à brimer les jeunes avocats, et certains se montraient plus spécialement méchants avec les femmes.

Quand il eut expliqué cela à sa correspondante, celle-ci observa en soupirant :

— Ça me console un peu, mais j'ai quand même peur d'être renvoyée.

Amanda avait les qualités nécessaires pour devenir un jour une excellente avocate, Michael en était convaincu. Pour la première cause qu'elle plaiderait seule, il avait donc choisi une affaire où les enjeux n'étaient pas trop élevés pour le cabinet. Les associés ne seraient certes pas ravis, mais s'il soutenait Amanda, elle s'en tirerait sans doute avec une simple réprimande.

— Je parlerai à Fanal du soin que vous avez apporté à la préparation de ce dossier, et du comportement choquant du juge, promit-il. Il serait d'ailleurs bon que vous soyez là aussi, pour lui dire que vous ne vous laisserez pas intimider la prochaine fois.

— Oh ! non, jamais je n'oserai...

— Il le faut, Amanda ! Bien que les mentalités commencent à évoluer, le monde de la justice est encore sexiste. Fanal le sait, mais vous devez lui montrer que vous pouvez tenir le coup. Vous êtes l'une de mes meilleures collaboratrices, et il n'est pas question de permettre au juge Chadwick d'influer sur votre avenir dans la profession.

Il y eut un long silence au bout du fil, puis Amanda annonça :

— D'accord, je vous accompagnerai chez M. Fanal, mais je demanderai avant à Claire Logan de me donner des conseils. Elle saurait se défendre, elle ! M. Fanal ne l'impressionne pas !

Michael sourit malgré lui.

— Demandez des conseils à qui vous voulez, déclara-t-il, mais ne suivez pas forcément à la lettre ceux de Claire. Je crois que Fanal ne s'est pas encore remis de la nouvelle qu'elle lui a apprise l'autre jour.

Au petit rire qui salua cette remarque, Michael comprit qu'Amanda se sentait mieux.

— Merci, Michael ! s'écria-t-elle. Merci beaucoup !

— De rien.

— Non, vraiment... Avant de vous parler, j'étais prête à prendre mes cliques et mes claques, et à ne plus jamais revenir. Vous m'avez remonté le moral.

Quand il eut raccroché, Michael eut conscience d'éprouver un profond sentiment de paix. Il n'avait pas perdu sa matinée : son témoignage devant la Chambre des représentants contribuerait peut-être au vote d'une loi qui, à terme, sauverait des vies ; en outre, il venait de redonner confiance à une jeune avocate victime d'un juge phallocrate.

L'idée que l'influence de Claire l'avait aidé à s'intéresser de nouveau au monde extérieur lui vint à l'esprit, mais il la chassa aussitôt. Il ne voulait pas penser à Claire. Il devait garder ses distances avec elle, ne pas lui consacrer plus de temps qu'à ses autres subordonnés, oublier qu'elle le faisait rire et qu'il aimait son enthousiasme, son parfum, ses cheveux, et même ces bijoux extravagants qui, sur toute autre femme, auraient paru ridicules.

Etrangement pressé de rentrer, soudain, Michael appuya sur l'accélérateur.

**

Assis dans le bureau de Michael, John Persecki tournait nerveusement son chapeau entre ses doigts.

— C'est grave, cette fois, souligna-t-il. J'ai eu un coup de fil de la prison où Nick est détenu, et on m'a dit que je pouvais bénéficier des services d'un avocat commis d'office. J'ai alors pensé à toi. Si Nick est condamné, ma mère en mourra. C'est son petit dernier, sa seule raison de vivre.

Nick méritait d'être sévèrement puni, songea Michael. D'après le récit de John, il avait provoqué un accident la nuit précédente ; il conduisait en état d'ivresse, et son passager, Bobby McNair, avait bu lui aussi. Ils s'en étaient tirés tous les deux sans une égratignure, mais les occupants de l'autre voiture — une jeune fille et son fiancé qui rentraient du cinéma — avaient été blessés.

Pourquoi fallait-il toujours que ce soient les innocents qui pâtissent dans ces cas-là ?

— Je sais que ça te rappelle de douloureux souvenirs, reprit John, et je ne serais pas venu si tu ne m'avais pas donné ta carte, l'autre jour. Je voudrais juste que tu me recommandes à un de tes confrères, quelqu'un de bien mais de pas trop cher. J'ai peur qu'un avocat commis d'office ne s'intéresse pas assez à l'affaire. Nick est mon petit frère, et les choses ne sont pas faciles pour lui, depuis la mort de papa.

Le front soucieux, Michael fixa sans le voir le rectangle de ciel que découpait l'unique fenêtre de son bureau. John était un ami d'enfance, et il lui avait promis de l'aider si Nick avait des ennuis sérieux avec la justice, mais la perspective de défendre un homme coupable du même délit que Beske lui faisait horreur.

— Les passagers de l'autre véhicule sont-ils gravement atteints ? finit-il par demander.

— La fille a un poignet cassé, et le garçon, une torsion du cou.

Des blessures assez légères, donc, pensa Michael, mais cela n'excusait rien.

— Il faut aussi que je te dise..., déclara John d'une voix mal assurée. La police a trouvé de l'argenterie dans le coffre de la voiture de Nick, et je crois savoir d'où elle vient. Elle ressemble beaucoup à celle que Manya Delenek nous a décrite, à maman et à moi, après le cambriolage de sa maison.

Une idée affreuse traversa alors l'esprit de Michael.

— Ton frère ne serait pas l'un des voyous qui ont attaqué plusieurs vieilles dames du quartier, par hasard? s'écria-t-il.

— Oh! non... Nick ne ferait jamais une chose pareille.

— Il est bien capable de voler!

— La police l'accuse juste de recel, protesta faiblement John.

Malgré son émotion, Michael s'efforça de réfléchir, et il dut admettre que les agresseurs de sa mère, d'après le signalement qu'elle en avait donné, étaient nettement plus âgés que Nick Persecki.

Restait le problème de ces cambriolages à répétition... Ils s'étaient tous produits en l'absence des occupants des lieux. Or Nick pouvait connaître par sa mère les heures pendant lesquelles les gens du voisinage avaient l'habitude de sortir.

Michael fut tenté d'appeler un confrère qu'il paierait lui-même, puis il songea que cela reviendrait à se déresponsabiliser à bon compte. Ils appartenaient tous les deux à une communauté dont les membres se serraient toujours les coudes.

— Nick avait-il une alcoolémie très élevée? demanda-t-il en tirant un bloc-notes vers lui.

144

— Zéro gramme neuf.

— Quoi ?

— Oui, je sais, c'est beaucoup...

— Il a dû boire autre chose que de la bière, pour atteindre un taux pareil ! Et la loi de cet Etat interdit aux jeunes de moins de vingt et un ans de consommer de l'alcool dans les bars !

— Je sais, répéta John d'un air malheureux.

Les questions que lui posa ensuite Michael sur le casier judiciaire de son frère, sur l'accident de la veille, sur Bobby McNair et l'argenterie trouvée dans le coffre de la voiture parurent cependant le rasséréner.

— Tu vas défendre Nick ? déclara-t-il quand l'interrogatoire fut terminé.

— Oui, mais uniquement parce que notre longue amitié m'y contraint.

— Merci, Mikush !

— Maintenant, écoute-moi bien ! Nick n'a que dix-huit ans, mais comme il a déjà eu maille à partir avec la justice, le juge peut l'envoyer dans une prison pour adultes. Ce genre d'endroit est rempli de criminels endurcis, et j'ai vu des tas de jeunes de son âge qui y étaient entrés pour des délits mineurs en ressortir avec tous les renseignements voulus sur la meilleure façon de voler une voiture ou de braquer une banque. Nous devons donc absolument lui éviter la prison.

— Oui, ce n'est qu'un gosse, après tout...

— Non, John, ce n'est plus un gosse ! C'est un adulte, qui a délibérément violé la loi sur la consommation d'alcool et pris ensuite le volant. C'est un adulte, qui est complice d'au moins un cambriolage spoliant des gens modestes que nous connaissons et respectons. Franchement, il mérite la prison.

John s'était raidi pendant cette diatribe, et ses joues avaient pâli.

— Désolé, ajouta Michael d'un ton radouci, mais Nick est responsable de ses actes, et prétendre le contraire ne l'aidera en rien.

— Tu viens pourtant de dire que nous devions lui éviter la prison !

— Oui, pour cette fois.

— Comment vas-tu t'y prendre ?

— Je l'ignore encore, mais ne t'inquiète pas, je trouverai !

— Merci, Mikush !

Comme il n'était pas question, en l'occurrence, de facturer les trois cent cinquante dollars de l'heure en vigueur au cabinet, Michael décida d'inclure ce dossier dans le petit pourcentage d'affaires prises en charge gratuitement au bénéfice des plus démunis. Ce service rendu à la collectivité n'était pas obligatoire, et beaucoup d'avocats du cabinet s'en dispensaient, mais Michael l'imposait à ses subordonnés, leur demandant de le seconder à tour de rôle dans ce travail.

Selon lui, l'instruction n'était pas un simple moyen de gagner de l'argent : elle s'accompagnait de devoirs envers la société.

Appuyant sur le bouton de l'Interphone, il déclara à sa secrétaire :

— J'ai besoin de quelqu'un dans le cadre de l'aide judiciaire bénévole, Eileen. A qui est-ce le tour ?

— Attendez, je vais vérifier.

Quelques secondes plus tard, la secrétaire annonça :

— Claire Logan.

Michael jura intérieurement. Trois jours plus tôt, il avait pris la ferme décision de garder ses distances avec Claire ! Mais il n'avait pas le choix : s'il ne respectait pas le tour de rôle, Eileen et les autres collaborateurs le remarqueraient. La rumeur courrait alors

146

qu'il doutait des capacités professionnelles de la jeune femme, et ç'aurait été vraiment trop injuste pour elle !

— Alors, dites-lui de venir tout de suite dans mon bureau ! ordonna-t-il à Eileen.

Nick Persecki avait été arrêté dans la banlieue de Chicago, et le trajet entre le centre-ville et la prison où il était détenu s'annonçait d'autant plus long que la circulation était très dense.

Assise dans le siège du passager de la Jaguar, Claire était très excitée : c'était sa première affaire criminelle !

Mais, depuis leur départ du cabinet, ses tentatives pour en discuter avec Michael avaient lamentablement échoué : il lui répondait par monosyllabes, quelquefois même par de simples grognements. Et quand elle lui demanda si ce n'était pas trop dur pour lui de défendre un homme coupable du même délit que le meurtrier de sa femme, il l'envoya carrément promener.

Cette fois, elle s'en trouva vexée, car si leurs relations étaient redevenues tendues après leur conversation dans le parking, Michael avait toujours été poli, jusqu'ici !

Piquée au vif, elle avait donc fini par se taire.

Ce fut seulement en arrivant à destination que Michael rompit le silence en observant :

— Je ne sais pas dans quel état d'esprit sera Nick, mais je ne pense pas qu'il se montre très coopératif. Il va sans doute jouer les durs, et je vous conseille d'adopter dès le début une attitude ferme. Il est important qu'il reconnaisse immédiatement votre autorité. Ensuite les choses seront plus faciles.

— Entendu.

La jeune femme fut heureuse de constater que Michael, au moins, avait de la considération pour elle sur le plan professionnel.

Le bâtiment dans lequel ils entrèrent quelques minutes plus tard était moderne et propre, mais Claire ne l'en trouva pas moins sinistre. Les contrôles qu'ils subirent, les nombreuses portes qu'il leur fallut franchir et qui se refermaient derrière eux avec un bruit métallique, lui donnèrent l'impression de s'enfoncer toujours plus avant dans un monde oppressant et sans espoir.

Un gardien les introduisit dans une petite pièce sans fenêtre dont l'unique ameublement se composait d'une table et de quatre chaises. Il annonça ensuite qu'il allait chercher le prisonnier. Michael s'assit, sortit des papiers de son attaché-case et se mit à les étudier, indifférent en apparence au décor lugubre qui les entourait. Claire l'imita en s'efforçant de cacher son malaise.

— Deux avocats pour moi tout seul! s'écria soudain une voix. Génial! Je vais enfin pouvoir sortir de ce trou!

Michael et Claire levèrent la tête. Vêtu de l'uniforme orange des détenus, leur client se tenait sur le seuil. Le gardien le poussa sans douceur dans la pièce avant de déclarer :

— J'attends dehors. Appelez-moi quand vous aurez fini.

Dès que la porte se referma, Michael soumit Nick à un examen attentif. Le jeune homme avait la même silhouette trapue et les mêmes yeux bleus que son frère. Les mêmes cheveux blonds, aussi, mais il les portait beaucoup plus longs : ils retombaient en mèches désordonnées sur ses épaules. Quant à son regard, contrairement à celui de John qui exprimait la franchise, il n'incitait guère à la confiance, tant la sournoiserie l'habitait.

Le délinquant détourna d'ailleurs très vite les yeux pour étudier Claire de la tête aux pieds d'un air ouvertement insolent.

La jeune femme ne parut pas s'en apercevoir. Elle fit les présentations, serra la main de son client et l'invita à s'asseoir.

— Alors, je sors quand ? demanda le prisonnier en se laissant tomber sur une chaise.

— Nous avons obtenu ta mise en liberté sous caution, et John viendra te chercher quand toutes les formalités auront été remplies, expliqua Claire.

Une expression de soulagement passa sur le visage de Nick, mais ses traits se durcirent de nouveau presque aussitôt.

— Nous voulons maintenant entendre ta version des faits qui te sont reprochés, reprit Claire.

— Tout ce que je dirai restera entre nous, hein ?

— Oui, nous sommes liés par le secret professionnel. Parlons d'abord de l'alcootest auquel on t'a soumis juste après l'accident... Zéro gramme neuf d'alcool dans le sang, c'est bien plus que la limite autorisée. Tu as de toute façon moins de vingt et un ans, et tu n'es pas censé boire la moindre goutte d'alcool dans les lieux publics.

— C'est une loi stupide !

— Là n'est pas la question ! Qu'as-tu bu exactement hier soir ?

— Quelques bières, je ne me rappelle pas combien, et deux whiskies, mais je n'étais pas ivre !

— Le juge ne sera sûrement pas de cet avis, et il sera d'autant moins enclin à l'indulgence que tu as déjà eu affaire à la police.

Michael remarqua que Nick commençait à perdre de son assurance. Il avait jusque-là fixé son interlocutrice d'un air mi-nonchalant, mi-salace qui donnait à Michael envie de le gifler, mais de la peur se lisait à présent dans ses yeux.

Claire dut s'en apercevoir elle aussi, car elle poussa son avantage :

— Sans compter la découverte d'argenterie volée dans le coffre de ta voiture...

— C'est juste quelques couteaux et quelques fourchettes, déclara Nick en se passant nerveusement la langue sur les lèvres. Ça ne vaut pas grand-chose.

— Il s'agit quand même du produit d'un cambriolage, délit que la loi punit sévèrement ! souligna la jeune femme.

Cette histoire de cambriolages tourmentait beaucoup Michael, si bien que, pour la première fois, il intervint dans la discussion.

— Dis-nous tout ce que tu sais sur la bande qui opère dans ton quartier ! ordonna-t-il.

— Je ne sais rien, riposta le délinquant, un peu trop vite toutefois pour être crédible.

— Tu dois être franc avec nous, insista Claire, c'est dans ton intérêt. Comment veux-tu que nous te défendions si tu nous caches des choses dont l'accusation pourra fournir la preuve au procès ? Et la police va perquisitionner chez toi, interroger tes amis... Alors trouvera-t-elle dans ta chambre ou dans ton garage des objets volés dans des maisons du voisinage ?

— Non.

— Tu en es sûr ?

Pris d'un brusque accès de rébellion, Nick se redressa et considéra Claire d'un air provocant, le regard ostensiblement posé sur le pendentif qui plongeait dans son décolleté.

— Hé! vous êtes mon avocat, susurra-t-il. Vous êtes payée pour me croire, poupée!

— Maître Logan! corrigea Claire si promptement que Michael n'eut pas le temps de le faire à sa place.

— Ouais, poupée...

Michael bondit de sa chaise et fondit sur Nick. Celui-ci commença à se lever, mais Michael le força à se rasseoir d'une violente bourrade. Il se pencha ensuite vers lui, l'agrippa fermement par les épaules, et demanda d'un ton menaçant :

— Tu as entendu madame? Son nom est maître Logan. A ton tour, maintenant... Comment s'appelle-t-elle?

— Euh... maître Logan.

— Bien! A présent, écoute attentivement ce que je vais te dire, parce que je ne le répéterai pas : nous sommes ici pour essayer de te tirer du pétrin dans lequel tu t'es mis, et nous y arriverons peut-être. Mais à deux conditions : que tu coopères et que tu cesses de nous manquer de respect. Tu me suis, jusque-là?

Recroquevillé dans son siège, Nick hocha vigoureusement la tête. Du coin de l'œil, Michael vit que Claire considérait la scène d'un air interdit.

— Tu vas donc tout nous raconter, reprit-il, et quand John t'aura ramené chez toi, je te conseille de te tenir tranquille et de montrer également le plus grand respect envers ta mère. Dans le cas contraire, tu auras affaire à moi. A moi, tu entends, et non à ton frère John dont le seul tort est de trop t'aimer! Si tu commets le plus petit délit, Me Logan et moi, nous abandonnerons ta défense, et il faudra que tu te contentes d'un avocat commis d'office qui ne se donnera même pas la peine de lire ton dossier. C'est bien compris?

— Oui ! Oui !

A présent, Nick fixait son interlocuteur avec un mélange de crainte et de révérence. Il semblait si jeune, tout à coup, si vulnérable que Michael se sentit ému. Soulagé, aussi, car il avait craint que Nick, à dix-huit ans, ne soit déjà irrécupérable. Mais en le voyant se laisser aussi facilement intimider, il ne désespérait pas de pouvoir le remettre dans le droit chemin.

Maintenant, Michael savait quel système de défense il allait adopter. Lâchant Nick, il regagna sa chaise et déclara à Claire :

— La parole est à vous, maître Logan.

— Merci ! dit la jeune femme, recouvrant immédiatement ses esprits. J'aimerais savoir, Nick, comment cette argenterie s'est retrouvée dans le coffre de ta voiture.

— Je vous jure que je ne l'ai pas volée ! s'écria Nick en jetant un coup d'œil nerveux en direction de Michael.

— Qui l'a volée, alors ? demanda Claire. Bobby McNair ?

Silence.

— C'est lui, n'est-ce pas ? insista-t-elle. Il t'a simplement parlé du cambriolage, ou bien tu étais dans la maison avec lui ?

Nouveau silence.

— Tu penses peut-être que l'honneur t'interdit de dénoncer tes amis, Nick, intervint Michael, mais je doute qu'ils aient les mêmes scrupules. Bobby McNair risque de te faire porter l'entière responsabilité de ce vol. Tu es déjà poursuivi pour un délit de conduite en état d'ivresse attesté, et la police peut être tentée de te mettre sur le dos tous les cambriolages qui ont récemment eu lieu dans ton quartier.

Michael marqua une pause afin de laisser à ses propos le temps de bien pénétrer dans le cerveau de Nick, puis il reprit :

— Il y a aussi ces agressions... Elles visaient toutes des vieilles dames, et le juge n'aimera pas ça du tout. S'il te soupçonne, même sans preuves, d'y avoir participé, ce sont dix ans de prison qui t'attendent au bas mot.

— Non, protesta Nick, les yeux horrifiés.

— Maintenant, si tu te conduis bien, tu obtiendras la liberté conditionnelle au bout de six ou sept ans, précisa Michael sans broncher.

— Mais je ne suis pas un mouchard ! s'écria Nick dans un sursaut de révolte.

— Bobby n'hésitera pas une seconde à te charger de tous ses crimes pour sauver sa peau. Tu crois au proverbe selon lequel les loups ne se mangent pas entre eux ? Eh bien, tu as tort ! Rien n'est plus faux, mon expérience au bureau d'aide judiciaire me l'a appris.

— Ça signifie quoi, ce proverbe ?

— Tu auras tout le loisir d'y réfléchir avant que ton frère ne vienne te chercher.

Sur ces mots, Michael rassembla ses papiers et les remit dans son attaché-case.

— Vous êtes prête, maître Logan ? demanda-t-il ensuite. Nous partons !

Un instant déroutée, car sur son bloc-notes figuraient plusieurs questions qu'elle n'avait pas encore posées, Claire comprit la manœuvre et referma son dossier.

— L'entretien est terminé, annonça-t-elle.

Visiblement effrayé, Nick les suivit des yeux tandis qu'ils se dirigeaient vers la porte.

— Attendez ! cria-t-il au moment où le gardien leur ouvrait. Quand est-ce que je vous reverrai ?

— Tu en seras informé en temps utile, indiqua Michael.

Puis, après s'être effacé devant sa collaboratrice, il passa le seuil sans se retourner.

9.

— Excusez-moi d'avoir écourté votre interrogatoire, déclara Michael en quittant le parking de la
prison, mais je veux obliger Nick à réfléchir par lui-
même.

— Vous êtes tout excusé, dit Claire. Je me fie à
votre instinct, et j'avoue avoir été très impressionnée
par la façon dont vous avez maté Nick. Vous ne craignez quand même pas d'y être allé un peu fort, en
l'agressant physiquement?

— Non. Il vous avait manqué de respect et, en
plus, il vous déshabillait pratiquement du regard
depuis le début. Vous ne l'avez pas remarqué?

— Si, mais j'ai préféré ne pas m'en offusquer.

— Eh bien, moi, je n'ai pas pu le supporter.

— Ah!... En tout cas, votre tactique a marché :
Nick était terrorisé.

— Oui, et c'est bon signe. Certains des gosses à
qui j'ai eu affaire au bureau d'aide judiciaire étaient
si durs que rien ni personne n'était capable de percer
leur carapace. La plupart sont encore aujourd'hui en
prison, où ils finissent de s'endurcir...

— Mais Nick, lui, a une chance de remonter la
pente?

— Je le crois. A mon avis, s'il s'est laissé entraîner par les voyous qui règnent en maîtres dans son quartier, c'est uniquement par désir d'être accepté, intégré dans un groupe. Vous avez vu sa réticence à dénoncer Bobby McNair, malgré la peur que je lui avais insufflée ?

— Oui, mais vous l'avez menacé d'abandonner sa défense s'il ne vous obéissait pas, or nous n'en avons pas le droit : maintenant que nous l'avons accepté comme client, il est le seul à pouvoir rompre le contrat qui nous lie.

— Il ne le sait manifestement pas, et ce n'est pas moi qui le lui dirai, observa Michael avec un sourire goguenard.

— Moi non plus ! s'exclama Claire en riant.

Elle se sentait toute joyeuse. Michael était visiblement satisfait de ce premier entretien avec Nick, et cela le rendait beaucoup plus abordable qu'à l'aller. Une atmosphère de chaude camaraderie régnait maintenant dans la voiture.

— Comment persuader Nick de dénoncer Bobby ? demanda-t-elle autant par véritable intérêt que pour empêcher Michael de se replier de nouveau sur lui-même.

— Je l'ignore. Je suis certain qu'il n'a pas volé cette argenterie, mais il a un casier judiciaire plus chargé que celui de Bobby McNair — j'ai vérifié —, et comme ce sera la parole de l'un contre celle de l'autre...

— Bobby a commis moins de délits que Nick ?

— Non, il est juste assez malin pour ne pas s'être fait pincer chaque fois. Et même en supposant que nous obtenions la relaxe de Nick, il ne sera pas tiré d'affaire pour autant. Il faudra ensuite l'aider, faute de quoi il récidivera, et là, ce sera la prison.

— L'aider ? Mais comment ?

— Je n'en sais rien, mais je suis père d'une adolescente, et j'ai conscience que le passage de
l'enfance à l'âge adulte est un moment difficile, où
l'on se sent très seul et désorienté. Angela ne ferait
jamais rien d'aussi grave que Nick, bien sûr, mais
j'ai appris à son contact qu'il était dur de grandir
dans un monde où l'argent, l'apparence et le jugement des autres ont tant d'importance.

La jeune femme hocha la tête. Elle était ravie de
constater que Michael comprenait mieux les problèmes de sa fille.

— Pour en revenir à notre affaire, reprit-il, je suis
sûr que, si quelqu'un peut convaincre le juge de donner sa chance à Nick, c'est vous, Claire. Vous lance-
rez tellement d'arguments, de faits et de statistiques
à la figure du procureur que le malheureux finira par
crier grâce !

— Puis-je interpréter cela comme un
compliment ?

— Bien sûr ! Vous faites de l'excellent travail.

Cette remarque étonna beaucoup la jeune femme,
car Michael la félicitait très rarement. Il était le plus
souvent en désaccord avec ses stratégies et ne cessait
de la rappeler à la prudence. Quant aux conseils qu'il
lui donnait parfois sur la façon de s'élever dans la
hiérarchie de l'entreprise, elle n'avait pas la moindre
intention de les suivre : ils impliquaient des conces-
sions qu'elle jugeait inacceptables.

Les autres collaborateurs du service, eux, rece-
vaient de Michael louanges et suggestions à parts à
peu près égales, et Claire s'était fréquemment
demandé pourquoi il n'en allait pas de même pour
elle.

157

La raison de l'éloge qu'il venait de lui adresser lui échappait tout autant, mais elle jugea plus sage de ne pas poser de questions.

— Merci, se borna-t-elle donc à dire.

Les voies d'accès au centre de Chicago étaient embouteillées, et le trajet du retour s'annonçait encore plus long que l'aller, mais Claire se surprit à souhaiter que jamais il ne se termine, que jamais n'arrive le moment où Michael la déposerait au parking de la société.

Devinait-il ce souhait ? Ou bien le partageait-il aussi ? Toujours est-il qu'un peu avant d'entrer dans la ville, Michael déclara :

— J'aimerais vous montrer quelque chose... si vous avez le temps, bien sûr !

— Pas de problème !

Michael quitta alors l'autoroute et, quelques minutes plus tard, ils se retrouvèrent dans un faubourg que la jeune femme ne connaissait pas, mais qui était proche de celui où vivait Mme Chalinski.

— Nous allons voir votre mère ? demanda-t-elle.

— Non, visiter une maison à vendre qui, à mon avis, plaira à ma mère, mais comme vous paraissez mieux comprendre que moi ce qu'elle veut, je souhaite avoir votre avis avant de l'y emmener.

La voiture tourna alors dans une petite rue, et Michael se gara contre le trottoir, devant une barrière.

La nuit était maintenant tombée, mais la lumière des réverbères permit à Claire de distinguer, au fond d'un jardinet envahi par les mauvaises herbes, un pavillon à un étage qui, avec son toit à pignons et son perron surmonté d'une marquise, devait dater des années vingt. Il était cependant en mauvais état le revêtement des murs s'écaillait, et de nombreux carreaux manquaient aux fenêtres.

— Nous ne sommes qu'à quelques kilomètres de chez ma mère dit Michael, mais c'est un quartier tranquille et sûr, avec beaucoup de commerces de proximité. Venez! Je vais vous montrer les lieux.

— Vous avez la clé?

— Oui, l'agent immobilier me l'a fait porter. Il m'a amené ici le week-end dernier pour une première visite, et nous avions rendez-vous ce matin pour une deuxième, mais l'affaire Persecki m'a obligé à l'annuler.

Ils descendirent de la Jaguar et traversèrent le jardin en friche. Arrivé au pied du perron, Michael expliqua qu'il n'y avait pas trop de marches à monter pour sa mère et qu'il serait facile de construire une rampe d'accès pour le fauteuil roulant de son père.

L'intérieur du pavillon n'était pas en meilleur état que l'extérieur. Quand Michael eut ouvert la porte et allumé la lumière, Claire pénétra à sa suite dans une salle de séjour aux murs sales et au plafond lézardé d'où pendait un vilain lustre de cuivre tout cabossé. Des morceaux de plâtre jonchaient le sol, et il y avait des toiles d'araignée partout.

— Je me demande depuis combien de temps cette maison est à l'abandon, observa la jeune femme en regardant autour d'elle d'un air consterné.

Au bout d'un moment, elle nota pourtant que l'escalier à rampe de bois situé à l'entrée de la pièce ressemblait beaucoup — la couche de poussière en plus — à celui qu'elle avait vu chez les Chalinski. Des plinthes de chêne recouvraient aussi le bas des murs, et les cloisons étaient épaisses... Oui, une fois rénovée, cette maison conviendrait parfaitement à Mme Chalinski.

159

La visite des autres pièces finit de l'en convaincre. Il y avait une chambre et une salle de bains au rez-de-chaussée, ce qui serait pratique pour le père de Michael, et la cuisine, de bonne taille sans être trop grande, serait facile à moderniser.

— Alors, qu'en pensez-vous ? s'enquit Michael d'une voix un peu anxieuse quand ils furent revenus à leur point de départ.

— Votre mère devrait se sentir bien ici. Les travaux nécessaires pour rendre cet endroit habitable permettraient en outre d'y ajouter des éléments de confort, comme le chauffage central, que votre mère trouverait tout installés le jour de son emménagement.

— C'est aussi mon avis, mais j'attendais d'avoir le vôtre pour me décider. Merci, Claire ! Vous m'avez été d'une grande aide, encore une fois !

L'espace d'une seconde, la jeune femme crut que Michael allait la prendre dans ses bras. Palpitante d'émotion, elle fit un pas vers lui et le vit hésiter, mais il se détourna finalement et murmura :

— Partons ! Il est tard.

Son intuition l'aurait-elle de nouveau trompée ? s'interrogea Claire, les joues en feu. Cette fois, pourtant, elle était sûre que non.

Dans la voiture qui les ramenait au centre-ville, elle songea que l'affaire Persecki les obligerait à passer beaucoup de temps ensemble au cours des semaines à venir. Et cette idée lui inspira un curieux mélange d'espoir et d'appréhension.

— Jenny Franklin a eu vingt à son contrôle de physique, annonça Sabrina à Angela pendant qu'elles attendaient chacune leur bus. Et toi ?

— Moi aussi, mais je pense que tu le savais déjà !

Angela avait répondu sur un ton sec, et elle s'en voulut immédiatement : ni elle ni Sabrina n'avaient quoi que ce soit à se reprocher, après tout... Si Jenny avait copié, c'était son affaire ! Et si elle avait pu le faire grâce à une feuille qui s'était égarée vers elle, à l'abri d'un pilier qui l'empêchait d'être vue de Mme Samuelson, elle avait juste profité d'un heureux concours de circonstances...

Il était bien sûr dommage qu'elle ait ainsi trahi la confiance du professeur le plus sévère mais le plus juste de l'école... Dieu merci, Mme Samuelson ne s'était aperçue de rien, et il n'y aurait plus de contrôle de physique avant plusieurs semaines, maintenant.

— Jenny était aux anges, déclara Sabrina. Tu veux que je te confie un secret ?

— Oui !

Attirant son amie à l'écart, Sabrina lui murmura d'une voix mystérieuse :

— Avant, tu dois me promettre de ne le répéter à personne.

— Je te le promets !

— Eh bien, le père de Jenny la bat quand elle n'a pas la moyenne à un devoir.

D'abord muette de stupeur, Angela finit par balbutier :

— Il... il la bat ?

— Chut ! Il ne faut pas que ça se sache.

Les pensées se bousculaient dans la tête de l'adolescente. M. Franklin était avocat, et son père, qui le connaissait, le tenait en haute estime. En plus, Jenny était toujours habillée à la dernière mode, et ses parents l'autorisaient à se maquiller et à se teindre les cheveux. Elle était gaie, désinvolte, sûre d'elle — à l'opposé de l'image que la télévision donnait des enfants maltraités.

— C'est impossible ! décréta Angela. Si son père la battait, ça se verrait à son comportement.

— Mais puisqu'elle me l'a dit ! Elle pleurait, je te jure que c'était affreux... Et comment veux-tu qu'elle se comporte ? Elle est obligée de jouer la comédie parce que, si les autres élèves l'apprenaient, ils auraient pitié d'elle, ou bien ils la regarderaient comme une bête curieuse.

Sabrina avait raison, bien sûr, mais quand même...

— Il faut faire quelque chose, déclara Angela. Si on en parlait à un professeur ? ou à mon père ? Je suis sûr que lui, il trouvera une solution.

— Ton père ? Tu plaisantes ? Il connaît plein de juges et de policiers, et il leur demandera sans doute de mettre le père de Jenny en prison. Jenny en mourra de honte ! D'ailleurs, tu m'as promis de garder le secret, et une promesse est une promesse.

Le bus de Sabrina apparut dans l'avenue et, après avoir repris sa place dans la file, elle ajouta :

— En plus, tu as fait quelque chose pour Jenny : tu lui as permis d'avoir une bonne note en physique. C'est déjà ça.

Réconfortée par cette idée, qui avait en outre l'avantage de justifier le service rendu à Jenny, Angela annonça :

— D'accord, je me tairai.

Lorsque son amie fut montée dans le bus, elle resta à attendre le sien en tentant d'imaginer ce que vivait Jenny, mais en vain. Elle n'avait aucun point de comparaison. Sa mère à elle avait toujours été douce et tendre, et s'il arrivait à son père de se fâcher

— quand elle s'enfermait dans sa chambre et refusait d'en sortir, par exemple —, cela ne durait jamais longtemps : il s'excusait après et se sentait même obligé de l'assurer qu'il l'aimait.

Ses réflexions absorbaient tant Angela qu'elle ne s'aperçut de la présence de Rachel Kellermann à son côté qu'au moment où celle-ci lui demanda :

— Ton bus n'est pas encore là ?

— Non, il est en retard.

— Je... j'ai une nouvelle à t'annoncer. Je quitte Baldwin à la fin du semestre.

— Tu t'en vas au milieu de l'année ? Pourquoi ? Ta famille part s'installer dans une autre ville ?

— Non, mais je ne me suis jamais intégrée ici, et mes parents m'ont inscrite à Spencer, répondit Rachel en tripotant nerveusement le bout de son écharpe écossaise. J'y ai passé une journée, et les élèves y sont beaucoup moins snobs et plus gentils qu'à Baldwin. Je crois que Spencer te conviendrait mieux à toi aussi. Il y a là-bas un club d'échecs, un club littéraire où on discute d'auteurs contemporains... Je suis sûre que tu t'y plairais.

Angela réfléchit un moment en silence. La suggestion de Rachel la tentait, mais comment expliquer à son père qu'elle désirait changer d'établissement et se séparer ainsi de sa meilleure amie ? Elle se voyait mal lui disant : « C'est que Sabrina me demande tout le temps des services que je suis obligée de lui rendre. J'ai mes raisons pour le faire, mais tu ne les comprendrais pas, alors il vaudrait mieux que j'aille dans une autre école. Ça m'épargnerait de me poser tout le temps des problèmes de conscience. »

— Non, je préfère rester à Baldwin, finit-elle par déclarer. Mais Spencer m'a l'air très bien.

— Je me doutais de ta réponse, observa Rachel en se raidissant un peu, mais je voulais quand même t'en parler, au cas où... C'est vrai que tu es populaire, ici !

— Pas tant que ça.

— Oh si ! J'ai toujours pensé que nous aurions pu être amies, toutes les deux, mais...

— Nous sommes amies ! protesta Angela.

— Mmh..., grommela Rachel.

Elle commença à s'éloigner, et Angela, prise d'une impulsion subite, tendit le bras pour l'arrêter. Ses doigts se refermèrent sur un pan d'écharpe, et elle se sentit si bête, à agripper ainsi Rachel, qu'elle retira sa main.

— Euh... bonne chance pour ta rentrée à Spencer ! bredouilla-t-elle.

Le dimanche suivant, Claire et Angela étaient dans la cuisine de Mme Chalinski, qu'elles aidaient à confectionner des pirojki — petites boules de pâte farcies.

Bizarrement, Michael n'était pas là. La jeune femme pensait qu'il viendrait les rejoindre à un moment ou à un autre de l'après-midi pour être avec sa fille, mais l'heure tournait, et il n'arrivait toujours pas.

Cela arrangeait Claire, d'une certaine façon, car depuis le soir où il l'avait emmenée visiter la maison à vendre, leurs rapports étaient de nouveau très tendus. Et comme il aurait été difficile de le cacher à Mme Chalinski et à Angela, mieux valait que Michael ne soit pas là.

— Merci d'être venue, Claire, déclara la vieille

164

dame pour la dixième fois au moins de l'après-midi. Ça m'aurait ennuyée de laisser tomber sœur Kasia. Je fais tous les ans vingt douzaines de pirojki pour la fête de Noël de la paroisse, mais cette année, avec ma cheville cassée...

— Tout le plaisir est pour moi, madame Chalinski, dit Claire.

— Appelez-moi Sophie, comme je vous l'ai demandé ! Vous êtes mon amie, et j'ai l'impression d'avoir cent ans quand vous m'appelez « madame » !

— Entendu, j'essaierai de m'en souvenir... Quoi qu'il en soit, vous ne pouvez pas savoir comme je suis contente d'être dans une cuisine avec d'autres femmes, de penser à autre chose qu'au travail.

— Vous devez attendre les congés de fin d'année avec impatience, alors !

— Oh oui ! La direction, dans sa grande bonté, nous a donné dix jours, et maintenant que j'ai fini d'empaqueter mes cadeaux, je n'ai plus qu'une idée : les ouvrir avec mes neveux. Je leur ai notamment acheté un jeu de construction destiné à devenir un château moyenâgeux, avec toutes sortes d'animaux et de personnages. En fait, j'ai dû me retenir pour ne pas le monter moi-même.

— Mon mari était comme ça, lui aussi. Avant de les mettre sous le sapin, il s'amusait toujours avec les jeux qu'il avait achetés pour Michael.

Sa voix se brisa soudain, et elle ajouta dans un murmure :

— Il me manque tellement...

— Il reviendra, madame Chal... euh... Sophie.

— Si cette maudite cheville ne me handicapait pas...

— Elle guérira ! C'est une simple question de temps.

— Chaque jour compte quand on a soixante-dix ans. Heureusement, j'ai à présent ce nouveau plâtre qui me permet de marcher sans béquilles. D'ici à Noël, je serai capable de pousser le fauteuil roulant de mon mari, et il pourra au moins passer les fêtes à la maison.

Tout son entrain retrouvé, la vieille dame se tourna vers sa petite-fille et s'écria :

— Tu n'as pas encore fini de pétrir cette pâte ? Tu es bien lente, aujourd'hui ! Qu'as-tu ?

— Rien, marmonna l'adolescente sans lever la tête.

Son air préoccupé et son mutisme frappèrent soudain Claire.

— Quelque chose te tracasse ? lui demanda-t-elle.

— Non ! s'exclama Angela.

Mais elle avait rougi et pétrissait maintenant la pâte avec nervosité.

Sophie lança un coup d'œil surpris à Claire, puis haussa les épaules et entreprit de poser sur une plaque la nouvelle fournée de pirojki prête à cuire — elle les mettrait ensuite au congélateur jusqu'à Noël, avait-elle expliqué. Pendant ce temps, la jeune femme malaxa avec une cuillère de bois la farce qui attendait dans un grand saladier.

— Je suis contente que vous alliez dans votre famille, observa Sophie, mais si vous étiez restée à Chicago, vous auriez pu passer Noël avec nous et faire la connaissance de mon mari... Vous ai-je dit qu'il a prononcé plusieurs mots de façon presque intelligible, lors de ma dernière visite ?

Oui, elle le lui avait dit, pensa Claire, et même

plusieurs fois. Un sourire attendri lui monta aux lèvres. Sophie aimait tant son mari !

— Je songe à organiser une petite fête après Noël, reprit la vieille dame, quelque chose d'intime, juste une quinzaine de personnes. Ça vous plairait d'y venir ? Je préparerai des plats traditionnels polonais.

— Vous ne craignez pas que ce soit trop de travail, avec votre cheville ?

— Angela m'aidera... n'est-ce pas, Angela ?

— Mmh..., grommela l'adolescente.

— Alors c'est entendu, j'accepte votre invitation, annonça Claire.

— Parfait ! s'exclama Sophie, un éclair de triomphe dans les yeux.

Cette réaction laissa la jeune femme perplexe, mais elle l'oublia vite, car Angela, qui avait à peine ouvert la bouche jusque-là, demanda soudain :

— Si votre meilleure amie vous confie un secret et si vous promettez de le garder, c'est très mal de ne pas tenir parole ?

Claire et Sophie échangèrent un regard surpris, puis la vieille dame déclara d'un ton circonspect :

— Tout dépend de la nature du secret en question.

— Oui, mais quand on a de bonnes raisons pour le révéler, et d'aussi bonnes raisons pour se taire, comment sait-on ce qu'il faut faire ?

Visiblement embarrassée, Sophie lança un coup d'œil suppliant à Claire.

— Eh bien, dit celle-ci, on doit peser les conséquences de chacune des deux décisions, et voir laquelle répond au véritable intérêt de la personne concernée par ce secret. J'admets cependant qu'il est parfois difficile d'en juger. Dans ces cas-là, il peut être utile d'en discuter avec quelqu'un en qui on a confiance.

— Si j'en discute avec quelqu'un, je romprai ma promesse avant même d'avoir décidé si c'était le bon choix, objecta l'adolescente avec une logique implacable. Il faut donc que je me débrouille toute seule.

Un lourd silence s'installa dans la pièce. Sophie alla sortir du four la première fournée de pirojki, en préleva une douzaine qu'elle mit sur un plat, puis ordonna à sa petite-fille :

— Va porter ça à Theresa Panski ! Elle en raffole.

A peine la porte d'entrée s'était-elle refermée que la vieille dame se tourna vers Claire et s'écria :

— Cette gamine est bizarre, par moments ! Vous avez compris de quoi elle parlait, vous ?

— Pas vraiment, mais quelque chose la tourmente, c'est évident.

— Oh ! ce ne doit pas être bien grave... A son âge et avec un père qui veille à tous ses besoins, quels soucis pourrait-elle avoir ?

Claire secoua la tête en souriant avant d'observer :

— Je me rappelle m'être posé, adolescente, des problèmes qui m'empêchaient de dormir la nuit. Quand j'y repense maintenant, ils me paraissent insignifiants, mais ce qui semble futile à un adulte a parfois beaucoup d'importance pour un jeune de treize ans.

— Vous avez sans doute raison, convint Sophie avec un soupir. Angela est en train de sortir de l'enfance, et je me souviens que ça a été une période difficile pour moi aussi. J'avais tout le temps envie de pleurer, sans savoir pourquoi.

Les regards des deux femmes se croisèrent, empreints du même amusement mêlé de nostalgie.

— Merci de m'avoir aidée à me rappeler cette époque lointaine de ma vie, déclara la vieille dame. Il faudrait peut-être que je parle à Angela.

— Vous aurez du mal : elle n'a pas l'air disposée à s'épancher.

— Pas aujourd'hui, en tout cas !

— Et si vous vous asseyiez, maintenant, Sophie ? C'est moi qui vais farcir la dernière fournée de pirojki ; j'ai vu comment vous pratiquiez, et vous devez reposer votre cheville si vous voulez que votre mari soit là à Noël.

— C'est vrai que j'ai un peu mal, admit la vieille dame en se laissant lourdement tomber sur une chaise.

— Juste un peu ?

— Non, plus que ça, je l'avoue... Vous êtes très gentille, Claire, et très perspicace. Nous avons de la chance de vous avoir connue.

— Je vous aime beaucoup, Angela et vous.

— Et c'est réciproque... Il se pourrait bien d'ailleurs qu'Angela se confie plus facilement à vous qu'à moi.

— Si elle le souhaite, je l'écouterai.

Après une pause pendant laquelle Claire découpa des petits ronds de pâte avec un verre retourné, Sophie remarqua :

— Quand je disais que nous avions de la chance de vous avoir connue, je ne parlais pas seulement de ma petite-fille et de moi, mais aussi de Michael.

La jeune femme se raidit et garda le silence.

— Etes-vous amoureuse de lui ? demanda alors Sophie de but en blanc.

La surprise laissa Claire un moment sans voix, puis elle balbutia :

— Je... je ne crois pas que Michael ait envie que j'éprouve ce genre de sentiment pour lui.

— Il ne le sait pas lui-même, mais il a besoin de vous.

169

— Non, il aime toujours Mary Jo, déclara la jeune femme sans parvenir à cacher sa peine.

— Nous l'aimions tous, mais elle est morte. Le problème, avec Michael, c'est qu'il est très entier. Une fois qu'il a juré fidélité et protection à quelqu'un, il va jusqu'au bout de ses engagements. Son père est pareil, et cela les rend tous les deux difficiles à vivre, parfois, mais cela signifie aussi que, quand ils aiment quelqu'un, c'est d'un amour absolu.

Claire avait oublié les pirojki. Immobile, les larmes aux yeux, elle écoutait Sophie.

— Je regrette qu'il ait fait cette promesse à sa femme, reprit cette dernière. Vous savez que son appel à témoins continue de paraître dans le *Chicago Tribune*? Envoyer le coupable en prison ne ramènera pourtant pas Mary Jo... Michael s'interdit d'être heureux tant qu'il n'y sera pas arrivé, mais vous pouvez l'aider à renoncer à cette idée stupide. Il lutte contre lui-même, contre les sentiments que vous lui inspirez, et, si vous acceptez d'être patiente, je suis sûre qu'il finira par les reconnaître.

— Comment aimerait-il une femme aussi différente que moi de Mary Jo ?

— Mary Jo était une fille bien, et il l'aimait, c'est vrai, mais elle ne possédait pas cette... force que nous avons, vous et moi. Par bien des côtés, elle n'était pas actrice de sa propre vie.

La main de la vieille dame vint se poser sur celle de Claire dans un geste de tendresse et de réconfort.

— Je n'ai pas fait beaucoup d'études, poursuivit-elle, mais je connais mon fils. Il lui était facile d'être heureux avec Mary Jo : ils avaient grandi ensemble, et elle n'a jamais songé à être autre chose que l'épouse de Michael et la mère de ses enfants. Mais cette fois, il doit se battre pour conquérir le bonheur, et il a besoin que la femme susceptible de le lui apporter se batte à ses côtés — même contre lui, si nécessaire.

Trop émue pour parler, Claire fixa son interlocutrice en silence, mais leurs regards exprimaient bien mieux que des mots la profondeur de leur entente.

10.

— C'est peut-être ta dernière chance, et je te conseille de la saisir, déclara Michael.

Claire et lui étaient assis en face de Nick dans la salle de séjour des Persecki. Lorsqu'ils étaient arrivés, Mme Persecki leur avait offert toutes sortes de gâteaux et de rafraîchissements, s'affairant autour d'eux et intervenant sans cesse dans la conversation pour dire à son fils que tout se terminerait bien. Agacé, Michael avait fini par la prier de quitter la pièce.

— J'ai parlé au juge Galen, poursuivit-il, et Me Logan a négocié avec le procureur. Tu peux décider d'aller jusqu'au procès, mais tu courras alors un gros risque, car de lourdes charges pèsent sur toi.

— Vous devriez être capables de me faire acquitter ! Je vois tout le temps à la télé des types coupables de trucs bien plus graves que moi sortir libres du tribunal.

— Je reconnais que c'est injuste, observa Claire, mais ton nom à toi n'est pas célèbre, et tes problèmes n'intéressent pas les médias. Maintenant, écoute-moi bien : j'ai conclu un accord avec le procureur. Il veut bien abandonner les poursuites pour recel et retenir uniquement le délit de conduite en état d'ivresse, en recommandant des travaux d'intérêt général au lieu d'une peine de prison.

Nick ouvrit la bouche pour protester, mais elle ne lui en laissa pas le temps.

— Avant de prendre une décision, il faut que tu saches ceci : le procureur m'a annoncé hier après-midi que l'avocat de Bobby McNair lui avait proposé un marché ; Bobby est prêt à se mettre à table en échange de l'impunité.

Une expression incrédule se peignit sur le visage de Nick, qui se tut un moment, puis s'exclama :

— Autrement dit, Bobby va m'accuser alors que c'est lui l'auteur de ces cambriolages !

— C'est probable, indiqua calmement Michael.

— Quel salaud ! Quel immonde...

— Ça suffit ! coupa Michael. Tu acceptes les conditions du procureur, ou tu les refuses ?

— Ouais, d'accord, je les accepte... Qu'est-ce que je dois faire exactement ?

— Tout nous raconter, pour commencer ! décréta Claire.

Le coup d'œil que Nick jeta en direction de la cuisine rassura un peu Michael. Le jeune homme ne voulait pas que sa mère entende le récit de ses forfaits, et ce désir de l'épargner était une preuve d'amour. Il y avait peut-être donc moyen de réveiller en lui le sens du devoir et de la famille. Car Michael avait plus que jamais l'intention de le soustraire à l'influence des voyous qu'il fréquentait. Lors de leurs trois précédents entretiens, Nick s'était cependant montré insolent et rétif.

— Bon, voilà..., commença-t-il. Bobby et moi, on est copains depuis pas mal de temps. Il traîne un peu avec une bande, mais c'est plutôt un solitaire. En tout cas, comme il est costaud, les vrais durs du quartier le laissent tranquille, et moi, il me protège d'eux. Pour ça, il est vraiment sympa... Mais il a perdu son boulot il y a quelques mois, et comme il avait besoin d'argent, il s'est mis à voler des trucs dans des maisons. Mais c'était juste lui : je ne l'ai jamais accompagné.

— Où étais-tu pendant ce temps ? demanda Claire.

— Ici, avec maman.

Nick n'avait pas terminé ses études secondaires, mais l'examen de son dossier avait appris à Michael et à la jeune femme qu'il n'allait plus du tout au lycée depuis plusieurs mois. Il avait toujours eu des problèmes à l'école : bagarres, absentéisme, insubordination et consommation de marijuana dans les toilettes jalonnaient son parcours scolaire. Les autorités avaient envisagé à une époque de l'envoyer dans une maison de redressement, mais sa mère s'y était opposée.

— Tu n'as vraiment rien d'autre à faire que de rester chez toi le jour et de traîner dans les bars le soir ? intervint Michael. Tu n'as jamais pensé à travailler ?

— Je n'ai rien trouvé ! s'écria Nick d'un ton belliqueux.

— Tu es sûr d'avoir bien cherché ?

— Oui, mais personne ne veut de moi.

Sans qualification professionnelle et avec son apparence négligée, Nick avait en effet peu de chances d'obtenir un emploi, songea Michael.

— Je suis prêt à t'aider, déclara-t-il, si toi, de ton côté, tu...

— Vous comptez m'embaucher dans votre cabinet, peut-être ? Vous rigolez, ou quoi ?

Nick resta un moment silencieux, puis reprit plus calmement :

— Bon, qu'est-ce que vous devez encore savoir pour me tirer de ce pétrin ?

— La vérité, répondit Michael. Si Bobby McNair a commis seul ces cambriolages, comment l'argenterie de Manya Delenek a-t-elle atterri dans le coffre de ta voiture ?

— Je touchais ma part du gâteau.

— Bobby te donnait un pourcentage du prix de vente des objets volés ?

— Oui.

— Et quel service lui rendais-tu en échange ?

— Aucun.

— Tu mens ! On n'a rien sans rien, dans le milieu que tu fréquentes.

— Bon, d'accord, je le renseignais... Je lui disais quand les maisons seraient vides. Ma mère connaît les habitudes des gens du quartier, et je lui posais des questions : à quelle heure telle vieille dame allait à la messe, quel jour tel couple allait voir ses enfants, des trucs comme ça...

— Ta mère te servait d'informateur ? s'exclama Claire d'un ton incrédule.

— Oui, mais pas consciemment. Je l'interrogeais sans avoir l'air de rien, et elle me donnait plein de détails. Je crois qu'elle était contente que... que je m'intéresse à la vie des voisins.

Une pointe de remords inattendue avait percé dans la voix de Nick, et Claire leva les yeux du carnet dans lequel elle prenait des notes.

— Mais pourquoi ? s'écria-t-elle. Ces gens sont des amis de ta mère, et en plus ils ne sont pas bien riches. Un pourcentage sur le produit de ces cambriolages n'a pas dû te rapporter plus de quelques dizaines de dollars, et si tu avais besoin d'une aussi petite somme, pourquoi ne pas avoir demandé à ton frère John de te la prêter ?

176

— Je vais vous expliquer... Quand j'ai découvert ce que faisait Bobby, il en était déjà à son troisième coup, et il avait choisi la maison de Mme Ostrinski pour le suivant. J'aime bien Mme Ostrinski ; elle a été très gentille avec maman après la mort de mon père. Mais elle vit seule, et c'est quelqu'un de pas commode, alors je me suis dit que si Bobby la trouvait chez elle quand il irait...

— Elle essaierait de se défendre, et Bobby deviendrait méchant ? compléta la jeune femme.

— Ouais..., grommela Nick comme s'il répugnait à avouer qu'il s'était inquiété pour Mme Ostrinski. Et puisque Bobby comptait de toute façon continuer à cambrioler les petits vieux du quartier, j'ai pensé qu'il valait mieux qu'il opère dans des maisons vides. Comme ça, au moins, personne ne serait blessé ou pire.

— Oh ! Nick..., murmura Claire d'une voix émue.

— N'oubliez pas qu'il monnayait ces informations, rappela froidement Michael.

La jeune femme le considéra d'un air surpris, et il essaya de lui faire comprendre d'un regard circonspect qu'il ne fallait surtout pas se laisser attendrir par Nick. Les jeunes comme lui ne respectaient que la force, et tout signe de faiblesse risquait de compromettre les plans de Michael.

Bien qu'à contrecœur, Claire se rendit à sa muette injonction, et ce fut sur un ton sévère qu'elle demanda à Nick :

— Où se trouvent en ce moment les objets volés par Bobby, ou du moins ceux qu'il n'a pas encore écoulés ?

Content de voir que, pour une fois, elle lui obéissait sans discuter, Michael n'intervint plus dans la conversation. Il se borna à écouter, en prenant soin de ne pas fixer Claire avec trop d'insistance. Cela lui était difficile, car elle attirait irrésistiblement son regard, mais depuis qu'ils avaient visité cette maison ensemble, il veillait plus que jamais à garder ses distances avec elle. Il avait bien failli l'embrasser de nouveau, ce soir-là, et il se méfiait désormais de lui-même.

Sa froideur la blessait, il en avait conscience et le déplorait, mais elle souffrirait bien plus encore s'il l'autorisait à croire que des relations amoureuses pouvaient exister entre eux.

Un quart d'heure plus tard, dans la voiture, Michael s'expliqua sur son intervention :

— Je sais que l'inquiétude de Nick pour les futures victimes de Bobby McNair vous a touchée, mais je ne voulais pas que vous le lui montriez. Il y a déjà trop de gens qui lui témoignent de l'indulgence.

— Oui, vous avez raison, acquiesça Claire. Je n'y ai pas pensé sur le moment, mais je me rends bien compte que sa mère et son frère ont une fâcheuse tendance à lui chercher des excuses.

Michael eut un petit hochement de tête approbateur. Claire avait vite compris, comme d'habitude.

— Que va-t-il se passer maintenant ? demanda-t-elle.

— Nick sera probablement condamné à une centaine d'heures de travaux d'intérêt général. L'ennui, c'est qu'il s'agit le plus souvent de tâches inintéressantes, comme le ramassage des détritus sur le bord des routes. Or j'aimerais que Nick tire de cette expérience autre chose que la satisfaction d'avoir échappé à la prison.

— Vous avez une idée ?

— Non, et pourtant, je dois absolument trouver un moyen de l'éloigner de cette maison où Mme Persecki le dorlote et où il ne fait rien de toute la journée. L'oisiveté étant la mère de tous les vices, n'est-ce pas...

— Il lui faut un emploi.

— Oui, mais qui va l'embaucher, avec ses antécédents ?

— Je reconnais que ce n'est pas simple, admit Claire, et j'admire vraiment votre souci d'aider Nick. Une fois leur client tiré d'affaire, la plupart des avocats s'estiment quittes envers lui.

Pourquoi lui attribuait-elle toujours des qualités morales qu'il ne possédait pas ? songea Michael. Qu'il ne possédait plus, en tout cas...

L'homme aux nobles idéaux qu'il était autrefois avait disparu à jamais. Parviendrait-il un jour à le faire comprendre à Claire ?

Sabrina, Jenny et Angela parlaient dans la salle des casiers du nouveau contrôle que Mme Samuelson avait annoncé pendant le cours de physique.

— C'est bizarre, ce contrôle juste avant Noël et si rapproché de l'autre, observa Sabrina.

— Et ce ne sera pas un questionnaire à choix multiples comme la dernière fois, souligna Jenny. Il y aura des problèmes à résoudre ! Je vais sûrement avoir une mauvaise note, et comment l'expliquer à mon père alors que j'ai eu vingt quelques jours plus tôt ?

— Je t'aiderai à réviser, proposa Angela.

— Ça ne suffira pas ! Même si je travaillais jour et nuit à partir de maintenant, je raterais ce contrôle. J'ai trop de retard à rattraper.

A court d'idées, Angela garda le silence. Jenny semblait elle aussi désemparée, mais Sabrina déclara alors :

— Je ne vois qu'une solution : il faut qu'Angela aille prendre le sujet dans le bureau de Mme Samuelson.

Le cœur d'Angela s'arrêta de battre.

— Tu es folle ! s'écria-t-elle. Je ne peux pas faire ça !

— Mais si ! Tu discutes souvent avec Mme Samuelson en dehors des cours, et elle ne sera donc pas surprise si tu viens la voir dans son bureau sous prétexte de l'interroger sur un truc ou sur un autre. Là, tu te débrouilleras pour repérer l'endroit où elle a mis le sujet du contrôle, et ensuite tu l'emprunteras le temps qu'on le photocopie. Mme Samuelson est très distraite, et sa table est toujours couverte de papiers en désordre. S'il en manque un, elle ne le remarquera pas !

Une onde de panique submergea Angela. Mme Samuelson était son professeur préféré. Avec elle, des choses aussi rébarbatives que la pesanteur et la structure de l'atome devenaient passionnantes. C'était une enseignante qui aimait son métier, mais aussi et surtout ses élèves.

L'idée de trahir sa confiance au point de lui voler un sujet de contrôle révulsait l'adolescente.

— Non, c'est hors de question ! décréta-t-elle.

— Je t'en prie ! supplia Jenny, les yeux pleins de larmes.

Angela se sentit fléchir, se rappelant que si Jenny avait une mauvaise note, son père la battrait...

— Bon, d'accord, je le ferai, dit-elle à Sabrina, mais après, c'est terminé ! Ne compte même plus sur moi pour écrire tes rédactions à ta place.

— Je ne te demanderai plus rien, je te le jure ! s'exclama Sabrina avec dans la voix un mélange de peur et d'excitation, comme si elle voyait là-dedans une sorte d'aventure.

— Alors c'est entendu.

— Merci, Angela ! murmura Jenny. Tu es une vraie copine.

Un peu plus tard, pendant une heure d'étude, Angela obtint du surveillant la permission d'aller voir Mme Samuelson. Elle voulait accomplir son affreuse mission le jour même, pendant qu'elle en avait encore le courage.

Cela ne l'empêcha pas, en se dirigeant vers le bureau de Mme Samuelson, de former des prières pour que l'enseignante ne soit pas là, ou qu'elle ait rangé le sujet à l'abri des regards.

Mais Mme Samuelson était dans son bureau, et dès qu'elle aperçut Angela dans l'embrasure de la porte grande ouverte, elle s'écria :

— Entre et assieds-toi ! Qu'est-ce qui t'amène ?

L'adolescente obéit, puis posa les questions qu'elle avait préparées.

Et ce fut pendant que son interlocutrice lui parlait des multiples applications de l'effet Doppler qu'elle vit le sujet... Il était posé sur le coin de la table, juste sous son nez, et si elle avait osé, elle aurait pu lire à l'envers non seulement l'énoncé des problèmes, mais aussi leur solution, ajoutée à l'encre rouge.

Animée par sa passion habituelle, Mme Samuelson continuait ses explications. Angela ne l'écoutait cependant plus. Elle se disait qu'il lui serait impossible de sortir ce document du bureau maintenant, et qu'il lui faudrait donc revenir le chercher entre deux cours. Mais aurait-elle le temps de le donner à photocopier à Sabrina et de le remettre ensuite à sa place avant que...

Mme Samuelson s'était tue et lui tendait un livre à travers la table.

— Tu trouveras au chapitre quatorze des informations très intéressantes sur les applications médicales de l'effet Doppler, déclara-t-elle. Reviens me voir quand tu l'auras lu, et nous en discuterons, mais là, il faut que je te quitte : j'ai rendez-vous avec le directeur, et deux heures de cours tout de suite après.

— Merci, marmonna Angela en prenant le livre.

Et sans attendre le départ de sa visiteuse, l'enseignante se leva et quitta la pièce.

C'était trop beau pour être vrai ! songea Angela. Elle avait le sujet à portée de la main, et, dans les deux heures qui suivaient, Mme Samuelson ne regagnerait pas son bureau...

Une nouvelle vague de doute l'assaillit pourtant au moment d'agir. Que pesaient l'amitié de Sabrina, le respect et l'admiration des autres élèves, et même l'attention de Joel Tate face à un acte aussi déshonorant ?

Mais elle repensa alors à Jenny, à son père qui la battait, et, avant de changer d'avis, elle attrapa la feuille et la cacha dans un de ses cahiers. Deux gros manuels lui permirent ensuite de boucher l'espace vide, mais la table de Mme Samuelson était recouverte d'un tel fatras de livres, de notes de cours et de courrier que cette précaution était presque inutile.

Non, Mme Samuelson ne saurait jamais ce qui s'était passé.

L'heure tournait cependant, et Angela se hâta de sortir de la pièce. Elle alla à son casier et mit dedans le cahier contenant le sujet du contrôle. Sabrina devait la retrouver à la fin de l'heure suivante, et elle aurait largement le temps de photocopier le document et de le lui rendre avant le retour de Mme Samuelson dans son bureau.

Angela prit son livre de littérature, referma le casier à clé et se dirigea vers sa salle de cours.

Michael inspecta du regard les paquets joliment emballés posés sur son classeur métallique. Le grand magasin où il avait commandé ses cadeaux de Noël venait de les livrer. Les paquets verts contenaient des marrons glacés, les rouges, des truffes au chocolat ; les premiers étaient destinés aux hommes qui travaillaient dans son service, les seconds aux femmes.

Tout en se félicitant d'avoir choisi la solution la plus pratique, Michael éprouva cependant un curieux sentiment d'insatisfaction.

Après réflexion, il comprit ce qui le tracassait : c'était l'idée d'offrir à Claire le même cadeau impersonnel qu'à tous ses subordonnés. Pourtant, il n'avait aucune raison de lui donner quelque chose de différent...

Non aucune, se confirma-t-il résolument avant de prendre sur la pile un paquet plus petit, mais emballé de façon plus luxueuse que les autres. Il s'agissait du présent qu'il destinait à son patron — un stylo Cartier en or —, et George Fanal venait justement de le convoquer pour l'échange traditionnel des cadeaux de Noël.

Michael monta en ascenseur jusqu'au dernier étage de l'immeuble — le sanctuaire des associés. Quand il pénétra dans le bureau de Fanal, celui-ci l'invita à s'asseoir dans un gros fauteuil de cuir et lui servit un verre de cognac.

— Joyeux Noël, Michael !

— Merci, George. Joyeux Noël à vous aussi.

Quelques minutes plus tard, chacun ouvrit le paquet qu'il avait reçu de l'autre. Michael trouva dans le sien une petite sculpture représentant un cheval. Il ne

183

s'intéressait pas du tout aux chevaux, mais son patron, lui, avait une véritable passion pour les pur-sang qu'il élevait dans un haras situé à une heure de Chicago, au bord du lac Michigan.

— Bel animal, n'est-ce pas? observa Fanal en montrant la sculpture du doigt. Vous voyez cette pureté de lignes, cette musculature à la fois fine et puissante qui...

Une sourde irritation s'empara de Michael. Son interlocuteur continuait de discourir, mais il ne l'écoutait plus que d'une oreille. Fanal l'agaçait, avec ses goûts de luxe et sa façon complaisante de les exhiber.

Ce bureau décoré d'objets anciens et de riches tapis orientaux en était une illustration parfaite, mais alors que, d'habitude, cela rappelait à Michael les raisons de son entrée au cabinet — l'argent, le prestige et le pouvoir —, cet étalage lui causait aujourd'hui un étrange dégoût.

Certes, l'argent rendait la vie plus agréable, et Michael était assez honnête pour le reconnaître. Mais de quelle utilité lui seraient le prestige et le pouvoir? se demanda-t-il. Lui permettraient-ils d'obtenir la condamnation de Beske? Non, même pas.

Fanal venait cependant de changer de sujet, et Michael se força à se concentrer sur ce qu'il disait.

— Je crois que le moment est venu de prendre une décision au sujet de Stuart Tyler. Il ne fera jamais un bon avocat; son manque de clairvoyance dans l'affaire Woffing le prouve.

— C'est pourtant un excellent juriste, observa Michael. Il lui faut juste un peu plus de temps que les autres pour...

— Non! S'il avait les aptitudes nécessaires, le travail que vous avez déjà effectué avec lui aurait été suffisant.

— Alors il faudrait peut-être le muter aux services des successions ou immobilier, où ses compétences spécifiques seraient mieux mises à profit.

— Il n'en est pas question ! Il a eu sa chance et il l'a gâchée. Renvoyez-le !

— Je refuse ! s'écria impulsivement Michael.

Fanal sursauta et le considéra d'un air stupéfait.

— Donnons-lui d'abord l'occasion de faire ses preuves dans un domaine qui lui convient mieux, reprit Michael d'un ton radouci. Si, dans six mois, le bilan se révèle encore négatif, alors le licenciement s'imposera, mais je suis sûr que, employé à la bonne fonction, Tyler rendra de précieux services au cabinet.

Un long silence suivit. Michael attendit, plein d'appréhension, le verdict de son patron.

— Ce cognac est vraiment bon, vous ne trouvez pas ? finit par remarquer ce dernier. J'en commande tous les ans une caisse à l'un des meilleurs producteurs de France.

Comprenant qu'il avait gagné, mais trop prudent pour montrer le moindre signe de triomphe, Michael se contenta de hocher la tête.

Il y eut un nouveau silence, puis Fanal se leva, contourna son bureau et alla se planter devant une gravure ancienne représentant une chasse à courre.

— Je viens de vous dire de renvoyer Tyler, déclara-t-il sans tourner la tête, et vous avez refusé. Vous ne vous demandez pas pourquoi je tolère un tel acte d'insubordination ?

— Sans doute parce que vous me payez pour former des gens et vous donner une opinion honnête sur le meilleur parti que vous pouvez tirer de leurs capacités propres, répondit calmement Michael. C'est le rôle d'un chef de service.

— La décision de renvoyer quelqu'un ou non est cependant du ressort des associés, pas des chefs de service.

— Je n'en disconviens pas.

— J'en conclus que vous êtes prêt à accéder au rang d'associé.

Associé... Fanal lui annonçait-il une promotion ? Le cœur de Michael bondit dans sa poitrine. Cela faisait deux ans qu'il en rêvait, mais il pensait qu'il lui faudrait encore au moins deux autres années de travail acharné pour réaliser son ambition.

Fanal, qui s'était retourné et le fixait en souriant, s'approcha alors de lui et lui posa une main sur l'épaule.

— Ce n'est pas encore une offre officielle, précisat-il. Il faut attendre la réunion annuelle du conseil d'administration, en février, et je vous demande donc de n'en parler à personne d'ici là. Je connais cependant à l'avance le résultat du vote... Bienvenue parmi nous, Michael !

Un peu hébété, Michael serra la main que Fanal lui tendait. Associé... Il n'en revenait pas. Cela signifiait bien sûr qu'il n'aurait plus de collaborateurs à superviser, et cet aspect de sa fonction actuelle lui manquerait, mais on ne pouvait pas tout avoir...

Cela signifiait aussi qu'il ne travaillerait plus avec Claire, pensa-t-il soudain. Mais n'était-ce pas précisément ce qu'il souhaitait ? N'avait-il pas justement décidé de garder ses distances avec elle ? Eh bien, dans deux mois, il n'aurait même plus à s'y obliger, puisqu'ils vivraient dans deux mondes différents.

— Prenons un autre cognac pour fêter ça ! suggéra Fanal.

Quand il eut rempli leurs deux verres, il s'assit à

côté de Michael, comme pour lui montrer qu'ils étaient à présent égaux, puis il déclara :

— Maintenant que le cas Tyler est réglé, parlons de Claire Logan.

Michael se raidit, prêt à défendre la jeune femme si Fanal la critiquait.

— Cette femme a une personnalité très affirmée, observa celui-ci.

— C'est le plus brillant et le plus prometteur de tous nos collaborateurs, hommes et femmes confondus.

— Je suis d'accord, alors inutile de voler à son secours ! J'avoue ne pas avoir été ravi quand elle m'a appris ce revirement de jurisprudence, l'autre jour, mais j'ai réfléchi depuis, et je suis bien forcé d'admettre qu'elle a du cran. Du cran et de la pugnacité, deux des qualités qui font les grands avocats.

Soulagé, Michael se détendit.

— Je souhaite donc que vous lui donniez l'occasion d'exploiter à fond ses talents, continua Fanal. Confiez-lui des dossiers difficiles et passez le plus de temps possible avec elle pour mieux la guider.

— Je l'accompagne justement cet après-midi chez le juge chargé de l'affaire Persecki.

— Bien ! Ce que je veux, c'est que vous l'aidiez à calmer son impétuosité naturelle, à acquérir un minimum de sens politique. Si vous y parvenez, j'envisage de lui offrir dans quelques années un poste d'associé.

Quelques minutes plus tard, dans l'ascenseur qui le reconduisait à son étage, Michael songea à l'ironie de la situation : au moment même où ses vœux s'accomplissaient, où sa vie allait enfin s'engager dans la voie de la sécurité et de la stabilité, voilà que Fanal lui ordonnait de passer le plus de temps possible avec une femme qui avait justement le don de bouleverser ses plans !

Angela sortit la première du cours de littérature. Elle avait hâte de remettre le sujet du contrôle à Sabrina et d'en avoir terminé avec cette histoire.

S'obligeant à ne pas courir, elle pénétra dans la salle des casiers.

— Tu as l'air bien pressée, Angela ! s'exclama une voix d'homme.

L'adolescente s'arrêta net. Le directeur et Mme Samuelson se tenaient devant son casier.

D'autres élèves commençaient à arriver et formaient à l'entrée de la pièce un groupe silencieux et attentif qui allait grossissant. Angela vit du coin de l'œil le visage pâle de frayeur de Sabrina, au premier rang.

— Approche ! reprit le directeur. Maintenant, donne tes livres et tes cahiers à Mme Samuelson ! Parfait... J'aimerais aussi inspecter ton casier. Ouvre-le, s'il te plaît !

La gorge nouée par les larmes que son orgueil lui interdisait de laisser couler, l'adolescente murmura :

— Ce n'est pas la peine de l'ouvrir. Vous savez déjà ce qu'il y a dedans.

— Oh ! Angela..., s'exclama Mme Samuelson d'un ton accablé. Quelle déception tu me causes ! J'espérais tellement m'être trompée !

11.

— Ça vous ennuie de m'accompagner? demanda Michael à Claire.

Il venait de l'informer de l'étrange message qu'il avait reçu à l'instant sur son téléphone de voiture : Angela n'était ni malade ni blessée, mais le directeur de Baldwin voulait le voir immédiatement.

— Je pourrais vous déposer devant l'immeuble de la société, reprit Michael, mais nous en sommes encore loin, et on m'a dit que c'était urgent.

— Pas de problème! déclara la jeune femme. De quoi s'agit-il, à votre avis?

— Je n'en ai pas la moindre idée. On ne m'a pas donné de détails.

L'inquiétude chassa la joie qu'éprouvait Claire avant ce coup de fil. Michael et elle sortaient d'un entretien très fructueux avec le juge Galen : celui-ci avait accepté l'accord conclu avec le procureur et semblait favorable à la proposition émise par Michael de trouver pour Nick un type de travaux d'intérêt général susceptible de lui apprendre un métier. Le juge se rangerait à la solution qui leur paraîtrait la plus appropriée.

Cette affaire allait donc avoir une heureuse issue, et

la jeune femme en était profondément satisfaite, mais maintenant...

— Angela m'a semblé préoccupée, ces derniers temps, observa-t-elle. Vous n'avez pas eu la même impression ?

— Si, mais pourquoi ne pas me l'avoir dit ? J'aurais essayé de lui parler, tandis que là, j'ai pensé que je me faisais des idées.

Renonçant à lui rappeler qu'il refusait de discuter de questions personnelles avec elle, Claire se tut.

Ils arrivèrent une vingtaine de minutes plus tard à Baldwin, et elle suivit Michael dans le couloir qui menait au bureau du directeur. Il y entra, et elle s'installa dans la pièce voisine pour l'attendre. Les cours de la journée étaient terminés, et un silence lugubre régnait dans l'établissement.

L'entrevue ne dura pas longtemps : au bout d'un quart d'heure à peine, la porte de communication s'ouvrit sur Angela. Elle se tenait très droite, mais ses pommettes rouges trahissaient son émotion. Michael sortit juste derrière elle, le visage sombre.

Comprenant que cela n'augurait rien de bon, Claire se leva, de plus en plus inquiète.

— Angela...

— Vous êtes venue vous aussi ? coupa l'adolescente. Oh ! non...

Puis elle fondit en larmes.

— Angela ! Que se passe-t-il ? s'écria la jeune femme en bondissant sur ses pieds, prête à la prendre dans ses bras.

Un geste péremptoire de Michael l'arrêta cependant dans son élan. Pendant un long moment, personne ne souffla mot, puis Angela murmura entre deux sanglots :

— Dis-lui, papa ! Allez, dis-lui !

— Elle vient d'être accusée d'avoir volé le sujet de son prochain contrôle de physique, expliqua alors Michael.

— Il doit y avoir une erreur ! Angela ne ferait jamais une chose pareille !

— C'est ce que je croyais moi aussi, mais elle a avoué.

Muette de stupeur, Claire fixa l'adolescente, qui finit par grommeler :

— Ne me regardez pas comme ça !

— Mais pourquoi ? lui demanda doucement la jeune femme.

Ce fut Michael qui répondit, d'une voix vibrante de colère contenue.

— Peu importe la raison ! C'est une faute inexcusable.

Puis il quitta la pièce à grands pas. Angela et Claire le suivirent, et une fois sur le parking, l'adolescente monta rapidement à l'arrière de la voiture, là où Claire pensait se mettre. Alors que la jeune femme s'apprêtait à ouvrir la portière avant, Michael lui posa la main sur le bras et déclara :

— Laissez-moi régler cette affaire moi-même. Angela est ma fille.

La jeune femme n'avait en fait jamais eu l'intention d'intervenir. Elle voulait juste être là au cas où Michael aurait besoin d'elle, mais cet avertissement la blessa : malgré tout ce qu'ils avaient partagé, et bien qu'il connût son affection pour Angela, Michael repoussait son aide à l'avance. Une fois de plus, il lui faisait comprendre qu'il n'y avait pas de place pour elle dans sa vie.

S'efforçant de dominer sa peine, Claire observa :

— Je sais que vous êtes fâché, Michael, mais...

— Fâché ? l'interrompit-il. Le terme est faible ! J'ai tout essayé avec Angela : j'ai supporté ses sautes d'humeur, je l'ai écoutée, je me suis plié à ses caprices et je lui ai accordé plus de liberté, la laissant par exemple choisir elle-même ses vêtements, et voilà où ça l'a menée !

Claire haussa un sourcil, déroutée par cette diatribe. Il mélangeait tout, et elle ne voyait aucun rapport de cause à effet dans ce raccourci. Mais Michael était trop en colère pour raisonner sainement. Elle se tut donc et monta dans la Jaguar.

Pendant de longues minutes, personne ne parla, et ce ne fut qu'à l'approche du centre-ville que la jeune femme se décida à demander :

— Angela est renvoyée ?

— Pas si elle révèle pour qui elle a triché, répondit Michael. Le directeur veut découvrir le fin mot de l'affaire.

— Je n'ai triché pour personne, déclara l'adolescente.

— Il est impossible qu'elle l'ait fait pour elle-même, poursuivit Michael sans tenir compte de cette interruption. Je l'ai vue travailler, et elle n'a pas besoin de tricher pour avoir de bonnes notes. C'est Sabrina Simmons qui l'a persuadée de lui remettre ce sujet de contrôle, j'en suis sûr. Cette fille a toujours eu une mauvaise influence sur Angela. Le directeur soupçonne lui aussi Sabrina d'être l'instigatrice de ce vol, et il a donc cédé aux instances de Mme Samuelson, qui a défendu Angela avec chaleur. Mais pour rester Baldwin, Angela doit dire la vérité, et elle s'y est refusée. J'en suis doublement déçu.

Claire frissonna. Pour être contenue, la colère d

192

Michael n'en était pas moins impressionnante, et le poids de sa réprobation serait difficile à supporter pour Angela. Ils s'aimaient, c'était évident, et pourtant un fossé était de nouveau en train de se creuser entre eux. La jeune femme aurait voulu essayer de parler à Angela, mais sans la permission de Michael, elle ne s'en sentait pas le droit. Seule Mary Jo l'aurait eu.

Une boule douloureuse se forma dans la gorge de Claire à cette pensée. Mais avant qu'elle n'ait eu le temps de se demander si c'était son sort ou celui d'Angela qui lui donnait envie de pleurer, la Jaguar s'arrêta devant l'immeuble de la société.

Même si Claire avait osé, elle n'aurait pas pu, avec Angela à l'arrière, demander à Michael de ne pas être trop dur avec sa fille, de prendre au moins la peine de l'écouter avant de la condamner. Elle descendit donc de la voiture et referma la portière sans mot dire.

Ce soir-là, Michael se tourna et se retourna dans son lit sans parvenir à trouver le sommeil. Il était en proie à un profond désarroi. Que fallait-il faire ? Quelle attitude devait-il adopter ?

De retour à l'appartement avec Angela, il avait exigé des explications, mais elle s'était murée dans un silence hostile. Et malgré la menace de renvoi qui pesait sur elle, elle avait de nouveau refusé de donner le nom des autres coupables.

La solution la plus simple serait de ne plus l'ennuyer avec ça et de l'inscrire dans une autre école, songeait maintenant Michael. Elle n'avait que treize ans, après tout. A cet âge, on se laissait facilement influencer...

Mais il ne pouvait s'empêcher de penser au laxisme de la mère et du frère aîné de Nick Persecki. Au lieu de se révéler bénéfique, cette indulgence avait fini par enlever toute notion du bien et du mal à l'adolescent.

La faute d'Angela et celles de Nick étaient évidemment sans commune mesure, et Michael savait au fond que sa fille ne risquait pas de suivre le même chemin que Nick, mais le choc et le chagrin avivaient pour l'instant son imagination. Jamais il n'aurait cru Angela capable d'une quelconque malhonnêteté : le sens moral était la pierre angulaire de l'éducation qu'elle avait reçue de Mary Jo et de lui.

Mary Jo... C'était le regret de son absence plus encore que le reste qui tenait Michael éveillé ce soir. Tout à l'heure, le mutisme d'Angela avait fini par l'exaspérer au point qu'il lui avait crié d'aller dans sa chambre et de réfléchir à ce qu'elle avait fait. Elle l'avait fixé un moment, puis était sortie de son silence pour murmurer, comme une toute petite fille :

— Je veux maman... Je veux ma maman...

Plusieurs heures s'écoulèrent. Le sommeil persistait à fuir Michael, et il entendit donc distinctement le petit coup qui fut soudain frappé à sa porte. Il s'assit dans son lit et vit alors la tête d'Angela apparaître dans l'entrebâillement.

— Papa ? dit timidement l'adolescente. Claire est là. Elle nous attend dans le couloir.

— Claire ? répéta-t-il, stupéfait. Mais quelle heure est-il ?

— Euh... 2 heures.

— Que se passe-t-il ? Pourquoi est-elle venue ?

— Je l'ai appelée.

Michael se leva, enfila un T-shirt par-dessus son caleçon et, pieds nus, suivit Angela dans le couloir.

Claire... Il lui avait demandé de ne pas se mêler de cette histoire, mais comme toujours, elle n'en faisait qu'à sa tête. Elle lui imposait sa présence, elle...

Jamais il n'avait été aussi content de la voir.

Elle se tenait dans l'entrée, vêtue d'un jean et d'un sweat-shirt bariolé, les cheveux en désordre. Angela l'avait visiblement tirée du lit, elle aussi, et elle avait déboutonné mais pas enlevé son manteau, comme si elle ne savait pas trop quel accueil lui serait réservé.

— Bonsoir, déclara Michael d'une voix mal assurée.

Si son cœur s'était gonflé d'espoir en apercevant Claire, songea-t-il, c'était juste à la pensée qu'il réussirait peut-être grâce à elle à renouer le dialogue avec Angela.

S'obligeant à détourner les yeux de la jeune femme, Michael s'adressa à sa fille.

— J'attends une explication, Angela, mais allons d'abord nous asseoir.

Quand ils furent tous les trois installés dans la salle de séjour, Claire estima qu'un préambule s'imposait.

— Voyez-vous, Michael, Angela m'a téléphoné pour se soulager de ses angoisses. Lorsque je lui ai suggéré de vous répéter ce qu'elle venait de m'apprendre, elle m'a demandé de venir. Je sais que vous ne voulez pas de mon aide, mais si je suis là, c'est pour Angela. Elle est mon amie, et je ne pouvais pas refuser de...

— Ne vous fatiguez pas, la coupa Michael, je comprends : je suis tellement dur que vous vous sentez obligée de vous excuser de rendre service à ma fille, et qu'elle n'ose pas me parler hors de votre présence.

— C'est envers vous-même que vous êtes le plus dur, observa la jeune femme d'un ton calme.

— D'accord, Angela, grommela Michael en soupirant. Je t'écoute !

L'adolescente s'agita nerveusement sur son siège et

jeta un coup d'œil à Claire, laquelle lui adressa un signe de tête encourageant.

— Je te préviens que je ne te donnerai aucun nom, annonça-t-elle en préambule.

— Dis-moi juste ce que tu as envie de me dire, déclara Michael.

Cette attitude soumise dut mettre Angela en confiance, car elle se lança dans un long récit de ses difficultés à Baldwin : son impression d'y être différente des autres, son désir de faire partie du groupe des élèves « cool », ses sentiments pour un certain garçon...

Pour avoir été jeune lui aussi, Michael compatissait en partie, mais il ne voyait là-dedans rien qui justifiât la conduite de sa fille.

Lorsque celle-ci eut terminé, il remarqua :

— L'incident d'aujourd'hui n'était donc pas le premier du genre ? Tu avais déjà triché ?

— Euh... oui.

— Mais enfin, Angela, pourquoi ne m'as-tu pas raconté tout ça avant ?

— Je... je savais que tu serais furieux contre moi.

Furieux, il l'aurait certainement été, pensa Michael. Il l'était d'ailleurs en ce moment même. Mais pour que sa fille ait gardé si longtemps un secret qui lui pesait visiblement... Malgré tous ces dimanches passés ensemble, malgré les efforts qu'il avait déployés pour être un bon père, pourquoi Angela ne lui avait-elle pas témoigné plus de confiance ?

— Ainsi, observa-t-il d'une voix volontairement neutre, tu as triché pour te faire des amis ?

— Je demande la parole ! intervint Claire. Ecoutez-moi, Michael : Angela a treize ans, et j'ignore ce qu'un garçon vit à cet âge, mais je peux vous garantir que.

196

pour une fille, c'est une période très dure. Pendant toute mon adolescence, je me suis sentie différente des autres, moi aussi, et j'ai souhaité être populaire. Je l'ai dit à Angela lors de notre première rencontre, et c'est pour ça qu'elle s'est tournée vers moi ce soir : elle était sûre que je la comprendrais.

Michael fut surpris. Claire lui avait bien parlé un jour de sa jeunesse difficile, mais la femme d'aujourd'hui ressemblait si peu à l'adolescente mal dans sa peau qu'elle venait d'évoquer...

— Je sais que vous voulez être à la fois un père et une mère pour Angela, reprit-elle, mais il y a des choses que les femmes sont seules à éprouver, et donc seules à pouvoir comprendre.

C'était vrai, admit intérieurement Michael. Si Mary Jo avait été là, il aurait trouvé normal que leur fille se confie plus volontiers à elle qu'à lui. Angela avait besoin dans son entourage d'une femme plus jeune que sa grand-mère. Elle avait apparemment choisi Claire, et il fallait respecter ce choix.

Il n'en restait pas moins que, dans l'intérêt de leurs relations futures, il devait se montrer très clair sur certains points.

Pesant bien ses mots, Michael déclara :

— Ce que tu as fait m'attriste et me déçoit, Angela, et j'espère que tu finiras par dénoncer les autres coupables. Je te laisse cependant y réfléchir et agir ensuite selon ta conscience. La raison de ta conduite m'échappe et m'échappera peut-être toujours, mais... mais cela ne m'empêche pas de t'aimer.

L'adolescente se leva et lui passa les bras autour du cou. Il la serra fort contre lui, puis elle s'assit à ses pieds, la tête sur ses genoux.

— Papa ? Je... j'ai encore quelque chose à te dire.

Michael lança à Claire un regard interrogateur, mais elle esquissa une moue indiquant son ignorance.

— Je t'écoute, Angela, annonça-t-il.

— Eh bien, il y a une fille, à l'école, que son père bat quand elle n'a pas la moyenne à un devoir, et c'est pour elle aussi que j'ai triché.

— Son père la bat? s'écria Claire avant que Michael n'ait eu le temps de réagir. Ça signifie quoi exactement?

— Je ne sais pas. Tout ce que je sais, c'est qu'elle a très peur de lui.

— Il faut intervenir, décréta Michael, et pour cela, tu dois nous donner son nom.

— D'accord, mais promets-moi de ne révéler à personne qu'elle a triché.

— Entendu! Il s'agit de Sabrina?

— Non, de Jenny Franklin. Tu connais son père, d'ailleurs, il est avocat comme toi.

Cette information atterra Michael, mais ne le surprit pas vraiment : au bureau d'aide judiciaire, il avait vu de quoi étaient capables des gens apparemment au-dessus de tout soupçon.

— J'hésitais à t'en parler à cause de la honte que va éprouver Jenny, murmura Angela, mais j'ai finalement estimé qu'on ne pouvait pas laisser son père continuer à la maltraiter.

— Tu as eu raison, ma chérie, et tu peux tout me dire. Je suis toujours prêt à t'écouter.

L'adolescente se serra plus fort contre lui, et un sourire radieux illumina le visage de Claire. Michael se sentit bien, soudain — plus que bien, même : euphorique.

Un long silence s'ensuivit. Une sorte de complicité semblait à présent les unir tous les trois, comme s'ils se rendaient compte qu'ils venaient de triompher d'une épreuve qui aurait dû les séparer, mais qui les avait en fait rapprochés.

— Je vais m'en aller, maintenant, finit par annoncer la jeune femme.

— Vous voulez que je suive votre voiture jusque chez vous ? proposa Michael.

— Non, c'est inutile.

— Alors appelez-moi dès que vous serez rentrée.

— Promis !

— Et je vous accompagne en bas.

— D'accord.

— Va vite te coucher, Angela ! Je remonte dans deux minutes.

Claire remit son manteau et descendit avec Michael dans le hall de l'immeuble. Au moment où elle s'apprêtait à prendre congé, il lui posa une main sur le bras et observa d'une voix étrangement rauque :

— J'étais dans une impasse, et si vous n'étiez pas venue, Dieu seul sait combien de temps il m'aurait fallu pour rétablir le contact avec Angela, sans parler du mal que j'aurais pu encore lui faire... Merci, Claire !

— De rien, déclara-t-elle, la gorge nouée.

Ils restèrent ensuite quelques instants à se regarder sans rien dire, puis Michael effleura du doigt le visage de la jeune femme.

— Vous êtes si belle..., chuchota-t-il. A l'intérieur comme à l'extérieur.

Une brusque envie de pleurer saisit Claire. D'un geste doux qui augmenta encore son trouble, Michael l'attira alors contre lui et la tint si étroitement enlacée qu'elle sentit, à travers le mince tissu du T-shirt, leurs cœurs battre à l'unisson. Puis il lui caressa les cheveux, lentement, presque timidement. Elle ferma les yeux et s'abandonna au plaisir d'être dans les bras de Michael. Il la désirait, c'était évident, mais au lieu de l'ardeur quasi désespérée qu'avaient exprimée ses précédentes étreintes, celle-ci était pleine de tendresse et de délicatesse.

Quand, au bout d'un long moment, Michael rompit le silence, sa voix vibrait d'émotion contenue.

— Je ne vous mérite pas, Claire.

Elle ne manquait pas d'arguments pour le contredire, et pourtant elle se tut, se contentant de se serrer plus fort contre lui, estimant, en cet instant précis, le langage du corps plus éloquent que tous les mots.

Sans doute Michael le comprit-il, car, sans rien ajouter, il lui entoura le visage de ses mains et l'embrassa très doucement sur le front, les paupières, le nez...

— Il est tard, finit-il par dire. Vous devez rentrer.

— Oui, murmura Claire.

Elle avait approuvé sans réfléchir, tant la force de l'amour qui lui gonflait le cœur l'étourdissait.

Les jambes molles, les mains tremblantes, elle boutonna son manteau et enfila ses gants. Michael lui ouvrit la porte, puis il resta debout sur le seuil, à la regarder, jusqu'à ce que la voiture démarre.

— Vous pouvez attendre une minute dans la voiture, Claire? demanda Michael après avoir garé la Jaguar devant la maison de ses parents. Je vais chercher ma mère pour lui montrer son cadeau.

La petite réception organisée par Sophie avait lieu ce soir-là, et la véranda était décorée de guirlandes lumineuses et de festons. A travers les rideaux de dentelle des fenêtres, les lumières du sapin clignotaient gaiement.

200

Claire adorait Noël, et l'idée de le fêter une seconde fois — en compagnie de l'homme qu'elle aimait, de surcroît — l'enchantait. Cela lui donnerait peut-être aussi l'occasion de mettre à exécution un projet qui avait mûri dans son esprit pendant son séjour au Nebraska. Elle avait en effet eu avec sa sœur une longue conversation à propos de Michael, au terme de laquelle elle avait pris une grande décision : faire preuve de plus de hardiesse dans ses relations avec lui. Il la repousserait peut-être, mais, au moins, aurait-elle tenté sa chance.

L'apparition de Michael et de Sophie sur le seuil du pavillon ramena la jeune femme à la réalité. Elle se dépêcha de sortir de la voiture et de monter sur la banquette arrière pour laisser sa place à la vieille dame.

— Merci, Claire, dit cette dernière en s'asseyant à l'avant, et joyeux Noël !

— Joyeux Noël à vous aussi ! Mais où est Angela ?

— Elle attend l'arrivée des invités avec papa, répondit Michael avant de s'installer au volant et de mettre le contact.

— Elle a beaucoup aidé aux préparatifs de la fête, observa Sophie. Je la trouve moins renfermée, depuis quelques jours... Si elle restait dormir chez nous ce soir, Mikush ? Cela lui permettrait de passer un peu de temps avec son grand-père avant qu'il ne reparte à la maison de santé.

Michael accepta, et la vieille dame se tourna vers Claire.

— Vous savez sûrement ce que mon fils compte m'offrir, déclara-t-elle, mais moi, je n'en ai aucune idée ! C'est la première fois de ma vie que je dois me déplacer pour recevoir un cadeau de Noël.

— Je vous jure que je l'ignore moi aussi ! s'écria la jeune femme en riant.

Cette nouvelle parut augmenter encore l'excitation de Sophie, qui ne cessa ensuite de parler tout le long du trajet. Claire l'écouta cependant d'une oreille de plus en plus distraite, car, au vu de l'itinéraire qu'ils suivaient, elle avait deviné où ils allaient et appréhendait la réaction de la vieille dame.

Certes, on ne pouvait rêver cadeau de Noël plus généreux, mais si Sophie ne l'aimait pas ? Si Michael, une fois de plus, cherchait à lui forcer la main ?

La jeune femme avait deviné juste : au bout de dix minutes à peine, la voiture s'arrêta devant la maison qu'elle avait visitée avec Michael. Toutes les lumières étaient allumées à l'intérieur, et une couronne enrubannée ornait la porte d'entrée.

— Pourquoi m'amènes-tu ici ? demanda Sophie à son fils lorsqu'ils furent descendus de la Jaguar. Je ne connais personne dans cette rue.

— Ça viendra peut-être, se borna à répondre Michael en la guidant vers le perron.

Quand il eut ouvert et que Claire pénétra dans la salle de séjour, elle n'en crut pas ses yeux : les carreaux manquants avaient été remplacés et les murs repeints en blanc ivoire, il n'y avait plus un grain de poussière ni une toile d'araignée, et le plancher avait même été ciré. La pièce n'avait pas encore de meubles, mais un sapin de Noël couvert de boules et de guirlandes se dressait contre le mur du fond.

— Qu'en penses-tu, maman ? questionna Michael.

— C'est très joli. Ça ressemble à notre maison.

— J'étais certain que tu dirais ça ! s'exclama-t-il avec un sourire triomphant. En plus, le quartier est sûr... Tu aimerais vivre ici ?

— Oui, si les autres pièces sont à l'image de celle-ci et si la cuisine est agréable, déclara Sophie en regardant autour d'elle d'un air perplexe.

— Ce pavillon est à vendre, maman.

— Ah! je vois que tu ne m'as pas attendue pour commencer à prospecter... Mais je ne t'en veux pas : même une vieille entêtée comme moi est bien obligée d'admettre que cette maison est parfaite. Je vais finir de la visiter, et si le reste est aussi bien, il faudra négocier le prix avec l'agent immobilier. Ton père et moi, nous n'avons pas beaucoup d'économies, mais si ce n'est pas trop cher...

Pendant que sa mère parlait, Michael était allé chercher sous le sapin une petite boîte, qu'il lui tendit alors.

— Tu as donc oublié que c'était Noël et que je t'emmenais pour t'offrir ton cadeau ? observa-t-il.

— Non, mais...

Les sourcils froncés, Sophie ouvrit la boîte. Il n'y avait qu'une feuille de papier dedans, et, levant la tête, elle interrogea son fils du regard.

— C'est le titre de propriété de la maison, expliqua Michael. Il est établi à ton nom et à celui de papa.

— Tu as acheté cette maison ?

Claire retint son souffle et pria le ciel que la vieille dame accepte. Pour l'instant, elle semblait partagée entre l'incrédulité, la joie et l'inquiétude.

— Je t'avais interdit de dépenser ton argent pour nous, Mikush ! reprit-elle.

— C'est un cadeau, maman, et tu m'as appris que les règles de la politesse interdisaient de refuser un cadeau.

— Mikush, je..., commença Sophie.

Sa voix s'étrangla, et elle se mit à pleurer, mais elle souriait à travers ses larmes.

Emue et soulagée, Claire se tint un peu en retrait pendant que Michael montrait à sa mère le reste du pavillon.

— Il y a beaucoup de travaux à faire, admit-il. La salle de séjour est la seule pièce que nous avons eu le temps de rénover, mais ce n'est peut-être pas plus mal, parce que tu pourras ainsi choisir toi-même le papier peint des chambres et des choses comme ça.

A un moment où Sophie inspectait l'intérieur d'un placard de la salle à manger, Claire attira Michael dans la salle de séjour et lui murmura :

— Qui est ce « nous » ? Angela et vous ?

— Non, Nick Persecki et moi. J'ai décidé de l'embaucher. Il se débrouille très bien avec une cireuse... à condition d'être constamment sur son dos.

La jeune femme en demeura sans voix.

— Je me suis dit que je travaillerais ici avec lui pendant les congés de fin d'année, continua Michael, et qu'ensuite je demanderais à l'entrepreneur de l'engager comme manœuvre. Cela permettra à Nick d'acquérir une expérience professionnelle dont il pourra se prévaloir quand il cherchera un autre emploi.

— Eh bien, fit Claire, épatée, vous n'avez pas perdu de temps, depuis mon départ pour le Nebraska !

— C'est vrai, je déborde d'énergie, tout d'un coup. J'ai longtemps tourné en rond, mais maintenant je me sens revivre, et j'ai décidé de réaliser enfin quelques-uns de mes projets.

Il marqua une petite pause, puis reprit :

— J'ai aussi appelé un membre de la Chambre des représentants que je connais, un certain Gordon Lyle. Il mène une campagne contre l'alcool au volant, et il a suggéré que Nick effectue ses heures de travaux d'intérêt général dans une clinique où l'on rééduque des gens victimes de graves accidents de la route. Je vous donnerai tous les détails après les vacances, et vous me direz si vous êtes d'accord, mais je pense que le juge

Galen approuvera cette idée, surtout si Lyle écrit une lettre de recommandation.

— Bien !

Ce fut tout ce que Claire parvint à articuler tant elle était surprise.

— Je suis impatiente d'amener Mike ici ! s'écria alors Sophie en les rejoignant. J'ai jeté un coup d'œil dans le jardin de derrière, et il y a, au milieu, un grand arbre sous lequel il pourra s'asseoir l'été.

Claire et Michael échangèrent un sourire. Ils voyaient déjà la vieille dame installée dans la maison et l'imprégnant de cette atmosphère d'amour et de joie qu'elle avait le don de créer autour d'elle.

12.

Quelques heures plus tard, alors que la fête battait son plein chez les Chalinski, Sophie s'approcha de son fils, qui se tenait avec Claire au pied de l'escalier.

— Tu as bien combiné ton coup, en m'achetant ce pavillon pour Noël, lui déclara-t-elle sur un ton espiègle, mais qu'aurais-tu fait s'il ne m'avait pas plu?

— J'ai pensé que ce serait de toute façon un bon investissement. Si tu n'en avais pas voulu, je l'aurais revendu une fois les travaux terminés, et entre-temps, je t'aurais emmenée visiter des maisons jusqu'à ce que tu en trouves une à ton goût.

— Que vous avais-je dit, Claire? s'écria la vieille dame. Quand un Chalinski a une idée dans la tête...

Elle éclata de rire, puis s'éloigna de son pas encore un peu boitillant, laissant Michael et Claire de nouveau seuls ensemble.

Depuis le début de la soirée, Michael ne pouvait détacher ses yeux de la jeune femme. Il n'avait cessé de la regarder pendant qu'elle serrait des mains, passait des plats, remplissait des verres...

Elle était si belle! Si la barrette ornée de grelots

qui attachait sa queue-de-cheval ne le ravissait pas, il aimait en revanche le petit flocon de neige en cristal qu'elle portait au cou et qui étincelait à chacun de ses mouvements, ainsi que le pantalon de velours noir qui moulait ses formes pleines et qui, en réplique à ses cheveux de jais, offrait un contraste magnifique avec le satin blanc de sa tunique.

Le noir et le blanc, le jour et la nuit, le feu et la glace, le yin et le yang...

L'homme et la femme.

Mais que lui arrivait-il donc ? songea Michael. Depuis quand son esprit entraîné à se concentrer sur les faits se laissait-il aller à de telles envolées lyriques ?

La réponse lui vint tout de suite : depuis ce jour lointain où il avait rencontré Claire dans la bibliothèque de Haynes, Collingwood & Crofts, et où elle lui avait immédiatement inspiré un désir comme il n'en avait encore jamais éprouvé pour aucune femme. Il avait lutté contre ce désir, tenté de le nier, et puis, contraint de se rendre à l'évidence, essayé de le maîtriser. Mais il le sentait toujours couver sous la surface, prêt à échapper à son contrôle.

En ce moment même, par exemple, il mourait d'envie de glisser la main sous la tunique de Claire et de caresser sa peau, qu'il imaginait aussi blanche et douce que le satin du vêtement. Se méfiant de lui-même, il s'était jusque-là efforcé d'éviter tout tête-à-tête avec la jeune femme, mais elle l'avait rejoint quelques minutes plus tôt pour engager la conversation. Comment aurait-il pu se dérober sans paraître grossier ?

Par bonheur, John Persecki s'arrêta alors près d'eux.

— J'ai déjà remercié Michael de l'aide qu'il avait apportée à Nick, dit-il à Claire, mais je voulais vous remercier vous aussi.

— Je n'ai fait que mon travail, déclara-t-elle en souriant. Et vous, de votre côté, vous avez accompli des miracles : avec ses cheveux courts, Nick est complètement transformé !

— Oui, il est beau, n'est-ce pas ? observa John, rayonnant de fierté. Mais c'est à Michael, pas à moi, que revient le mérite de l'avoir persuadé de renoncer à ses cheveux longs.

— Ah oui ? fit Claire en couvant l'intéressé d'un regard admiratif.

Michael se sentit gêné. Il aurait préféré qu'elle ne le fixe pas de cet air confiant, comme si elle lui attribuait tout ce qui se passait de bon dans le monde.

Qu'Angela compte sur lui pour l'aimer et la protéger, c'était dans l'ordre des choses, mais Claire ? Après avoir failli à son devoir envers Mary Jo, il craignait de ne pouvoir rendre une autre femme heureuse.

— Je n'ai aucun mérite, indiqua-t-il. Je me suis juste dit que Nick devait être à son avantage quand je le présenterais à l'entrepreneur, et aussi quand il comparaîtrait devant le juge. L'idée de se faire couper les cheveux ne lui plaisait pas tellement, alors je l'ai installé de force dans ma voiture et je l'ai emmené chez le coiffeur.

En réalité, Nick lui avait opposé une résistance farouche, mais à quoi bon ennuyer John en le précisant ? Le fait que Nick ait accepté de venir à cette fête au lieu d'aller traîner dans les bars était d'ailleurs encourageant.

— Je vais vérifier si votre père n'a besoin de rien,

Michael, annonça Claire. J'ai promis à votre mère de m'occuper de lui, pour qu'elle profite pleinement de ses amis.

Le fauteuil roulant avait été placé à l'entrée de la salle de séjour afin de permettre à l'invalide de voir ce qui se passait tout en restant à l'écart de la cohue.

Michael trouvait son père moins apathique, ce soir. Lorsqu'il était allé lui raconter la visite de la nouvelle maison, il lui avait semblé qu'une étincelle s'allumait dans ses yeux.

Le cœur serré d'émotion, il regarda Claire se pencher sur le vieil homme et lui parler doucement. Comme il déplorait que la jeune femme ne l'ait pas connu avant son attaque ! Tous deux auraient aussitôt sympathisé...

Les invités partirent une heure plus tard, mais Sophie demanda à Claire de rester. La jeune femme qui attendait le moment de distribuer ses cadeaux en privé, alla chercher dans l'entrée le grand sac qu'elle avait déposé en arrivant.

Il y avait un foulard de soie pour Sophie, un abonnement d'un an à la revue *Nature* pour le père de Michael et un livre pour Angela. Quand l'adolescente en découvrit le titre, elle poussa un cri de joie.

— *Les Hauts de Hurlevent* ! Merci, Claire ! J'adore les sœurs Brontë ! Mais comment l'avez-vous deviné ?

— C'est tout simple : c'est à ton âge que j'ai découvert leurs romans.

— Leurs intrigues sont si romantiques ! s'écria Angela en serrant le livre sur son cœur. Tous ces personnages qui souffrent, c'est vraiment génial !

Michael leva les yeux au ciel. Il venait de renoncer définitivement à comprendre sa fille.

— Vous n'ouvrez pas votre cadeau ? lui demanda alors Claire.

Le paquet — une grande boîte enveloppée dans du papier doré — était en effet encore sur ses genoux, non déballé.

Lors de la réception de Noël organisée au bureau, il avait donné les truffes au chocolat à la jeune femme, mais sans rien recevoir en échange. Comme ses autres subordonnés lui avaient offert l'assortiment habituel de bouteilles de vin, de confiseries et de fleurs en pot, il s'était dit que c'était mieux comme ça : où aurait-il mis une énième azalée ?

Mais Claire lui avait acheté quelque chose, finalement... Et quand il ouvrit la boîte, il découvrit un cadeau qu'elle seule aurait pu choisir : une chemise bleu vif et une cravate ornée d'un motif à volutes où se mêlaient les couleurs les plus vives de l'arc-en-ciel, du violet au rouge en passant par le jaune. Des bretelles assorties à la cravate complétaient l'ensemble.

Michael n'avait jamais rien vu d'aussi choquant.

— Je voulais vous offrir quelque chose à porter au bureau, expliqua la jeune femme. Vous y êtes tout le temps.

— Merci, Claire, dit Michael en songeant qu'il préférerait mourir que de se montrer affublé de... ça, au bureau ou ailleurs.

Mais c'était Noël, et Claire avait l'air si contente de son idée de cadeau...

— Je vais tout de suite essayer la cravate, reprit-il, résistant à l'envie de refermer la boîte pour ne plus jamais la rouvrir.

— J'en étais sûre ! s'exclama la jeune femme quand il eut mis la cravate. Elle ira très bien avec votre costume anthracite. Vous n'êtes pas de cet avis ?

Avant que Michael n'ait eu le temps de répondre, une voix s'éleva, faible mais distincte.

— Mikush...

Toutes les têtes se tournèrent vers le vieil homme assis dans son fauteuil roulant. Il n'avait pas prononcé un seul mot intelligible depuis son attaque, et les médecins doutaient qu'il recouvrât un jour l'usage de la parole.

Une immense joie gonfla le cœur de Michael, mais il tenta de se calmer. Peut-être avait-il mal entendu ?

— Tu as dit quelque chose, papa ? demanda-t-il.

— Mikush..., répéta l'invalide, ses yeux noisette assombris par l'effort de concentration qu'il faisait. C'est... jo... li.

— Papa !

— Grand-père !

— Mike...

Sophie fut la première à sortir de l'inertie où les avait tous plongés la stupeur.

— Mike ! Je t'ai compris ! Je t'ai compris ! s'écria-t-elle en se précipitant vers son mari. Tu trouves que la cravate de ton fils est jolie !

Puis elle lui passa les bras autour du cou sans se préoccuper du fauteuil roulant que ce mouvement menaçait de renverser.

À 22 heures, Claire monta dans la chambre où elle avait déposé son manteau. Il était temps de partir. Sophie et Mike, épuisés par la confusion et l'excitation qui avaient suivi l'incroyable événement, buvaient une tisane dans la cuisine, et Angela s'était endormie sur le canapé de la salle de séjour.

— Claire ?

La jeune femme se retourna et vit la haute sil-houette de Michael se découper dans l'embrasure de la porte.

— J'arrive, dit-elle.

Quand elle s'approcha de lui, son manteau sur le bras, elle s'aperçut qu'il tenait un paquet à la main.

— Avec tout ça, j'ai oublié de vous donner votre cadeau, déclara-t-il.

— Mais vous m'en avez déjà donné un !

Cette protestation était de pure forme, car Claire ne considérait pas comme un véritable cadeau les truffes au chocolat que Michael lui avait offertes comme à toutes les collaboratrices du service. Elle y voyait même une marque d'indifférence, car un ami aurait pris la peine de lui choisir quelque chose de plus personnel.

— Comme j'ai attendu le dernier moment, j'ai eu peur qu'il n'ait été vendu, mais il était encore là, indiqua Michael en lui tendant le paquet.

Intriguée, la jeune femme posa son manteau et défit l'emballage.

— Le pull-over ! s'écria-t-elle.

Il s'agissait du chandail rouge orné d'un chat qu'elle avait admiré dans un magasin, le soir de novembre où Michael l'avait emmenée dîner au restaurant.

Ainsi, il s'était souvenu qu'elle aimait ce vête-ment ! Claire n'en revenait pas, et elle était encore plus étonnée que Michael le lui ait acheté, car il le trouvait certainement beaucoup trop excentrique à son goût.

— Je savais que ces boutons et ces moustaches vous amusaient, observa-t-il d'un ton dégagé.

213

Son visage grave démentait pourtant cette désinvolture, et la jeune femme sentit une puissante émotion la gagner.

— Merci, Michael, dit-elle en l'embrassant sur la
joue. Si je l'essayais tout de suite, pour que vous le
voyiez sur moi ?

— Euh... d'accord. Je sors le temps que vous
l'enfiliez, et ensuite je vous reconduis chez vous.

A sa voix un peu rauque, Claire devina qu'il était
troublé. Et comme il semblait encore une fois vouloir lutter contre son désir au lieu de s'y abandonner,
elle décida de mettre son projet à exécution et de
prendre l'initiative, au risque d'essuyer une rebuf-
fade.

— Je préfère l'essayer chez moi, finalement,
déclara-t-elle, et comme Angela dort ici ce soir, vous
aurez tout le temps de monter à mon appartement et
de me dire comment ce pull-over me va.

— Je ne crois pas que ce soit une bonne idée.

— Pourquoi ?

— Vous le savez aussi bien que moi. Quand nous
sommes seuls, je ne parviens pas à contrôler mes
pulsions, et si je monte à votre appartement, il est à
peu près certain que j'y resterai toute la nuit.

— C'est exactement ce que je souhaite.

— J'en ai envie moi aussi, mais dans la mesure
où il m'est impossible de m'engager sérieusement...
Je ne le peux plus, et peut-être ne le pourrai-je plus
jamais... Il faut que vous le sachiez.

— Je ne vous le demande pas, répliqua Claire
d'une voix ferme malgré la peur qui lui nouait l'estomac.

— Vous en auriez pourtant le droit. Vous n'êtes
pas le genre de femme à vous contenter d'une aventure sans lendemain.

214

— C'est à moi d'en juger.

Michael garda le silence, et Claire attendit anxieusement la réponse en l'observant. Elle vit une succession d'émotions passer sur son visage — de l'angoisse, de l'hésitation, de la passion —, puis il l'attira contre lui et murmura :

— J'ai envie de vous depuis trop longtemps... Il fallait bien que ce moment arrive un jour.

La débarrassant du pull-over, il l'aida à mettre son manteau, l'attrapa par la main et la guida vers l'escalier. Maintenant que sa décision était prise, il avait recouvré sa détermination habituelle.

Un frisson d'excitation secoua la jeune femme, tant elle était résolue à vivre intensément chaque moment d'intimité que Michael lui offrirait. Le sachant incapable d'en faire, elle n'avait exigé aucune promesse de Michael, mais une chose était sûre : jamais elle ne pourrait le considérer comme un simple amant de passage.

Ils quittèrent la maison presque comme des voleurs. Claire aurait voulu remercier Sophie, mais avant qu'elle n'ait eu le temps de le dire, Michael l'avait entraînée dehors et lui ouvrait la portière de la Jaguar.

Après s'être installé au volant, il se tourna vers elle et remarqua :

— Je crois que nous devrions d'abord chercher un drugstore ouvert.

— Ne vous inquiétez pas. Je me suis occupée de ça.

— Vous vous en êtes occupée ? s'écria-t-il en fronçant les sourcils.

— Oui. Vous n'êtes pas le seul à avoir élaboré des plans, ces derniers jours.

Michael démarra sans faire de commentaires, et la jeune femme sentit sa nervosité revenir. Trouvait-il choquant qu'elle ait acheté des préservatifs? Voyait-il là le signe d'un manque total de pudeur et de sens moral? Cette idée n'aurait certainement pas effleuré Mary Jo... Et pour commencer, Mary Jo n'aurait jamais invité un homme à passer la nuit chez elle.

Les doutes de Claire se dissipèrent cependant dès qu'elle eut introduit Michael dans son appartement, car à peine eurent-ils ôté leurs manteaux qu'il l'enlaça et l'embrassa avec un merveilleux mélange de fougue et de tendresse. D'un geste assuré, comme réglé à l'avance, il lui ôta sa barrette pour enfouir les doigts dans ses cheveux libérés.

Il la déshabilla ensuite, en s'arrêtant pour poser les lèvres sur chaque nouvelle partie du corps qu'il dénudait — le creux d'un coude, la courbe d'une épaule, la pointe dressée d'un sein.

Des ondes de volupté de plus en plus puissantes parcoururent Claire, et quand Michael enleva à son tour ses vêtements, elle lui rendit fougueusement ses caresses.

Peau contre peau, possédés tous les deux par une fièvre grandissante, ils semblaient aussi peu disposés l'un que l'autre à rompre leur étreinte, ne serait-ce qu'une minute, mais Michael finit par soulever la jeune femme dans ses bras et la porter jusqu'à la chambre.

Là, il l'étendit sur le lit et s'allongea près d'elle. Leurs bouches s'unirent de nouveau dans un baiser passionné, tandis que leurs mains se faisaient plus impatientes, plus hardies.

Lorsque leur désir exigea la fusion de leurs corps.

Michael s'écarta un instant de Claire et tendit le bras vers la boîte de préservatifs posée sur la table de chevet. La jeune femme attendit, palpitante, habitée par un besoin presque douloureux de sentir en elle l'homme qu'elle aimait.

— Claire..., chuchota-t-il au moment où il la pénétrait.

A la faible lumière qui montait de la rue et filtrait à travers les volets entrouverts, elle vit Michael scruter son visage. Leurs regards se croisèrent, et la jeune femme eut le sentiment d'être aspirée dans celui de son compagnon. Soudain, ce n'était plus seulement leurs corps qui se fondaient l'un dans l'autre, mais leurs êtres tout entiers.

Et quand, ensemble, ils atteignirent le paroxysme du plaisir, Michael cria le nom de Claire, encore et encore.

La conscience de l'endroit où il se trouvait et le souvenir de la nuit précédente revinrent à Michael dès qu'il ouvrit les yeux : Claire était lovée contre lui et le regardait en souriant.

— Tu émerges enfin ? lui dit-elle d'un ton espiègle, ses yeux noirs plus brillants que jamais dans la pénombre de la chambre. Il est tard, et je serais bien allée préparer le petit déjeuner, mais j'avais peur de te réveiller.

— Allons-y ensemble ! s'écria-t-il gaiement. Je meurs de faim !

Claire enfila le haut du grand pyjama d'homme qu'elle portait d'habitude pour dormir et prêta le bas à Michael, puis, main dans la main, ils se rendirent dans la cuisine.

Tandis que Michael s'occupait du café et des toasts, la jeune femme prépara des œufs au bacon.

Quand tout fut prêt, Claire avisa la dizaine de tranches de pain grillé empilées sur une assiette.

— Tu as effectivement faim ! s'exclama-t-elle en riant. Faire l'amour te donne toujours autant d'appétit ?

A peine eut-elle prononcé ces mots qu'elle les regretta, car une ombre passa sur le visage de son compagnon.

— Sans doute, répondit-il d'une voix mal assurée. Je n'y ai jamais réfléchi... Et toi ?

— Ça ne m'arrive pas assez souvent pour me permettre de dresser des statistiques, avoua-t-elle, les joues un peu rouges.

— Ah !

Pourquoi cette gêne entre eux alors qu'ils venaient de nouer les liens les plus intimes qui pouvaient unir deux personnes ? pensa la jeune femme en s'asseyant en face de Michael.

— Eh bien, bon appétit ! reprit-elle pour meubler le silence pesant qui s'était installé dans la pièce. Il paraît que tout ce qu'on ingurgite le matin ne donne jamais de kilos superflus, alors profitons-en !

— Claire..., déclara Michael en posant la main sur la sienne. Tu n'as aucune raison de te sentir mal à l'aise. Tu m'as donné cette nuit autant de plaisir que j'espère t'en avoir donné. J'étais très nerveux, avant, autant l'admettre.

— Pourquoi ?

— Je craignais de te décevoir.

— Jamais tu ne me décevras, Michael ! D'ailleurs, j'étais nerveuse, moi aussi. J'avais peur que tu ne me trouves pas assez sexy.

218

— Pas assez sexy? s'exclama-t-il. Mais que serais-je devenu si tu l'avais été plus encore?

Ses yeux pétillaient de malice, et la jeune femme, soulagée de le sentir de nouveau gai et détendu, observa d'un ton enjoué :

— Nous étions donc inquiets tous les deux, mais cela ne nous a pas empêchés de vivre des moments fabuleux... Et à ce propos, où as-tu appris à faire aussi bien l'amour?

Le visage de Michael s'empourpra, et Claire fut émue de voir rougir comme un adolescent cet homme qu'elle jugeait autrefois froid et inaccessible.

— Arrête de me taquiner! s'écria-t-il avec un sourire mi-amusé, mi-embarrassé. Je me suis juste rappelé certaines choses qu'aimait Mary Jo...

Il s'interrompit brusquement tandis que la jeune femme, en face de lui, se figeait.

Ils étaient soudain trois dans la pièce.

— Excuse-moi! déclara aussitôt Michael. Je voulais seulement dire que...

— Inutile de m'expliquer, j'ai très bien compris, le coupa Claire en dégageant sa main de la sienne. Ainsi, tu pensais à Mary Jo, hier soir? C'était elle que tu imaginais dans tes bras?

— Je te jure que non! Je ne pensais qu'à toi.

— Alors pourquoi son nom te vient-il aux lèvres ce matin?

— Je... je ne sais pas trop, bredouilla Michael. Peut-être parce que c'est la seule femme avec qui j'ai fait l'amour avant toi. Peut-être aussi parce qu'elle a partagé ma vie pendant si longtemps que, d'une certaine façon, elle y aura toujours une place. Mais j'aurais dû me taire. C'était maladroit et cruel de...

— Non, comme ça, au moins, les choses sont claires ! Mary Jo était parfaite, mais comme elle n'est plus là, tu te rabats sur moi. Je ne suis qu'une remplaçante, un pis-aller !

Bien qu'aveuglée par sa colère et son amertume, la jeune femme espérait que Michael protesterait. Il se tut cependant, et, plus furieuse que jamais, elle se leva pour jeter dans la poubelle le reste de ses œufs au bacon qui, à présent, lui donnaient la nausée.

Quand elle retourna à la table, ce fut pour constater que Michael la fixait d'un air interrogateur.

— Pourquoi dis-tu que Mary Jo était parfaite ? demanda-t-il.

— Parce que c'est le qualificatif que tu emploies toujours pour la décrire. Autant dire que je ne lui arrive pas à la cheville. Je suis juste cette femme bavarde et envahissante qui, pour ton malheur, s'est entichée de toi, t'a poursuivi de ses assiduités et t'a finalement attiré dans son lit, invitation que ta galanterie t'empêchait de refuser.

— Claire...

— Et tu as raison : je ne suis pas parfaite. Je suis un être de chair et de sang, qui parle trop et qui exige trop des autres... Mary Jo a sur moi l'avantage d'être morte : il t'est facile de l'idéaliser. Comment pourrait-elle commettre la moindre faute ? Elle n'est plus là pour en faire !

La jeune femme vit une expression douloureuse se peindre sur les traits de son interlocuteur, mais elle souffrait trop elle-même pour en tenir compte.

— Et tu sais quoi, Michael ? Tu te sens coupable envers Mary Jo à cause de cette promesse à laquelle tu as manqué, mais tes regrets en disent beaucoup plus long sur ton orgueil que sur ton amour pour Mary Jo !

Les mâchoires de Michael se contractèrent.

— Tu as fini ? demanda-t-il.

— Oui.

— Alors je m'en vais. Il faut que j'aille chercher Angela. Mon père ne repart que ce soir à la maison de santé, et ma mère aura encore beaucoup de travail aujourd'hui.

Malgré la lueur de colère qui brillait dans ses yeux, il avait parlé sur un ton calme, comme s'il était juste en train d'expliquer un point de droit compliqué.

Claire commença à débarrasser la table. Ses mains tremblaient, mais ce fut d'une voix ferme qu'elle déclara :

— Je ne te retiens pas.

13.

Claire se sentait affreusement malheureuse. Dans les heures qui avaient suivi le départ de Michael, elle n'avait cessé de tourner et de retourner leur conversation dans sa tête. Cela ne lui avait apporté qu'un surcroît de chagrin, et elle s'était finalement décidée à sortir pour se changer les idées. Elle avait passé son après-midi en ville, mais il semblait soudain ne plus rien y avoir d'intéressant à faire dans tout Chicago.

Après avoir acheté chez un traiteur une bouteille de vin et quelques-uns de ses plats préférés, la jeune femme avait repris le bus pour rentrer chez elle.

Et maintenant elle se dirigeait vers son immeuble, la tête basse, le cœur lourd.

Ses sombres réflexions l'absorbaient tant qu'elle ne vit Michael, assis dans l'encoignure de la porte, qu'au dernier moment.

— Bonsoir ! murmura-t-il.

De surprise, Claire faillit lâcher ses paquets. Elle savait qu'ils se retrouveraient dans quelques jours au bureau, et elle avait même commencé à préparer ce qu'elle lui dirait alors — des mots neutres et polis qui leur permettraient de revenir à leurs anciennes relations de patron à subordonnée. Mais là, elle se sentait incapable de les prononcer. Il était trop tôt ; la douleur était encore trop vive.

L'étrange posture de Michael la frappa soudain : non seulement il était assis, mais il avait remonté les genoux sous le menton et passé les bras autour.

— Tu as froid ? demanda-t-elle.

Question stupide... Bien sûr qu'il avait froid ! La température avoisinait les moins dix degrés... La question qu'il aurait fallu lui poser, c'était : « Pourquoi es-tu revenu ? »

— Je suis gelé, répondit-il cependant. Je t'attends depuis deux bonnes heures.

— Pourquoi n'es-tu pas resté dans ta voiture ?

— Je ne voulais pas risquer de te manquer. Il faut que nous parlions.

— J'ai déjà trop parlé aujourd'hui, Michael, déclara Claire d'une voix étranglée. Je t'ai dit des choses blessantes, que je me suis reprochées toute la journée.

— Tu n'as pas de reproches à te faire. Tu as dit ce que tu pensais, et même si tes mots m'ont blessé, peut-être avais-je besoin de les entendre... Tu t'assieds avec moi une minute ?

— Euh... d'accord.

Posant ses paquets, la jeune femme s'installa à côté de Michael.

— Excuse-moi si je ne t'invite pas à monter te mettre au chaud, mais... mais je ne m'y sens pas encore prête.

— Ça n'a pas d'importance. Je désire juste que tu m'écoutes, et je n'en ai pas pour longtemps.

Michael marqua une pause, comme pour rassembler son courage, puis il reprit :

— D'abord, il est indéniable que tu es différente de Mary Jo...

— Différente... J'ai entendu ça toute ma vie ! s'écria Claire avec un petit rire amer.

— Non, laisse-moi continuer ! Dans ma bouche, c'est une simple constatation, nullement une critique... Ensuite, il est tout aussi indéniable que j'aimais Mary Jo. Tu l'as toujours su, et je ne peux pas t'en vouloir d'avoir cru que je te trouvais moins... attirante, parce que je me suis moi-même longtemps demandé comment une femme aussi différente d'elle pouvait m'inspirer autant de désir. Cela me perturbait ; j'avais l'impression de trahir Mary Jo. J'ai essayé de lutter contre ce désir, mais je n'y suis pas parvenu. Je n'avais jamais rien éprouvé d'aussi fort, et je me sentais donc doublement coupable envers Mary Jo, mais c'était injuste pour toi, je l'avoue.

Un frisson secoua les épaules de la jeune femme, aussitôt suivi d'une agréable sensation de chaleur.

— J'apprécie ton honnêteté, Michael, remarqua-t-elle, et c'est à mon tour de reconnaître mes torts : je manque de confiance en moi, mais j'aurais dû être capable d'accepter que tu évoques de temps en temps Mary Jo sans en ressentir du dépit. Ce matin était un moment particulièrement mal choisi pour le faire, mais j'ai réfléchi depuis, et je comprends maintenant comment tu en es venu à parler d'elle.

— Je ne voulais pas te blesser, Claire.

— Je le sais, et je regrette de t'avoir blessé en retour.

— Alors nous sommes quittes ! Il me reste cependant plusieurs choses à préciser. D'abord, tu avais raison en disant que j'idéalisais Mary Jo : nous nous entendions bien, mais notre mariage n'était pas parfait. Ensuite, tu avais également raison à propos de mon obsession de ne pas laisser le meurtrier de ma femme impuni : l'orgueil y joue en effet un grand rôle. Il me semble pourtant que s'y ajoutent des motivations plus nobles, comme le respect de la parole donnée et le sens de la justice, et si j'ai un jour la possibilité d'envoyer cet homme en prison, je n'hésiterai pas, crois-moi !

Une étincelle de colère brilla un instant dans les yeux de Michael, puis il reprit :

— Mais il ne faut pas non plus que ce problème occupe toutes mes pensées. Je dois accepter la mort de Mary Jo et m'autoriser à être heureux sans elle.

Claire eut l'impression qu'une digue se rompait en elle, libérant un flot de sentiments qui balayaient ses doutes sur elle-même et sa jalousie envers Mary Jo.

Si Michael souhaitait prendre un nouveau départ, elle devait l'y aider, mais sans lui demander de rayer de sa mémoire une femme qui faisait partie intégrante de l'homme qu'il était aujourd'hui.

— Voilà ce que j'étais venu t'expliquer, conclut-il en se levant.

Tout en l'imitant, Claire songea qu'il avait omis de parler de la façon dont il envisageait leurs futures relations. Y avait-il une place pour elle dans sa vie ? Et si oui, laquelle ?

Comme s'il avait deviné ce qui la préoccupait, Michael annonça alors :

— J'ai une dernière chose à te dire. C'est la plus importante, mais je désirais d'abord être sûr que tout était bien clair entre nous.

Il lui prit la main, hésita quelques secondes, puis déclara d'une voix grave :

— Ce que je voulais te dire, c'est... c'est que je t'aime.

Une onde de joie submergea la jeune femme, et des larmes de bonheur se mirent à couler de ses yeux, traçant un sillon brûlant sur ses joues glacées.

— Je t'aime moi aussi, Michael, murmura-t-elle, émerveillée de pouvoir enfin lui faire cet aveu sans craindre d'être repoussée.

D'un geste tendre, il l'enlaça, et elle se blottit contre lui.

— Je te préviens que je ne suis pas toujours facile à vivre, lui chuchota-t-il à l'oreille.

— Je le sais, mais je suis prête à relever le défi.

— Et j'ai peur, Claire... Si un jour je devais te perdre, je crois que je ne le supporterais pas.

— Ça n'arrivera pas, Michael, je te le promets !

Les jours suivants comptèrent parmi les plus heureux dans la vie de Michael. Un soir, il eut avec Angela une grande conversation, pendant laquelle l'adolescente lui annonça qu'elle envisageait de révéler au directeur ce qui s'était réellement passé concernant le vol du sujet de contrôle. Ce pénible incident et ses conséquences paraissaient avoir fait mûrir sa fille d'un coup, nota intérieurement Michael. Ils l'avaient en tout cas beaucoup rapprochée de lui.

Claire passait presque toutes ses journées avec eux, et ensemble ils lisaient, discutaient, cuisinaient, regardaient des cassettes vidéo... Michael se surprenait à rire de plus en plus souvent ; il lui semblait avoir plus ri en quelques jours que pendant les trente-cinq années précédentes.

Un autre soir, Claire l'emmena danser dans une boîte de jazz. Elle s'était habillée pour la circonstance d'un fourreau de satin noir et d'un énorme boa de plumes rouges. Ensuite, elle l'invita à monter à son appartement et, trop impatients pour attendre d'être dans la chambre, ils firent l'amour sur le tapis de la salle de séjour.

Le lendemain, ils étaient en train de préparer le dîner avec Angela lorsque le téléphone sonna. Michael alla répondre. C'était Gordon Lyle.

— Vous avez passé un bon Noël? demanda le député.

— Merveilleux! Et vous?

— Moi aussi, merci. Je vous appelle à propos de ce garçon que vous voulez aider... Excusez-moi, j'ai oublié son nom.

— Nick Persecki?

— Oui, c'est ça. Je suis allé hier à la clinique dont je vous ai parlé, et tout est arrangé. De plus, en échange du service que vous m'avez rendu il y a quelques semaines, je vais venir à Chicago et expliquer moi-même au juge le profit que peut tirer Nick de cette expérience. Il s'occupera là-bas de gens dont beaucoup ont été grièvement blessés dans des accidents causés par des conducteurs ivres. Ce sera dur pour lui, mais plein d'enseignements.

— Merci beaucoup, Gordon!

— De rien! Tiens, à propos, j'ai rencontré dans cette clinique un de vos vieux amis, un certain Chester Marlowe. Vous vous souvenez de lui?

Oui, Michael se souvenait de Chester. C'était un de ses camarades d'université, un garçon brillant et doté de grandes qualités humaines.

— Je me rappelle très bien de lui, répondit-il, mais je croyais qu'il vivait dans le Maryland?

— Il enseigne maintenant à la faculté de droit de Chicago, et il faisait visiter la clinique à un groupe d'étudiants. Il est en train de créer dans son université un atelier où les jeunes qui se destinent au barreau représentent de vrais clients sous la responsabilité d'un professionnel.

Michael hocha la tête. Il connaissait ce genre d'atelier.

— Nous avons bavardé ensemble, continua Gordon, et l'un de nous deux, je ne sais plus lequel, a mentionné votre nom. Nous avons alors parlé de vous, et Marlowe m'a dit qu'il vous téléphonerait, parce qu'il a besoin d'un homme expérimenté comme vous pour diriger cet atelier. Je doute cependant que vous ayez envie de changer de travail...

En réalité, l'idée de se consacrer entièrement à la formation de futurs avocats séduisait Michael, mais Gordon avait raison : il aurait fallu être fou pour quitter le cabinet Haynes, Collingwood & Crofts, où il gagnait beaucoup d'argent et allait très bientôt atteindre le sommet de la hiérarchie.

— Mon travail actuel présente en effet de nombreux avantages, déclara-t-il.

— Ne vous inquiétez pas : j'ai déjà prévenu Marlowe que vous refuseriez sûrement son offre. Quand vous l'aurez au bout du fil, transmettez-lui tout de même mon bon souvenir. Il habite dans ma circonscription...

— Je n'y manquerai pas.

Songeur, Michael raccrocha. Il resta un instant à fixer Claire, qui installait le dîner sur un plateau en chantonnant. S'il lui apprenait qu'il avait à choisir entre un poste d'associé au cabinet et un emploi à l'université, que lui conseillerait-elle de faire ? Sans

doute de prendre la direction de cet atelier de formation... Cette pensée le troubla, et il s'efforça de la
chasser : comment pourrait-il renoncer à ses ambitions au moment précis où elles se réalisaient ?

Quelqu'un sonna alors à la porte, et Michael alla
ouvrir. Il s'agissait de Nick Persecki.

— Je suis venu chercher mon fric, annonça-t-il
tout à trac.

— Ah oui ! Entre...

Michael avait oublié que Nick devait passer ce
soir pour être payé de ses heures de travail. Pendant
qu'il établissait le chèque sur la table du vestibule,
Claire sortit de la cuisine.

— Bonsoir, Nick ! s'écria-t-elle. Nous nous
apprêtons à dîner en regardant la cassette de *Quatre
Mariages et un enterrement*. Tu veux te joindre à
nous ?

— Ce film à l'eau de rose avec Hugh Grant ?
Vous rigolez ! De toute façon, maman m'attend pour
dîner.

— Tiens ! déclara Michael en tendant le chèque à
Nick.

Le visage renfrogné de ce dernier s'éclaira à la
vue du montant inscrit.

— Alors, Nick, à quoi vas-tu utiliser cet argent ?
demanda Claire.

— D'abord à retaper ma vieille bagnole.

— Et ensuite ?

L'air gêné, Nick garda le silence.

— Allez, dis-le-nous ! insista la jeune femme.

— D'accord, mais surtout n'en faites pas tout un
plat, comme maman et John... Je compte suivre des
cours du soir pour obtenir mon C.A.P. d'électricien,
et ce chèque couvrira les frais d'inscription.

230

Sentant Claire prête à pousser des ho! et des ha! Michael lui lança un regard de mise en garde et approuva sur un ton désinvolte :

— Bonne idée! Il y a toujours du travail dans ce secteur.

— C'est ce que j'ai pensé, grommela Nick. Bon, faut que je file, maintenant!

Dès que la porte se fut refermée sur lui, Claire se jeta au cou de Michael.

— Je suis si contente pour lui! s'exclama-t-elle.

— Nick nous a demandé de ne pas en faire tout un plat, mais tu ne peux évidemment pas t'en empêcher, déclara Michael en riant.

— Tu ne te rends donc pas compte que grâce à toi...

— Il avait juste besoin que quelqu'un lui donne sa chance, coupa-t-il.

En son for intérieur, il n'en était pas moins profondément heureux d'avoir été ce quelqu'un.

Au lieu de retourner au bureau après les vacances, Michael fit une chose qu'il n'avait pas faite depuis des années : il prit quelques jours de congé pour convenance personnelle. Seule Claire savait que c'était afin d'étudier les différentes méthodes de rééducation désormais accessibles à son père.

En l'absence de son chef de service, Claire fut convoquée par George Fanal. Comme cela pouvait aussi bien annoncer une augmentation qu'un licenciement, l'appréhension gagna la jeune femme.

La cordialité avec laquelle il l'accueillit ne la rassura nullement : la rumeur courait dans la société que plus un associé était poli avec un collaborateur,

plus celui-ci avait de chances de se retrouver au chô-
mage.

Quand Fanal l'eut introduite dans son bureau,
Claire vit qu'il avait un visiteur — un homme d'une
soixantaine d'années aux cheveux gris, impeccablement coiffé et habillé, et dont le visage arborait une
expression affable.

— Monsieur le sénateur, déclara Fanal, voici
Me Claire Logan, la personne dont nous parlions à
l'instant... Maître Logan, je vous présente M. le
sénateur Beske. Il a besoin d'un avocat, et son choix
s'est porté sur vous.

Fanal avait l'air ravi. Claire, quant à elle, ne se
sentait plus de joie : rien n'était meilleur pour son
avenir au sein du cabinet que d'y attirer un nouveau
client — et surtout un client comme celui-là !

— Puis-je savoir qui m'a recommandée à vous ?
demanda-t-elle d'un ton faussement désinvolte en
serrant la main au sénateur.

— Edward Halmeyer. C'est un de mes amis, et il
m'a raconté que vous aviez mené pour lui un coura-
geux combat contre la mairie de Chicago. Je joue
aussi au golf avec le juge Kurtz, pour qui vous avez
travaillé et qui m'a dit le plus grand bien de vous.

Claire rougit de plaisir. Fanal lui indiqua alors un
siège, puis alla se rasseoir derrière son bureau.

Il n'avait pas assez confiance en elle pour la laisser s'occuper seule de ce nouveau client important,
pensa la jeune femme, mais c'était au fond assez
normal.

— Je vous écoute, monsieur le sénateur, indiqua-
t-elle après avoir posé son bloc-notes sur ses genoux.

— Je fais appel à vous parce que j'ai décidé hier
soir de changer d'avocat, expliqua tranquillemen

Beske. Je suis sous le coup d'une inculpation de conduite en état d'ivresse complètement injustifiée, et figurez-vous que mon avocat — enfin, mon ex-avocat — m'a conseillé de plaider coupable !

Ses traits s'étaient durcis, et il y avait maintenant de l'âpreté dans sa voix.

— Si je reconnaissais avoir conduit en état d'ivresse pendant une période de session parlementaire, ce qui en plus est faux, vous vous imaginez les conséquences que cela aurait pour ma carrière ? poursuivit-il. Cet avocat est un crétin ! Il appartient pourtant à l'un des cabinets les plus réputés de Chicago.

Si Claire avait craint de ne pas être à la hauteur de sa tâche, l'exposé de Beske lui aurait enlevé tous ses doutes : à l'occasion de l'affaire Persecki, Michael lui avait appris tout ce qu'il y avait à savoir sur la façon de traiter ce genre de dossier.

— Vous avez provoqué un accident ? demanda-t-elle au sénateur.

— Non. Je rentrais de Springfield, j'étais fatigué et j'ai perdu le contrôle de ma voiture. Je suis juste allé dans le fossé, mais comme il n'y avait pas de brouillard et que la chaussée était sèche, deux policiers qui passaient par là ont trouvé malin de faire du zèle.

— Vous vous êtes endormi au volant ?

— Bien sûr que non !

C'était bizarre, songea Claire. S'il n'avait pas bu et ne s'était pas endormi, pourquoi sa voiture avait-elle quitté la route ? Si cela s'expliquait par des problèmes de santé ou des ennuis mécaniques, Beske n'aurait pas manqué de le préciser...

Par acquit de conscience, elle l'interrogea sur ces deux points, et il répondit négativement chaque fois.

— On ne perd pas le contrôle de son véhicule sans raison, remarqua-t-elle. Serait-ce pour cela que votre ex-avocat vous a demandé de plaider coupable?

— Si M. le sénateur dit qu'il n'avait pas bu, c'est qu'il n'avait pas bu! intervint Fanal d'un ton sec.

La jeune femme regarda Beske droit dans les yeux et déclara:

— Vous êtes mon client, et j'accepte donc votre version des faits. Vous devez cependant comprendre que, lors du procès, il sera dans votre intérêt de fournir au jury la cause précise de cet accident.

— Oui, évidemment..., grommela le sénateur d'un air un peu gêné, mais cette cause, je vous l'ai déjà donnée: j'étais fatigué.

« Honteux d'admettre qu'il s'est endormi au volant? » écrivit Claire sur son bloc-notes.

— J'imagine qu'on a contrôlé votre alcoolémie...

Il l'interrompit.

— Eh bien, là est tout le problème, maître... enfin, Claire, si vous m'autorisez à vous appeler par votre prénom...

— Naturellement!

— Alors voilà: le test a révélé un taux de un gramme deux — ce qui est très élevé, je le sais. Mais je l'ai subi quatre heures plus tard.

— Comment est-ce possible?

— Les policiers qui m'ont trouvé dans le fossé ont oublié de me soumettre à l'alcootest avant de me laisser repartir. Je suis donc rentré chez moi et, comme j'étais secoué, j'ai bu quelques verres pour me remettre d'aplomb. Et puis ces deux mêmes policiers ont sonné à ma porte et m'ont demandé de souffler dans le ballon. Je leur ai dit que j'avais bu entre-temps, mais ils n'ont rien voulu entendre. Mon alcoolémie dépassait évidemment le taux autorisé au volant, et ils ont dressé un procès-verbal. C'est scandaleux, non ?

— Etrange, en tout cas, mais c'est aussi à votre avantage : la procédure normale n'ayant pas été respectée, nous ne devrions pas avoir de mal à faire admettre la nullité de cet alcootest.

— Vous réussirez à me disculper, alors ?

Claire prit le temps de réfléchir avant de répondre.

« Ne promettez jamais à un client que vous lui gagnerez son procès, ne cessait de répéter Michael aux collaborateurs. Il est impossible de savoir à l'avance comment une affaire tournera. »

Michael... Il serait tellement content que le sénateur Beske l'ait choisie pour le défendre ! Elle brûlait de le lui apprendre.

— Nous avons des atouts dans notre jeu, déclara prudemment la jeune femme.

— Voilà exactement ce que j'avais envie d'entendre ! s'écria Beske. Mon idiot d'ex-avocat, lui, n'arrêtait pas de me dire que les choses se présentaient mal pour moi... Mais le procès aura lieu dans trois semaines... Serez-vous prête ?

— Je vais me mettre tout de suite au travail.

— Si vous avez besoin d'aide, Claire, intervint Fanal, n'hésitez pas à en demander. J'expliquerai également la situation à Michael dès son retour, et il vous déchargera si nécessaire de tous les autres dossiers dont vous vous occupez en ce moment.

— Inutile, je saurai m'organiser.

Puis comme Beske se levait pour prendre congé, elle lui serra la main en ajoutant :

— Nous nous reverrons très bientôt, car j'ai

encore beaucoup de questions à vous poser — sur la chronologie précise des faits et la présence d'éventuels témoins, notamment.

— Vous pouvez compter sur mon entière collaboration, déclara le sénateur. Je suis ravi d'avoir enfin un avocat que les difficultés n'effraient pas.

Une fois de retour dans son bureau, Claire chargea un des assistants juridiques du service de se renseigner sur le casier judiciaire de Beske, puis elle se rendit au commissariat afin d'interroger les deux policiers dont lui avait parlé le sénateur.

Et quelle ne fut pas sa surprise de constater que leurs témoignages ne concordaient pas du tout !

— Il avait trop bu, affirma le premier — un certain Kyle. Il n'était pas complètement ivre, mais je l'ai soumis sur les lieux au test de sobriété habituel, et il n'a pas pu toucher son nez du doigt les yeux fermés.

— Peut-être s'était-il endormi au volant et se sentait-il encore un peu engourdi ? remarqua la jeune femme.

— Non, ça ne suffit pas à expliquer son état, répondit Kyle.

— Je ne suis pas de cet avis ! intervint son collègue, l'agent Landford. Pour moi, il était mal réveillé, point à la ligne !

Claire nota ces déclarations dans son carnet, puis demanda à Kyle :

— Le sénateur était-il capable de marcher droit ?

— Je ne l'ai pas soumis à cette partie du test.

— Pourquoi ?

— J'allais le faire, mais Landford, qui était retourné à la voiture pour obtenir par radio une vérification de la carte grise, est alors revenu et m'a dit de tout arrêter.

236

— Pourquoi?

— Il me paraissait évident que le sénateur n'était pas ivre, indiqua Landford.

— Et l'officier de service au commissariat a ordonné à Landford de laisser tomber, précisa Kyle avec un dégoût manifeste.

— Je vois..., marmonna Claire.

En réalité, elle trouvait cette histoire très obscure. La police avait-elle bâclé son travail par simple négligence, ou bien cherchait-elle à protéger un homme important qui s'était juste endormi au volant et dont elle ne voulait pas briser la carrière pour un accident qui n'avait fait aucune victime?

— Vous vous êtes cependant rendus chez lui plus tard afin de contrôler son alcoolémie, observa Claire.

— Oui, répondit Landford. Kyle n'était pas satisfait, et il a appelé le procureur, qui lui a dit de soumettre Beske à l'alcootest. Nous avons obéi, mais le taux obtenu prouve seulement que le sénateur avait bu au cours des quelques heures précédentes.

— Sa version des faits est donc plausible.

— Oui, convinrent les deux agents — Landford avec empressement, Kyle à contrecœur.

Ils n'en étaient pas moins convenus tous les deux, et cela suffisait, dans la mesure où cet alcootest — preuve la plus importante dans une inculpation pour conduite en état d'ivresse — était hautement contestable.

Claire dut couper court à son entretien avec les policiers, car elle devait assister à la réunion de travail prévue en début d'après-midi, et que Fanal présiderait, en l'absence de Michael.

Dès l'ouverture de séance, elle entendit Fanal annoncer aux collaborateurs assemblés que le cabinet comptait grâce à elle un nouveau client, et pas n'importe lequel : un sénateur !

Tous les regards se posèrent sur elle — les uns admiratifs, les autres envieux —, et la jeune femme baissa les yeux, un peu gênée d'être l'objet de tant d'attention.

— Bonjour tout le monde ! dit soudain la voix de Michael.

Claire leva vivement la tête. Il n'était pas censé être là, mais elle était enchantée de le voir. Vêtu d'un pantalon de velours beige et d'un pull-over marron, il avait l'air en pleine forme.

— Je suis juste venu prendre mon courrier et m'assurer que vous meniez la vie aussi dure à George qu'à moi ! s'écria-t-il gaiement.

Puis il alla s'asseoir à côté de Fanal, et les deux hommes se mirent à chuchoter entre eux.

Il y avait quelque chose de changé dans leurs relations, nota la jeune femme ; une sorte de complicité semblait maintenant les unir.

— Je suis content que vous soyez là, Michael, finit par déclarer Fanal à haute voix, car Claire s'apprêtait à nous exposer l'affaire dont un client important l'a personnellement chargée ce matin.

— Vraiment ? Toutes mes félicitations, Claire ! s'exclama Michael.

La chaleur avec laquelle il s'était exprimé surprit la jeune femme. Ils n'avaient pas encore discuté de la façon dont ils apprendraient à leurs collègues qu'ils sortaient ensemble, mais elle pensait que Michael préférerait garder le secret sur leur liaison pendant un certain temps au moins.

— Nous vous écoutons, Claire, annonça Fanal.

— Il s'agit d'une inculpation pour conduite en état d'ivresse, expliqua-t-elle. Michael et moi, nous avons récemment travaillé sur une affaire similaire, et je me sens donc bien armée pour m'occuper de celle-ci. Le client a subi l'alcootest, certes, mais dans des conditions telles qu'il y a matière à faire invalider le résultat. Ce sera un procès à sensation, car le sénateur Beske veut que son innocence...

— Quoi ? cria Michael en sursautant violemment.

Toutes les têtes se tournèrent vers lui, et la jeune femme, un instant muette d'étonnement, recouvra finalement la voix pour indiquer :

— Je disais que le sénateur Beske voulait que son innocence soit reconnue publiquement.

— Il est coupable ! déclara Michael d'un ton catégorique avant de repousser violemment sa chaise et de quitter la pièce.

Un silence pesant suivit son départ. Claire était abasourdie. Que signifiait cette étrange réaction ?

— Si nous continuions ? finit par suggérer Fanal.

— Excusez-moi, monsieur, mais je suis inquiète pour Michael, objecta la jeune femme. Peut-être est-il malade, à moins qu'il ne soit arrivé quelque chose à son père... Avec votre permission, je vais aller lui parler.

— Euh... oui, bonne idée !

Une fois dans le couloir, Claire se rua dans le bureau de Michael. Il était assis à sa table, immobile et le visage sombre.

— Que se passe-t-il ? demanda-t-elle en esquissant un pas vers lui.

— Reste où tu es !

Elle s'arrêta net, plus surprise encore par la dureté de la voix de Michael que par son ordre.

— Je savais que tu étais ambitieuse, reprit-il, mais je ne pensais pas que tu irais jusqu'à défendre le meurtrier de ma femme pour servir ta carrière !

— Le meurtrier de ta femme ? répéta Claire, pâle de saisissement. Ce serait donc le sénateur Beske qui...

— Ne fais pas l'innocente ! Tu étais forcément au courant : je t'ai tout raconté.

— Non, Michael, pas tout ! Tu ne m'as jamais dit le nom du coupable, ni qu'il était sénateur... Je l'ignorais totalement... Je l'ignorais, tu m'entends ?

Pendant un long moment, Michael la fixa en silence, puis il se leva, s'approcha d'elle et la serra contre lui.

— Pardonne-moi..., murmura-t-il. J'étais persuadé que...

— Jamais je ne l'aurais accepté comme client si j'avais su que c'était lui le responsable de la mort de Mary Jo !

— Oui, je suis désolé, Claire... Je n'aurais pas dû douter de ta loyauté envers moi.

Soulagée de voir qu'il la croyait, la jeune femme lui passa les bras autour du cou et lui caressa les cheveux dans un geste de tendresse et de réconfort. C'était si injuste pour Michael de voir ce chauffard réapparaître dans sa vie au moment précis où il avait décidé de tourner la page...

— Je te jure que je renoncerais à cette affaire si je le pouvais, chuchota-t-elle.

Il la repoussa brusquement et la fusilla du regard.

— Tu veux dire que tu comptes quand même défendre ce salaud ?

— Tu sais bien qu'il est trop tard pour refuser.

Une expression pensive remplaça la colère sur le

visage de Michael, et Claire attendit qu'il lui livre le fruit de ses réflexions.

Pour la première fois, leur amour était mis à l'épreuve, mais elle avait confiance. Cet amour était assez fort pour vaincre tous les obstacles, et Michael n'allait pas tarder à admettre qu'elle n'avait pas le choix : maintenant qu'elle avait accepté Beske comme client, personne sauf un juge ou Beske lui-même n'avait le droit de rompre le contrat qui les liait.

— Et si tu lui expliquais que sa défense te pose un problème moral ? finit par observer Michael.

Cette suggestion mit la jeune femme mal à l'aise. Michael ne semblait donc pas prêt à comprendre son point de vue... Mais il souffrait, et sans doute fallait-il juste lui donner le temps de s'habituer à l'idée.

— Je ne peux pas lui dire ça pour la bonne et simple raison que ce n'est pas vrai, annonça Claire d'une voix douce. Nous savons tous les deux ce qu'il a fait à Mary Jo, et peut-être sera-t-il un jour poursuivi pour ce crime, mais il s'agit là d'une autre affaire, dans laquelle sa culpabilité est loin d'être établie.

Michael resta quelques instants silencieux, puis il déclara d'une voix hésitante :

— Je... je t'aime, Claire, et je me sens capable de te soutenir dans toutes tes entreprises... Toutes, sauf celle-là.

— Je t'aime moi aussi, Michael, alors je t'en prie, ne laisse pas le passé s'interposer entre nous !

— Je n'espérais plus vraiment arriver à coincer Beske, remarqua Michael comme s'il n'avait pas entendu, mais je n'y ai jamais renoncé. Tu sais que mon appel à témoins continue de paraître dans le *Chicago Tribune* ?

— Oui, ta mère me l'a dit. Cette fois, cependant, la situation est différente : il n'y a pas eu de victimes.

— C'est vrai, Beske n'a tué personne cette fois-ci, mais la prochaine fois ? Tu as vérifié son casier judiciaire ?

— Non, je n'ai pas encore...

— Moi si ! Je le connais même par cœur. Beske a déjà fait l'objet de deux condamnations, l'une pour défaut de maîtrise de son véhicule, l'autre pour infraction grave au code de la route. Il est évident que ce sont des euphémismes pour « conduite en état d'ivresse », et si l'inculpation d'aujourd'hui débouche sur un verdict de culpabilité, Beske se verra retirer son permis et aura peut-être en plus une peine de prison à purger. De quoi l'empêcher de tuer d'autres innocents, non ?

Dans l'absolu, songea Claire, Michael avait raison. Beske était un danger public et devait être mis hors d'état de nuire. Mais elle avait accepté de le représenter dans cette affaire précise, où sa culpabilité n'était pas prouvée, et les règles de la déontologie la forçaient à le défendre du mieux qu'elle pouvait.

Son parti était donc d'ores et déjà arrêté, mais pensant que Michael, une fois le premier choc passé, parviendrait à envisager lui aussi la situation sous l'angle professionnel, elle se contenta de déclarer :

— Donnons-nous le temps de réfléchir, et nous reparlerons de tout ça après.

— Inutile ! Il existe une façon très simple de régler le problème : perdre le procès.

— Le perdre volontairement, tu veux dire ? s'écria la jeune femme, stupéfaite.

242

— Non, en te bornant à faire ton travail, mais sans plus. Tu sais, comme moi, qu'un avocat peut plaider avec plus ou moins de conviction. Quand j'étais au bureau d'aide judiciaire, j'ai vu nombre de mes collègues si honteux de devoir défendre certains criminels qu'ils ne relevaient pas les défauts de procédure susceptibles d'entraîner l'acquittement de leurs clients, et personne ne le leur a jamais reproché.

— Il t'est arrivé à toi d'agir ainsi ?

— Non, parce que je croyais alors au système, mais je me suis rendu compte depuis qu'il fallait parfois user de moyens détournés pour faire triompher la justice.

Claire était certaine que le chagrin égarait Michael : il avait beau se prétendre cynique, il était foncièrement idéaliste. Si seulement elle parvenait à le raisonner...

— Ecoute-moi, Michael ! ordonna-t-elle. Toute ma vie, je me suis battue pour qu'on me comprenne et m'accepte comme je suis — c'est-à-dire comme une femme intelligente et autonome. J'ai travaillé pendant des années pour devenir une bonne avocate, et quand j'ai été reçue à l'examen du barreau, je me suis solennellement engagée à défendre mes clients au mieux de mes capacités. Je me flatte d'être honnête et d'avoir le souci de ma propre dignité.

La jeune femme marqua une pause et rassembla son courage : il lui fallait maintenant dire le plus important, mais aussi le plus difficile.

— Je suis convaincue que tu ne souhaites pas, au fond, que je suive ton conseil. Si c'était le cas, je me serais lourdement trompée sur ton compte.

Plongeant son regard dans le sien, Michael observa :

— Cela signifie-t-il que tu as l'intention de représenter Beske et de tout faire pour gagner le procès ?

— Oui, répondit-elle fermement, en dépit des battements précipités de son cœur.

— Alors demande à Fanal que Russ Mallory te supervise à ma place dans le traitement de ce dossier.

La voix de Michael était calme, mais Claire le connaissait assez pour deviner la rage froide qui l'habitait.

— Encore une chose, et après tu pourras t'en aller, reprit-il. Je te prierai désormais de garder tes distances avec moi. Je ne veux plus te voir, sauf dans le cadre du travail. Tu cesseras également toutes relations avec mes parents et, surtout, avec ma fille.

« Domine-toi ! » s'adjura Michael pour la dixième fois au moins depuis le départ de Claire.

Il n'arrivait pourtant à maîtriser ni sa colère ni son chagrin.

Il avait vu la jeune femme quitter la pièce en pleurs, et il en éprouvait du remords.

Qui avait tort et qui avait raison dans cette affaire ? Michael l'ignorait. Tout ce qu'il savait, c'était qu'il ne pouvait accepter la décision de Claire. Et non seulement cette décision impliquait la rupture de leurs relations, mais, de plus, transformait la jeune femme en ennemie. Une ennemie à combattre... et à abattre.

Paradoxalement, cette dernière idée lui redonna un peu d'énergie. Tout venait de nouveau de s'écrouler autour de lui, mais il avait maintenant une chance de tenir la promesse faite à Mary Jo. Il fallait pour cela donner tellement de travail à Claire avant le procès

de Beske qu'elle manquerait de temps pour se consacrer à celui-ci.

S'obligeant à penser que la fin justifiait les
moyens, il appuya sur le bouton de l'Interphone.

— Eileen ? Veuillez consulter la liste des affaires
en souffrance, et choisissez-en quatre ou cinq parmi
les plus compliquées, dont deux au moins qui
doivent être jugées rapidement.

— Euh... tout de suite, maître, déclara la secrétaire sans parvenir à cacher sa surprise.

— Merci ! Et ensuite, vous confierez tous ces dossiers à Me Logan.

Claire perdrait-elle le procès pour autant ? se
demanda Michael. Ce n'était pas sûr, mais cela valait
la peine d'essayer.

14.

— Dites à Me Chalinski que je ne pourrai pas assister à la réunion de cet après-midi, déclara Claire à Eileen avant de se diriger en hâte vers son bureau.

Elle allait de nouveau être en retard à un rendez-vous avec un client. Depuis deux semaines, sa charge de travail avait pour ainsi dire doublé, mais cela l'arrangeait, d'une certaine façon : elle avait l'esprit trop occupé pour penser à autre chose dans la journée, et le soir, la fatigue lui permettait, à peine couchée, de sombrer dans un sommeil sans rêves.

Il aurait suffi d'appeler la secrétaire de George Fanal pour être déchargée de tous les dossiers autres que celui du sénateur Beske, elle le savait. Son orgueil lui interdisait cependant de plier sous la pression que Michael faisait peser sur elle.

Quand son planning surchargé laissait à la jeune femme une minute pour s'abandonner à ses émotions, elle éprouvait tantôt de la compassion, tantôt de la colère envers Michael. Le reste du temps, elle sentait une douleur sourde la tarauder, mais elle s'efforçait de l'ignorer.

Michael l'évitait soigneusement depuis leur dispute à propos de Beske. La porte de son bureau, d'habitude grande ouverte, était maintenant toujours fermée, et il n'allait plus comme avant à la cafétéria du service pénal boire un café et discuter avec ses subordonnés. Il craignait sans doute de l'y rencontrer. Claire ne tenait d'ailleurs pas à le voir ; cela n'aurait servi qu'à raviver son chagrin. Elle s'était donnée à lui corps et âme, pensant que sous ses dehors réservés se cachait un homme loyal et généreux, capable de l'aimer telle qu'elle était, mais elle s'était trompée, et la certitude d'avoir raison dans le conflit qui les opposait ne lui était d'aucune consolation.

De toute façon, ils n'avaient plus rien à se dire, et Claire annulait même l'une après l'autre les séances de travail qu'ils auraient dû avoir pour parler des dossiers en cours. Elle alléguait un manque de temps — du reste bien réel —, et Michael devait en être soulagé, car il n'insistait jamais.

La seule satisfaction qu'avait la jeune femme, en ce moment, c'était la tournure encourageante que prenait l'affaire Beske. Le juge avait certes refusé de frapper de nullité les résultats de l'alcootest, mais elle, de son côté, avait trouvé un témoin, le propriétaire d'un bar, qui avait servi un café au sénateur une demi-heure avant l'accident.

Cela ne prouvait pas que Beske n'avait pas absorbé de l'alcool juste avant ou juste après, mais c'était un argument en faveur de la thèse qu'elle comptait défendre au tribunal, à savoir que Beske s'était endormi au volant. Le fait qu'il ait bu une tasse de café laissait en effet supposer qu'il avait senti la torpeur le gagner et tenté — mais sans résultat — de la vaincre.

Elle avait également interrogé des gens de l'entourage du sénateur. Selon eux, Beske buvait avec modération dans les réceptions et les dîners, et personne ne l'avait jamais vu ivre.

248

— Nous sommes prêts à entendre votre témoin suivant, maître Logan.

— Merci, Votre Honneur. J'appelle Ron Randall.

Claire se leva pendant que Randall prêtait serment.

A la table du ministère public, Rex Caspar consulta en fronçant les sourcils la liste des témoins de la défense qu'on lui avait fournie. Cette affaire lui tenait à cœur, et il était très content d'avoir réussi, le matin, à faire apparaître l'agent Kyle comme le plus crédible des deux policiers présents sur les lieux de l'accident. Calmement mais avec force et conviction, Kyle estimait avoir décelé que Beske se trouvait en état d'ébriété ce soir-là, et Claire Logan n'était pas parvenue à le déstabiliser.

Randall était maintenant assis dans le box, et Claire s'approcha de lui en essayant de ne pas prêter attention au public qui remplissait la salle. George Fanal avait assisté à l'audience de la veille, et il y avait aujourd'hui dans l'assistance de nombreux jeunes visages — sans doute des étudiants en droit —, ainsi que plusieurs membres du cabinet Haynes, Collingwood & Crofts. Michael, bien sûr, n'était pas parmi eux.

Michael... Le cœur de la jeune femme se serra. Mais non, il ne fallait pas penser à Michael...

— Où travaillez-vous, monsieur Randall? demanda-t-elle au témoin.

— Je possède un bar situé à une trentaine de kilomètres de Chicago, sur la route de Springfield.

— Vous y servez de l'alcool?

— Oui.

— Vous connaissez le sénateur Beske?

— Oui, c'est un habitué. Il vient au moins deux fois

par semaine dans mon établissement, pour discuter avec les gens de ce qui se passe dans sa circonscription.

— Il consomme de l'alcool ?

— Jamais plus d'un verre. Il commande une vodka tonic, et ensuite juste du café.

— Objection ! s'écria Rex Caspar en bondissant sur ses pieds. Ces questions n'ont aucun rapport avec l'affaire. Même si le défendeur est allé dans le bar de M. Randall ce soir-là et n'y a bu que du café, qu'est-ce que cela prouve ?

Le juge lança un coup d'œil interrogateur à Claire.

— Je veux mettre en évidence les habitudes de mon client en matière de consommation d'alcool, Votre Honneur, expliqua-t-elle.

— Bien... Objection rejetée ! Vous pouvez continuer, maître Logan.

Caspar se rassit sans chercher à cacher son dégoût. Et la jeune femme elle-même devait reconnaître que le juge lui témoignait beaucoup de bienveillance depuis le début du procès : il lui laissait toute latitude pour mener les débats à sa guise. Elle en profitait, bien sûr, comme tout avocat l'aurait fait...

Le seul problème, songea-t-elle après en avoir terminé avec Randall et avoir regagné sa chaise, c'était que Beske était coupable.

La certitude lui en était venue la veille, en constatant que les témoins du sénateur semblaient avoir des réponses toutes prêtes à chacune des questions qu'on leur posait. Ils savaient exactement ce que buvait Beske, quand, où et en quelle quantité il le buvait... Les gens n'avaient pas si bonne mémoire, normalement ; ils oubliaient certaines choses, mélangeaient les heures et les dates...

Et le témoignage de l'agent Kyle avait été très convaincant, manifestement honnête et sincère.

Tout cela avait rappelé à Claire ses doutes initiaux : pourquoi un homme censé ne pas avoir bu, et qui lui avait affirmé ne pas s'être endormi au volant, avait-il perdu le contrôle de son véhicule sur une route sèche et par temps clair ?

Et comment ce même homme avait-il pu, quelques heures plus tard, se retrouver avec une alcoolémie aussi élevée, lui qui avait prétendument l'habitude de boire avec modération ?

Sans parler de ses deux condamnations précédentes... La jeune femme avait obtenu qu'il n'en soit pas fait mention au procès, mais elles n'en existaient pas moins.

Et puis, bien sûr, il y avait Mary Jo...

— Appelez votre témoin suivant, maître Logan !

— Oui, Votre Honneur.

Pendant la suspension d'audience qui suivit l'audition de ce témoin, Beske apporta une tasse de café à Claire.

— Les choses se présentent bien pour nous ! observa-t-il avec un sourire satisfait.

— Oui, je le crois, marmonna-t-elle, incapable de partager la joie de son client.

Le gain probable de ce procès aurait pourtant dû la ravir. Fanal lui avait téléphoné la veille au soir chez elle pour la féliciter de sa prestation du jour, et c'était bon pour sa carrière d'être ainsi remarquée par un associé. Elle recevait là la juste récompense de ses longues années de travail, et elle n'ignorait pas que les vrais avocats pouvaient défendre sans état d'âme des clients qu'ils savaient coupables.

Mais sans doute n'était-elle pas une « vraie » avocate, puisque Beske la dégoûtait, brusquement.

— Vous n'avez pas été poursuivi, après le décès de Mary Jo Chalinski, n'est-ce pas ? lui demanda-t-elle à brûle-pourpoint.

Le sourire du sénateur s'effaça d'un coup.

— Pourquoi l'aurais-je été ? déclara-t-il. Je suis désolé de ce qui s'est passé, mais il s'agissait d'un simple accident. Mon assurance s'est occupée de tout.

— Elle n'a cependant pas rendu Mme Chalinski à son mari et à sa fille... Vous saviez qu'elle était enceinte au moment de sa mort ?

— Je l'ai appris plus tard, mais où voulez-vous en venir exactement, maître Logan ?

— Si vous ne le comprenez pas tout seul, monsieur le sénateur, il est inutile de continuer cette conversation.

La porte de communication avec le tribunal s'ouvrit alors, et l'huissier annonça :

— L'audience reprend dans deux minutes.

Au moment où Claire se levait, Beske lui saisit le bras avec une brutalité inattendue.

— Vous avez fait jusqu'ici de l'excellent travail, maître Logan, dit-il en plissant les yeux, et j'espère vous avoir longtemps comme avocat... Ne me décevez pas !

La jeune femme soutint le regard menaçant.

— Je ne vous décevrai pas, monsieur le sénateur, e c'est bien ce qui m'ennuie : je vais continuer à donne le meilleur de moi-même pour obtenir l'acquittemen d'un meurtrier.

*

Russ Mallory sortit en même temps que Michael de la salle de conférence où ils venaient d'assister à une réunion administrative.

— Vous êtes resté bien silencieux, observa-t-il. Et je ne vous ai pas beaucoup vu, ces dernières semaines... J'espère que tout va bien?

— Très bien! répondit Michael.

Puis il se dirigea à grands pas vers l'ascenseur. Ce collaborateur était la dernière personne avec qui il avait envie de discuter en ce moment. Il ne voulait pas entendre parler du procès Beske, or c'était Mallory qui supervisait le travail de Claire dans cette affaire.

— Vous retournez dans votre bureau ou vous rentrez chez vous? demanda cependant Russ en courant pour le rattraper.

— Je retourne à mon bureau.

— Moi aussi.

L'ascenseur était là, et Michael dut se résigner à le prendre avec Mallory. Et pendant qu'ils descendaient à leur étage, ce qu'il craignait arriva, car Russ observa:

— Vous savez que Claire fait des merveilles dans le procès Beske? Elle va sûrement tirer son client d'affaire!

Michael fixa son interlocuteur pour tenter de découvrir s'il était au courant du rôle de Beske dans la mort de Mary Jo. Claire ne lui en avait certainement rien dit, mais à en juger par le petit sourire entendu qui flottait sur ses lèvres, la rumeur le lui avait sans doute appris. Michael n'avait jamais aimé cet homme; il le jugeait tournois et mesquin, mais George Fanal le lui avait imposé dans son équipe.

— L'affaire Beske ne m'intéresse pas, déclara-t-il sèchement.

— Ah bon? s'écria son interlocuteur, feignant la surprise. Fanal, lui, s'y intéresse beaucoup: il a assisté à l'audience d'hier, et il semble penser le plus grand bien de la belle Mlle Logan. Si elle gagne ce procès, il ne tardera pas à lui offrir un poste d'associé.

Les poings serrés, Michael leva les yeux vers les chiffres des étages qui s'allumaient successivement. Dieu merci, ils étaient presque arrivés.

— La réputation de Claire dans l'entreprise grandit de jour en jour, reprit Russ, et si ça se trouve, elle sera associée avant vous !

L'ascenseur s'arrêta, et Michael en sortit sans même prendre congé de Mallory.

Se sentant bouillonner de rage, il s'exhorta au calme. Claire brillait dans ce procès malgré la surcharge de travail qu'il lui avait donnée ces dernières semaines ? Elle était assurée d'obtenir une promotion rapide ? Et alors ? La vie, professionnelle ou privée, d'une femme qui l'avait si odieusement trahi ne le concernait plus.

Deux pensées torturaient cependant Michael. La première, c'était que Beske allait de nouveau passer à travers les mailles du filet ; la seconde, que Claire devrait à ce procès-là de réaliser ses ambitions.

Ce même jour, en fin d'après-midi, Claire révisait sa plaidoirie dans son bureau. Elle la prononcerait le lendemain matin, après quoi le jury délibérerait. Le jugement serait sans doute rendu avant midi.

Normalement, elle aurait dû être en train de peaufiner ses arguments avec Michael... Pendant quelque secondes, elle s'imagina lui racontant les événement de la journée, guettant l'instant où il rirait ou lui ferai un compliment...

Mais jamais plus ils ne connaîtraient ces moment de tendre complicité.

Elle ne savait même pas si quelqu'un l'avait tenu au courant du déroulement du procès. S'y intéressait-il seulement, ou bien attendait-il juste que le verdict tombe? Des reporters de la télévision l'avaient interviewée la veille, et le reportage était passé au journal du soir. Michael l'avait-il regardé? Avait-il au contraire éteint son poste en la voyant apparaître sur l'écran?

Le signal sonore de l'Interphone rappela la jeune femme à la réalité. D'un geste las, elle appuya sur le bouton.

— Angela Chalinski veut vous parler, lui annonça la secrétaire.

— A moi? Son père n'est pas là?

— Je n'ai pas vérifié. C'est vous personnellement qu'elle a demandé.

Claire hésita. Elle souffrait d'avoir rompu toutes relations avec l'adolescente, mais il n'était pas question d'enfreindre l'ordre de Michael. Elle lui devait au moins ça.

— Elle n'a pas l'air dans son assiette, souligna la secrétaire.

Cette précision décida la jeune femme.

— Passez-la-moi!

Deux secondes plus tard, la voix d'Angela retentit dans le haut-parleur.

— Claire?

— Oui. Qu'y a-t-il? Tu as un problème?

— Oui... enfin, non, pas vraiment, parce que je avais à quoi m'attendre, mais je ne pensais quand même pas que ça ferait aussi mal... Vous croyez que 'est normal?

— Attends! Je ne comprends pas... Tu es malade?

— Non, j'ai mes... mes règles, répondit l'adolescente d'un ton anxieux. Je suis rentrée de l'école, tout allait bien, et puis je me suis aperçue que j'avais mes règles.

— C'est la première fois ?

— Oui, et j'ai d'horribles crampes... Ça m'inquiète.

— Ne te tracasse pas, Angela, c'est parfaitement normal. Tu as des serviettes hygiéniques ?

— Oui, mais... j'ai peur. Il fallait que j'appelle quelqu'un, et vous êtes la seule personne qui...

— Je vais prévenir ton père. Il est sûrement dans son bureau.

— Non, je ne veux pas lui parler de ça ! C'est trop gênant.

— J'arrive ! déclara impulsivement la jeune femme.

— Vous n'êtes pas obligée de venir, observa l'adolescente d'une voix empreinte d'un tel mélange d'espoir et de supplication que Claire n'eut pas le cran de la laisser tomber.

Un quart d'heure plus tard, la jeune femme sonnait à la porte de l'appartement de Michael. Angela devait la guetter, car elle ouvrit aussitôt.

— Comment te sens-tu ? demanda calmement Claire.

— Mieux. Excusez-moi, je vous ai dérangée pour rien... Je ne suis qu'une idiote !

— Pas du tout ! s'écria la jeune femme en passant un bras autour des épaules d'Angela. Il y a dans la vie d'une femme des moments un peu angoissants, comme celui-ci, où elle a besoin de se confier à une autre femme.

— C'est vrai que ce genre de truc met les hommes mal à l'aise, remarqua l'adolescente d'un air entendu qui amusa Claire. Il y a un an, papa m'a acheté tout un tas de serviettes et de tampons, plus trois livres et deux cassettes vidéo avec plein d'horribles schémas, et il m'a dit que, si j'avais des questions, je pouvais les lui poser. Mais il était tout rouge, et il n'osait pas me regarder en face...

La jeune femme retint un sourire en imaginant la scène. Il était cependant tout à l'honneur de Michael d'avoir pris la peine de préparer sa fille à cet événement et d'avoir surmonté sa pudeur pour lui en parler.

— Il m'a rendue tellement nerveuse, ce jour-là, poursuivit Angela, que je me suis promis de ne plus jamais aborder le sujet avec lui. Et j'ai pensé que ma grand-mère avait oublié ce que ça faisait d'avoir ses règles.

— J'en doute, mais tu as eu raison de m'appeler... Si nous allions nous asseoir, maintenant ? Je boirais bien quelque chose !

— Il reste du café de ce matin, que je peux mettre à réchauffer dans le micro-ondes. Ça vous ira ?

— Très bien !

Quand elles furent attablées côte à côte dans la cuisine — l'une devant un verre de Pepsi light, l'autre devant une tasse de café —, Angela demanda timidement à Claire :

— J'ai vraiment eu raison de vous appeler ? Parce que vous ne venez plus ici, depuis quelque temps...

— Oui, je suis contente que tu te sois tournée vers moi. Et si je ne viens plus, c'est parce que ton père et moi... enfin, les choses n'ont pas marché entre nous.

— Je sais, papa me l'a dit, et il a ajouté que ce n'était pas ma faute.

— Bien sûr que non ! Et je te jure que je continuerais à te voir si je le pouvais.

— Mais papa ne veut pas, hein ? Il me l'a dit aussi. Mais vous me manquez.

— Tu me manques à moi aussi !

Claire prit la main de l'adolescente et la serra fort. Elle avait soudain conscience que son affection pour Angela s'était transformée en un véritable amour, et que sa rupture avec Michael lui causait donc une double perte.

— Tu sais, reprit Angela, depuis notre dernière rencontre, il s'est passé deux trucs importants pour moi. D'abord, j'ai raconté au directeur comment j'avais été amenée à voler le sujet de contrôle.

— Vraiment ? J'en suis contente.

— Oui, j'ai réfléchi, et j'ai fini par comprendre que je n'avais pas rendu service aux filles qui me demandaient de tricher pour elles. Je les aidais à avoir de bonnes notes sans effort, et du coup, elles n'apprenaient rien. Il fallait que cela cesse, de façon à ce qu'elles se mettent à travailler en vue des examens... Et puis il y a cette fille, Rachel Kellermann, qui s'est inscrite dans une autre école, et papa pense que je devrais peut-être y aller aussi. Je me sens seule à Baldwin depuis que j'ai dénoncé les autres, Sabrina ne m'adresse plus la parole.

— Ce n'était pas une véritable amie : elle se servait de toi, observa Claire.

— Oui, mais ça fait quand même mal.

D'un geste qui la toucha profondément, Claire vit alors Angela se pencher vers elle pour mettre la tête sur son épaule. La jeune femme l'enlaça, et elles restèrent là, sans parler ni bouger, s'offrant mutuellement chaleur et réconfort.

Ce fut ainsi que Michael les trouva quand il pénétra dans la cuisine, quelques instants plus tard. La surprise le figea sur place.

Sachant que le seul fait de poser les yeux sur Claire

lui rappellerait douloureusement tout ce qu'ils avaient partagé, il l'évitait depuis trois semaines, mais à la voir comme ça, tenant Angela dans ses bras alors qu'elle avait passé la journée à se battre pour obtenir l'acquittement du meurtrier de Mary Jo, ce n'était pas du chagrin qu'il éprouvait : c'était de l'indignation.

— Michael! s'écria-t-elle en l'apercevant. Je ne t'avais pas entendu rentrer.

— Que fais-tu ici?

— Je... je suis venue rendre visite à Angela, balbutia-t-elle avant de se lever, mais ne t'inquiète pas : je m'en vais.

— Je t'avais pourtant interdit de...

— Je t'en prie, papa!

Michael jeta un coup d'œil à sa fille. Elle avait les yeux pleins de larmes.

— Je t'accompagne à l'ascenseur, Claire, décréta-t-il. J'ai une ou deux choses à t'expliquer en privé, des choses que tu n'as visiblement pas comprises la première fois.

— Attends, papa!

— Cette affaire ne te concerne pas, Angela!

— Non, écoute-moi! ordonna l'adolescente d'une voix ferme malgré son émotion évidente. J'ai eu mes premières règles aujourd'hui, je me sentais seule et effrayée, alors j'ai appelé Claire.

— Oh! Angela...

La colère de Michael s'évanouit d'un coup et, s'approchant de sa fille, il la serra contre lui.

— Pourquoi ne m'as-tu rien dit? demanda-t-il ensuite à la jeune femme.

— Par égard pour Angela.

— Tu aurais dû me téléphoner, déclara Michael à sa fille. Je serais tout de suite revenu à la maison.

— Je le sais, répondit l'adolescente sur un ton mi-gêné, mi-agacé. Mais tu ne peux pas tout faire, papa. Tu es un homme, et c'est plus facile de parler de ces trucs-là à une femme.

— Oui, tu as raison, convint Michael avec un petit soupir.

Puis il se tourna vers Claire et répéta, mais cette fois d'une voix douce :

— Je t'accompagne à l'ascenseur.

Dans le vestibule, il l'aida à mettre son manteau, et une bouffée de son parfum lui monta aux narines. Peut-être plus que tout le reste, cette odeur intime et familière lui rappela ce qu'il avait perdu.

Habité par un mélange de regret et de désir, il sortit dans le couloir avec la jeune femme, et ils attendirent l'ascenseur en silence.

— Merci d'être venue réconforter Angela, finit par murmurer Michael.

— C'est tout naturel. Je l'aime tendrement.

— Je m'en rends compte.

— Et toi aussi, je t'aime, même si je trouve mesquin de ta part de m'avoir surchargée de travail afin de me compliquer la tâche.

— Excuse-moi, j'ai eu tort, mais... mais je souffrais trop.

Claire hocha la tête, et il faillit la prendre dans ses bras afin d'apaiser la douleur qu'elle tentait visiblement de cacher. Mais non, s'interdit-il, il ne pouvait pas... Elle lui avait préféré Beske et sa carrière...

En trois semaines, Michael avait cependant eu le temps de réfléchir à leur différend, et il se sentait aujourd'hui capable de lui en parler franchement mais sans colère.

— Ecoute, Claire, je sais que tu fais ce que tu penses devoir faire...

Il s'interrompit et ferma un instant les yeux, incapable de supporter la lueur d'espoir qu'il avait vue s'allumer dans le regard de la jeune femme.

— J'admire ta force de caractère, poursuivit-il en rouvrant les yeux, mais je ne peux tout de même pas accepter ta décision.

Tandis que le visage de son interlocutrice se voilait de découragement, il éprouva soudain une grande lassitude. Il se battait depuis si longtemps pour défendre sa conception de la justice... Cela ne s'arrêterait-il donc jamais?

— Nous serons toujours en désaccord sur ce point, reprit-il. J'ai des obligations envers Mary Jo et envers toutes les personnes qui auraient le malheur de croiser la route de ton client.

— Beske est coupable, j'en suis maintenant persuadée, chuchota Claire. Et ça va peut-être t'étonner, mais je souhaite qu'il soit condamné.

L'ascenseur était arrivé depuis un moment déjà, et la jeune femme y entra en déclarant simplement :

— Au revoir, Michael.

Les portes de la cabine se refermèrent, et Michael resta à les fixer, atterré par la pensée que Claire avait changé du tout au tout.

La résignation tranquille dont elle avait fait preuve lui ressemblait si peu... Et pour cette raison même, Michael avait le sentiment de l'avoir définitivement perdue.

15.

Michael n'arrivait pas à s'endormir. Cette journée avait été l'une des pires de sa vie : après avoir subi les sarcasmes de Mallory, il avait passé des heures dans son bureau à penser au procès et à imaginer Claire accédant au rang d'associé grâce à l'acquittement de l'homme qui avait tué Mary Jo. Et il avait ensuite trouvé cette même Claire chez lui, enlaçant tendrement Angela, comme si de rien n'était...

La sonnerie du téléphone déchira soudain le silence de la nuit, arrachant un violent sursaut à Michael. Le cœur battant, il alluma la lampe de chevet et souleva le combiné.

— Allô !

— Monsieur Chalinski ?

— Lui-même.

— Je m'appelle Deborah Stern. Je travaille pour le sénateur Beske.

Stupéfait, Michael s'assit dans son lit. Sa correspondante s'était tue et, l'espace d'un instant, il craignit qu'elle ne raccroche.

— De quoi vouliez-vous me parler ? se hâta-t-il de demander.

— Eh bien, je suis le témoin que vous cherchez

depuis si longtemps, et je détiens une information capitale sur les circonstances de l'accident qui a tué votre femme.

— Qu... quelle information ? bredouilla-t-il, pris d'un brusque vertige.

— Je sais que le sénateur avait bu le jour où votre femme est morte. Et j'étais avec lui dans la voiture.

Cette fois, les mots manquèrent à Michael, mais sa correspondante continua d'elle-même :

— Il faut que je vous voie. Je peux venir maintenant ?

Reprenant ses esprits, Michael s'écria :

— Oui, venez tout de suite ! Voilà mon adresse...

Une demi-heure plus tard, il ouvrait la porte à une belle jeune femme blonde. Il la fit entrer, l'aida à enlever son manteau et lui proposa une tasse de café, mais elle refusa, déclarant avec un rire contraint :

— Je suis déjà assez nerveuse comme ça !

Quand il l'eut conduite dans la salle de séjour, Michael s'assit en face d'elle et, d'un ton posé malgré le tumulte de pensées qui se bousculaient dans sa tête, l'encouragea à se confier.

— Ainsi, vous travaillez pour le sénateur Beske ?

— Oui, depuis quatre ans. Mais je veux d'abord préciser que je n'ai jamais eu à me plaindre de lui, au contraire. Je suis sa secrétaire particulière, et s'il est réélu, je sais qu'il me prendra comme assistante parlementaire.

Deborah marqua une pause et inspira à fond avant d'ajouter :

— Tout le monde croit que nous sommes amants, mais ce n'est pas vrai.

264

Pour ne pas l'effaroucher, Michael résista à l'envie de lui demander d'aller droit au but.

— Cette démarche a dû beaucoup vous coûter, se borna-t-il donc à remarquer.

— Oui, et d'autant plus que j'ai moi-même quelques ambitions politiques.

Il y eut un nouveau silence. La jeune femme fixa un moment ses mains, puis parcourut la pièce des yeux en évitant soigneusement de croiser le regard de Michael.

— Comme je vous l'ai dit au téléphone, finit-elle par déclarer, j'étais dans la voiture de mon patron le soir de l'accident.

Incapable de cacher plus longtemps son impatience, Michael se pencha en avant et scruta intensément le visage de son interlocutrice.

— La version qu'il a donnée à la police précisait qu'il s'y trouvait seul.

— Il a menti. Ce soir-là, il avait trop bu et n'aurait pas dû conduire, mais je n'ai pas réussi à le convaincre de me laisser le volant. L'alcool le rend très... têtu. Quoi qu'il en soit, quand je suis allée voir votre femme, après la collision, je me suis tout de suite rendu compte que... que je ne pouvais rien faire. Sinon je vous jure que j'aurais agi autrement.

Ce récit ramena à la mémoire de Michael chaque détail de cette horrible journée : le message qu'on lui avait transmis au beau milieu d'une audience, le trajet jusqu'à l'hôpital, effectué en état de choc, le spectacle de Mary Jo branchée à toutes les machines possibles et imaginables, les heures qu'il avait passées à lui tenir la main, en sachant qu'elle allait rejoindre leur bébé dans la mort, et puis l'affreuse obligation d'annoncer à Angela que sa mère ne reviendrait jamais...

— Continuez ! ordonna-t-il d'une voix étranglée.

— C'est moi qui ai téléphoné au SAMU, depuis une cabine publique et sans donner mon nom. Ensuite, je... je n'ai pas pu retourner sur les lieux de l'accident. Il était 3 heures de l'après-midi, et le sénateur aurait dû être depuis une heure déjà à une réunion importante, mais il avait traîné à table, et... et je me doutais bien de ce que les gens penseraient s'ils nous savaient ensemble. Le sénateur est marié, vous comprenez... Bref, après avoir alerté le SAMU, j'ai pris le bus pour rentrer chez moi. J'étais paniquée, et je n'avais qu'une idée en tête : ne pas être mêlée à cette histoire.

Des larmes s'étaient mises à couler sur les joues de Deborah pendant qu'elle parlait, et elle les essuya du revers de la main avant de poursuivre :

— Cela fait presque deux ans que je vois votre annonce dans le *Chicago Tribune*. Chaque fois que j'ouvre le journal, je me dis que je ne vais pas la lire, mais elle attire irrésistiblement mon regard. Et à cause de cet appel à témoins qui paraît jour après jour, je n'arrive pas à oublier que je me suis mal conduite envers la famille de Mary Jo Chalinski.

Assailli par un flot d'émotions contradictoires, Michael se leva brusquement et se dirigea vers la fenêtre, devant laquelle il resta un long moment debout, le dos à la jeune femme. Quand il eut recouvré son sang-froid, il demanda sans se retourner :

— Vous êtes prête à aller raconter tout cela à la police ?

— Oui.

— Pourquoi cette soudaine décision de rompre le silence ?

— A cause de cette nouvelle inculpation. Si le sénateur s'en tire encore une fois, jamais je ne me le pardonnerai, parce que je sais quelque chose sur cette affaire-là aussi.

266

Michael pivota sur ses talons.

— Vous étiez avec Beske quand il a perdu le contrôle de son véhicule ? s'écria-t-il.

— Non, mais j'ai passé les heures précédentes en sa compagnie, et je peux affirmer qu'il a beaucoup bu avant de monter dans sa voiture. Il sortait d'une séance houleuse au Sénat, et des électeurs de sa circonscription sont venus lui parler dans son bureau. Il était tard, mais je n'avais pas encore fini de taper son discours du lendemain, et je l'ai vu vider plusieurs verres de whisky — dont quelques-uns que je lui avais servis moi-même.

Après un silence, Deborah poussa un soupir, comme soulagée d'avoir enfin parlé.

— Je prendrais volontiers du café, maintenant.

— Je vais en préparer !

Laissant la jeune femme seule, Michael se rendit dans la cuisine. Il avait le cerveau en ébullition : même après tout ce temps, le témoignage d'une personne présente sur les lieux de l'accident qui avait tué Mary Jo devrait obliger le procureur à engager des poursuites contre Beske.

Pendant qu'il attendait que le café soit prêt, une autre idée se forma dans son esprit : ne serait-il pas plus sûr, et surtout plus rapide, de prouver la culpabilité du sénateur dans le procès en cours ? Car, même si la peine encourue pour conduite en état d'ivresse était moins lourde que pour homicide, elle aurait au moins l'avantage de mettre tout de suite Beske hors d'état de nuire. Et Deborah Stern pouvait attester qu'il avait trop bu la nuit où il avait basculé dans le fossé.

Mais l'apparition de ce témoin surprise n'allait-elle pas anéantir Claire ?

Cette pensée surprit Michael. Pendant près de deux

ans, son unique objectif avait été de régler ses comptes avec le meurtrier de sa femme. Rien, pas même l'espoir de retrouver le bonheur, ne l'avait jusqu'ici détourné de ce but. Et pourtant, ce soir, il s'inquiétait des conséquences qu'aurait pour Claire le témoignage de Deborah Stern...

Quelques heures plus tôt, elle lui avait cependant déclaré souhaiter que Beske soit condamné, et ce n'était pas une parole en l'air, il le savait : Claire disait beaucoup de choses, mais elle ne mentait jamais. Perdre ce procès ne l'affecterait donc pas.

George Fanal serait furieux, en revanche, et Michael avait parfaitement conscience que, en offrant au ministère public ce témoin de dernière minute, il détruisait à jamais ses chances de devenir associé.

Ce fut pourtant d'une main ferme qu'il ouvrit le carnet posé près du téléphone, puis composa le numéro de Rex Caspar.

Après avoir longuement parlé à Caspar, Deborah Stern rentra chez elle, et Michael alla se rasseoir dans la salle de séjour, sa tasse de café froid à la main. Il regarda par la fenêtre les lumières de Chicago qui brillaient dans la nuit. Il avait emprunté un demi-million de dollars pour pouvoir jouir de cette vue, à une époque où il pensait que cela représentait le symbole même de la réussite.

Mais il avait maintenant compris que ni l'argent ni le pouvoir ne suffiraient à le rendre heureux, et il allait dès le lendemain appeler Chester Marlowe pour lui annoncer qu'il acceptait de diriger cet atelier à la faculté de droit. Il n'avait aucun regret ; sa décision de quitter le cabinet Haynes, Collingwood & Crofts le libérait au contraire d'un poids dont il avait jusqu'ici refusé d'admettre l'existence.

Mais n'aurait-il pas dû éprouver autre chose que du soulagement, ce soir ? Il avait toujours cru que d'obtenir justice concernant le meurtrier de Mary Jo lui donnerait un sentiment de bonheur et de plénitude parfaite.

Ce n'était pas le cas. En revanche, il se souvenait d'avoir connu ce sentiment quand il avait fait l'amour avec Claire ; en l'entendant lui dire qu'elle l'aimait...

Et il l'aimait lui aussi, de tout son cœur, de toute son âme. Elle était forte, courageuse et honnête — des qualités rares et précieuses.

Non, il n'était décidément plus le même que deux ans plus tôt, et le moment était venu d'agir en conséquence. Un autre Michael était né, qui devait accepter de rompre définitivement avec le passé.

Dans le silence de la nuit, il envoya à Mary Jo un message de gratitude et d'adieu.

Une nouvelle existence s'ouvrait devant lui, et Claire en faisait partie intégrante.

— Vous pensez qu'on va gagner ?

C'était la quatrième fois au moins en dix minutes que le sénateur posait cette question à la jeune femme. La nervosité de Beske augmentait de seconde en seconde. Le jury délibérait depuis plus de quatre heures — ce qui était étrangement long pour une simple affaire de conduite en état d'ivresse. Tous les avocats savaient que plus un jury mettait de temps à se prononcer, plus l'inculpé avait de chances d'être acquitté.

Mais il n'y avait pas de règle sans exception, songea Claire qui ne savait plus ce qu'il fallait souhaiter.

En fait, alors que l'acquittement s'imposait, tout avait basculé quand le ministère public avait obtenu du juge l'autorisation d'appeler à la barre Deborah Stern, la secrétaire particulière de l'inculpé.

Ce témoignage de dernière minute, dont la sincérité ne pouvait être mise en doute, et celui de l'agent Kyle suffiraient-ils à convaincre le jury de la culpabilité du sénateur ?

— Je vous en prie, Claire, répondez-moi ! insista Beske. On va gagner ?

— Compte tenu du témoignage de votre secrétaire, je n'ai plus de pronostic, déclara la jeune femme. Pourquoi n'allez-vous pas boire une tasse de café ? Ça vous aidera à patienter.

— Oui, bonne idée.

Sur ces mots, le sénateur quitta la pièce et se dirigea vers le distributeur de boissons qui se trouvait sur le palier attenant. Claire le vit saluer familièrement plusieurs magistrats, puis, soulagée d'être temporairement débarrassée de lui, elle se renversa dans son siège et ferma les yeux. L'attente d'un jugement était toujours éprouvante pour les nerfs, et la jeune femme aurait préféré être seule, mais la règle exigeait qu'elle reste avec son client.

— Bonjour ! murmura quelqu'un, tout près d'elle.

Claire rouvrit les yeux. Michael ! Il lui semblait bien avoir reconnu sa voix, mais elle pensait s'être trompée : il n'avait aucune raison de venir... Et pourtant il était là, vêtu d'un jean et d'un sweat-shirt... Mais le plus surprenant, c'était le sourire qu'il arborait. Comment pouvait-il sourire en un moment pareil ?

— Que fais-tu ici ? demanda-t-elle en se redressant. Et habillé comme ça ? Tu devrais être au bureau.

— Je n'y suis pas allé aujourd'hui. J'avais des

coups de téléphone à donner, dont un pour accepter un poste à l'université. J'avais ensuite l'intention de commander un dîner pour deux, du champagne, des roses, ce genre de chose...

Certaine qu'elle rêvait, la jeune femme secoua la tête afin de se réveiller, mais elle dut se rendre à l'évidence : Michael était bien réel, même si ses paroles n'avaient aucun sens.

— ... mais je n'ai pas pu attendre, enchaîna-t-il. J'ai déjà trop attendu, et ce que j'ai à te dire aura plus de poids si tu l'entends avant l'annonce du verdict... Viens !

Il prit Claire par la main et l'entraîna dans l'escalier qui menait au rez-de-chaussée du palais de justice, puis dans une salle d'audience vide dont il referma la porte derrière eux.

Lui prenant alors l'autre main, il lui fit face et déclara simplement :

— Je t'aime, Claire.

— Je t'aime, Michael, se contenta-t-elle de répondre.

— Je mentirais si je prétendais ne pas me soucier de l'issue du procès, mais en ce qui nous concerne toi et moi, elle n'a pas d'importance : je t'aime que Beske soit condamné ou non, je t'aime sans conditions. Et je t'aimerai toute ma vie, parce que tu es belle, intelligente et forte, parce que tu as le courage de rester toi-même et de défendre tes idées jusqu'au bout.

— Oh ! Michael..., murmura-t-elle en se serrant contre lui.

— Tu souhaites que je continue, ou bien tu préfères attendre d'être dans un cadre plus romantique, avec roses et champagne ?

— Continue !

— D'accord... Alors veux-tu devenir ma femme ?

— C'est ce que je désire le plus au monde !

Un soupir d'aise s'échappa de la poitrine de Michael, et il se penchait pour embrasser sa compagne lorsque la porte s'ouvrit brusquement.

— Ah ! vous êtes là, maître Logan, s'écria l'huissier. Je vous cherchais partout ! Il faut que vous remontiez tout de suite : le jury a fini de délibérer.

La main dans celle de Michael, Claire remonta l'escalier. Beske l'attendait devant leur salle d'audience, et la stupeur se peignit sur son visage quand il reconnut Michael. Celui-ci le regarda droit dans les yeux, et le sénateur baissa la tête avant d'aller prendre place auprès de Claire, derrière le bureau de la défense.

— Mesdames et messieurs, la cour ! annonça l'huissier.

Tout le monde se leva. Après s'être installé, le juge pria les gens, sauf le défendeur, de se rasseoir. Claire resta debout près de son client et, pendant que le juge posait les questions habituelles au président du jury, elle tenta de fixer son attention sur les visages des jurés. Michael disait toujours qu'à ce moment-là du procès, on pouvait deviner à leur expression dans quel sens ils avaient tranché.

La jeune femme avait cependant du mal à se concentrer, car ses pensées ne cessaient de revenir à Michael. Michael qui l'aimait, Michael qui l'acceptait enfin telle qu'elle était...

Mais le président du jury commençait à présent la lecture du verdict, et elle se força à l'écouter.

— Le jury déclare le défendeur coupable des faits qui lui ont été reprochés.

Des exclamations jaillirent dans l'assistance. Beske

jura entre ses dents, puis marmonna qu'il allait immédiatement faire appel.

Sans un regard pour lui, Claire franchit la barrière de bois qui la séparait du public et courut rejoindre Michael au fond de la salle.

Son bonheur était maintenant complet.

Épilogue

— Ma petite Claire... ma petite fille... Tu es devenue si belle... Et je suis tellement fier de te conduire à l'autel...

— Papa, cesse de me faire des compliments ou tu vas me faire pleurer, gronda Claire qui sentait des larmes de joie lui monter aux yeux.

Ils attendaient en compagnie d'Angela sous le porche de l'église St. Stephen. Une averse de printemps venait de tomber, et une odeur de terre mouillée se mêlait à celles des fleurs et de l'encens qui s'échappaient par le portail entrouvert.

La mère de Claire et Sophie Chalinski étaient déjà assises à l'intérieur, et elles devaient en ce moment même se demander anxieusement si elles n'avaient rien oublié en préparant la cérémonie.

C'était peu probable, songea la jeune femme, partagée entre la gratitude et l'amusement. Une fois sa mère remise de sa déception en apprenant que le mariage aurait lieu à Chicago, elle avait aidé Sophie à tout organiser avec beaucoup de zèle et d'enthousiasme, allant jusqu'à donner des conseils à Angela sur le choix de sa robe de demoiselle d'honneur.

L'adolescente n'en avait bien sûr tenu aucun

compte, ce dont Claire s'était secrètement réjouie. Angela avait d'ailleurs montré un goût très sûr en achetant un fourreau de satin bleu lavande qui mettait en valeur son teint de blonde et sa silhouette mince. Et elle était d'autant plus jolie aujourd'hui qu'elle respirait l'équilibre et le bonheur.

A la fin de l'hiver, elle avait quitté Baldwin pour Spencer, et une profonde amitié la liait maintenant à Rachel Kellermann — une amitié faite d'estime et de respect mutuels. Jenny Franklin venait aussi quelquefois la voir. Le procureur avait décidé de ne pas engager de poursuites contre Cal Franklin à condition qu'il accepte de suivre une psychothérapie. Le père de Jenny avait en fait eu l'air soulagé de l'intervention des services sociaux, et avait demandé à sa fille de lui pardonner sa violence.

Les accents de l'orgue retentirent soudain à l'intérieur de l'église.

— C'est à nous ! dit Claire. Passe devant, Angela, et n'oublie pas de tenir ton bouquet bien droit !

Le portail s'ouvrit tout grand, et la jeune femme embrassa l'assemblée du regard. Sophie était assise au premier rang, le fauteuil roulant de son mari installé près d'elle. Mike ne remarcherait sans doute jamais, mais il avait complètement recouvré l'usage de la parole, et Claire savait même qu'il prononcerait un discours à la fin du dîner. Sophie et lui avaient emménagé dans leur nouvelle maison, et ils connaissaient déjà beaucoup de gens du quartier.

Derrière eux, les bancs étaient occupés par des étudiants de Michael, et de l'autre côté de l'allée centrale avaient pris place tous les membres du service pénal du cabinet Haynes, Collingwood & Crofts, ainsi que George Fanal et sa femme.

Claire sourit. Fanal l'appréciait beaucoup. Bien que déçu par la condamnation de Beske, il avait été impressionné par la façon dont elle s'était comportée au tribunal, au point qu'il l'avait proposée comme candidate associée, promotion qui donnerait à Claire un allègement d'horaires et donc plus de temps pour se consacrer à sa famille.

Le regard de la jeune femme s'arrêta enfin sur la haute silhouette de Michael, debout devant l'autel. Il se tenait très droit, et la distance n'empêchait pas Claire de se rendre compte que l'habit lui allait superbement.

Près de lui se trouvait son témoin, Nick Persecki. John aurait sans doute aimé remplir cette fonction, mais Michael et Nick étaient devenus très proches au cours des mois précédents, et cette amitié avait transformé Nick en un jeune homme avenant, qui surveillait son langage et travaillait dur pour obtenir son C.A.P. d'électricien.

— On y va ? demanda Angela d'un ton impatient.

— On y va ! s'écria Claire. Tu es prêt, papa ?

— Oui, répondit l'interpellé, mais tu es sûre que cette robe... Je t'ai dit que tu étais très belle, et je le pensais, mais j'aurais quand même préféré... Enfin, tu as toujours été têtue : je n'ai jamais réussi à te faire changer d'avis sur quoi que ce soit, et ce n'est pourtant pas faute d'avoir essayé !

— Personne n'aurait pu me faire changer d'avis à propos de cette robe.

— Tu crois que Michael l'aimera ?

— J'en suis certaine, affirma Claire.

D'ailleurs, elle en avait eu l'idée lorsque Michael lui avait passé au doigt un énorme rubis en déclarant : « Un diamant aurait été trop fade pour une femme comme toi. »

Angela franchit le seuil du portail, et Claire lui emboîta le pas au bras de son père.

L'organiste plaqua les premiers accords de *La Marche nuptiale*. L'assistance se leva, et toutes les têtes se tournèrent vers le fond de l'église.

Certaines personnes poussèrent un cri étouffé, d'autres écarquillèrent les yeux, d'autres encore se contentèrent de hausser les sourcils, mais pas un membre de l'assemblée ne put contenir une réaction de surprise.

La mariée était en rouge !

Claire s'avança, les yeux rivés sur Michael. Il n'avait pas l'air étonné, lui : il la regardait avec un sourire tendre et approbateur qui donna envie à la jeune femme de courir se jeter dans ses bras.

Mais elle ne le fit pas, consciente qu'elle avait suffisamment bravé les conventions pour célébrer le plus beau jour de sa vie.

Chère lectrice,

Vous nous êtes fidèle depuis longtemps?
Vous venez de faire notre connaissance?

C'est pour votre plaisir que nous avons
imaginé un rendez-vous chaque mois
avec vos auteurs préférés, vos
AUTEURS VEDETTE dans les
collections Azur et Horizon.

Les AUTEURS VEDETTE vous
donneront rendez-vous pour de
nouveaux livres vedette.

Pour les reconnaître, cherchez
l'étoile... Elle vous guidera!

Éditions Harlequin

HARLEQUIN

LE FORUM DES LECTRICES

CHÈRES LECTRICES,

VOUS NOUS ÊTES FIDÈLES DEPUIS LONGTEMPS ?

VOUS VENEZ DE FAIRE NOTRE CONNAISSANCE ?

SI VOUS AVEZ DES COMMENTAIRES, CRITIQUES À
FORMULER, DES SUGGESTIONS À OFFRIR, N'HÉSITEZ PAS...
ÉCRIVEZ-NOUS À :   LES ENTREPRISES HARLEQUIN LTÉE.
                   498 RUE ODILE
                   FABREVILLE, LAVAL, QUÉBEC,
                   H7R 5X1

C'EST AVEC VOS PRÉCIEUX COMMENTAIRES QUE NOUS ALLONS
POUVOIR MIEUX VOUS SERVIR.

MERCI, À L'AVANCE, DE VOTRE COOPÉRATION.

BONNE LECTURE.

HARLEQUIN.

VOTRE PASSEPORT POUR LE MONDE DE L'AMOUR.

ROUGE PASSION

De fiévreuses histoires d'amour sensuelles!

De provocantes histoires d'amour passionnées et romantiques qu'on lit d'une seule traite. Aventureuses, parfois humoristiques, et sensuelles, elles mettent en vedette des hommes et des femmes d'aujourd'hui.

ROUGE PASSION...quatre nouveaux titres chaque mois.

GEN-RP

COLLECTION HORIZON

Des histoires d'amour romantiques qui vous mènent au bout du monde!

Découvrez la passion et les vives émotions qu'apportent à la Collection Horizon des auteurs de renommée internationale!

Captivantes, voire irrésistibles, ces histoires d'amour vous iront assurément droit au coeur.

Surveillez nos quatre nouveaux titres chaque mois!

GEN-H

La COLLECTION AZUR

Offre une lecture rapide et

- ☑ stimulante
- ☑ poignante
- ☑ exotique
- ☑ contemporaine
- ☑ romantique
- ☑ passionnée
- ☑ sensationnelle!

COLLECTION AZUR... des histoires
d'amour traditionnelles qui vous
mènent au bout du monde!
Six nouveaux titres chaque mois.

Composé sur le serveur d'Euronumérique, à Montrouge
PAR LES ÉDITIONS HARLEQUIN
Achevé d'imprimer en janvier 1998
sur les presses de l'Imprimerie Bussière
à Saint-Amand-Montrond (Cher)
Dépôt légal : février 1998
N° d'imprimeur : 2545 — N° d'éditeur : 6949

Imprimé en France

HARLEQUIN

COLLECTION
ROUGE PASSION

- Des héroïnes émancipées.
- Des héros qui savent aimer.
- Des situations modernes et réalistes.
- Des histoires d'amour sensuelles et provocantes.

LAISSEZ-VOUS TENTER
par 4 titres irrésistibles
chaque mois.

RP-1